춘하추동 대행자

봄의 춤 上

아카츠키 카나

illustration 스오우

가을의 대행자

이와이즈키 나데시코

「생명 부패」 능력을 가진 가을의 대행자. 대행자로서 가장 임기가 짧고 어리다. 린도우를 매우 신뢰하며 좋아한다.

가을

아

호위

자.

않고,

과보

대행

역적에

을 알

세이를

봄의 대행자 호위관

히메다카 사쿠라

유괴당한 히나기쿠를 줄곧 찾아다녔던 종자. 주인을 지키지 못했던 과거를 후회하고 있다. 이테쵸를 스승 그 이상으로 좋아했으나, 어떤 사건을 계기로 몹시 미워하게 되었다.

夏

겨울의 대행자 호위관

칸게츠 이테쵸

로우세이가 어렸을 때부터 그를 섬기고 있는 종자. 사쿠라에게 검을 가르친 스승이기도 하다. 로우세이와 마찬가지로 히나기쿠와 사쿠라를 지키지 못한 것을 자책하고 있다.

겨울의 대행자

칸츠바키 로우세이

「생명 동결」 능력을 가진 겨울의 대행자. 첫사랑 상대인 히나기쿠가 자신 때문에 유괴당한 것으로 인해 오랫동안 고통스러워하고 있다.

봄의 대행자

카요 히나기쿠

「생명 촉진」 능력을 가진 봄
자. 사계의 대행자의 천적인
게 유괴당한 채 약 10년간 행
수 없었다. 어릴 때부터 로우
마음에 품고 있다.

春

등 장 인 물 소 개

의 대행자 호위관

가미 린도우

는 일을 비즈니스로 여기려는 종
른 사람들이 보기에는 그렇지
본인도 자각 없이 나데시코를
하고 있다.

여름의 대행자 호위관

하자쿠라 아야메

루리의 언니이자 종자. 결혼하게 되면서 호위관을 졸업할 예정이다. 어릴 때부터 루리에게 휘둘리고 있지만, 동생이 행복하길 바라고 있다.

여름의 대행자

하자쿠라 루리

「생명 사역」 능력을 가진 여름의 대행자. 밝고 다정한 성격이지만, 언니에게는 솔직해지지 못한다. 아야메가 호위관을 그만두는 것에 반대하고 있다.

춘하추동 대행자

봄의 춤

上

태초에 겨울이 있었다.

세상에 계절은 겨울밖에 없었고, 겨울은 고독을 견디다 못해 자신의 생명을 깎아 다른 계절을 만들었다.

그것은 봄이라고 불리게 되었다. 봄은 겨울을 스승으로 따르며 늘 그 뒤를 쫓게 되었다.

겨울은 봄이 보내는 경애에 부응하듯 가르치며 이끌었고, 두 계절은 사이좋게 번갈아 계절을 되풀이되었다.

하지만, 두 계절만이 반복되어 전혀 쉴 틈이 없다며 대지가 비명을 질렀다.

동물이 자손을 늘리며 잠들고, 나무들은 푸른 잎을 틔우나 싶더니 얼어붙는다. 이런 순환을 반복하느니 그저 가만히 견디기만 하면 되는 겨울뿐인 세계가 나았다.

하지만, 대지의 생명은 봄을 알아버렸기에 겨울뿐인 세계를 버틸 수 없다고 했다.

겨울은 그 말에 슬퍼했으나 대지의 소원을 들어 자신의 생명을 더욱 깎아 다른 계절을 만들었다. 그것이 여름과 가을이었다.

무더운 여름은 자신을 꺼린 대지를 향한 한탄. 생명이 죽어가는 가을은 자신을 다시 받아들이게 하는 시간으로서.

대지는 새로운 계절을 받아들여 계절은 봄, 여름, 가을, 겨울의 사계절이 반복되게 되었다.

사계절은 다른 계절의 뒤를 좇으며 계절의 순환을 가져왔다.

봄은 겨울을 좇고, 여름과 가을이 그 뒤를 따랐다. 돌아보면 봄이 있었지만, 두 계절만이 있을 때와는 달랐다. 봄과 겨울, 둘만의 계절은 이제 존재하지 않았다.

겨울은 봄을 사랑했다. 동물들이 부부가 되어 살아가듯이 봄을 사랑했다. 봄도 운명처럼 겨울을 사랑했다.

그 은밀한 사랑을 알고 있었던 가을과 여름은 그들을 위해 제안했다. 대지에 사는 자에게 자신들의 역할을 맡기면 어떻겠느냐고.

계절의 힘을 나눠 받아 1년간 대지를 순회하는 그 이름은 사계의 대행자.

처음에는 소에게 역할을 부여했지만, 걸음이 느려서 겨울뿐인 1년이 되었다.

다음으로 토끼에게 역할을 부여했지만, 도중에 늑대에게 잡아먹혀서 임무를 완수하지 못했다.

새는 훌륭하게 역할을 완수했으나, 이듬해에는 자신의 역할을 잊어버렸다.

고민하는 사계절 앞에, 마지막으로 사람이 나타나 말했다.

"저희가 사계의 대행자가 되겠습니다. 그 대신 대지에 풍요와 안녕을 내려 주십시오."

봄과 여름, 가을과 겨울은 일부 인간에게 힘을 나눠주었고, 겨울은 영원히 봄을 사랑할 시간을 얻었다.

이리하여 세계에는 사계절의 대행자가 생겨났다.

제 1 장

봄의 대행자

카요 히나기쿠

소녀의 모습을 한 봄의 신이 창밖을 바라보고 있었다.

보기 드문 황수정색 눈동자에 맑게 갠 푸른 하늘과 하얀 대지가 담겼다.

세계의 계절은 겨울. 부드러운 아침 햇빛이 『야마토』라고 불리는 나라 전체를 비추고 있었다.

아침 햇빛이 은색 눈에 덮인 산들을 상냥하게 감싸고 있었다.

"……호오."

그녀의 입술에서 감탄의 한숨이 새어 나왔다.

겨울의 신이 가져온 이 계절은 봄에 비해 색채가 부족하지만 아름답다.

그러나 겨울이 선사하는 것은 눈에 보이는 아름다움만이 아니다.

겨울은 죽음의 계절.

식량은 궁해지고, 일조량도 줄어들며 추위가 몸을 파고든다.

하지만 겨울이 없으면 대지는 쉬지 못하여 말라버린다.

계절이란 필연이다. 대지에 사는 사람들의 인생을 꾸미는 계절은 자연적으로 발생하지 않는다. 현대의 현인신(現人神)이 행하는 신기. 그게 바로 사계절의 순환이었다.

반복되고 되풀이되는 나날이 위대한 기적과 희생으로 성립되고 있다는 것은 잘 알려지지 않았다. 사람들은 무정하게도 그 은혜를 일상에 녹여나간다.

내일이 오지 않길 바라는 사람에게도.

내일이 오길 기도하는 사람에게도.

신화시대에 위대한 존재와 계약한 인간들의 손에 의해 사계절은 평등하게 순환한다.

예부터 그렇게 정해져 있었다.

"드디어 도착합니다. 히나기쿠 님."

소녀, 히나기쿠는 애타는 사랑에 빠진 것처럼 은빛 세계를 홀린 듯이 바라보고 있었다.

차창 밖의 풍경은 색을 잃어버린 듯한 설경이었다. 이 세상 사람에게는 여느 때와 같은 일상 풍경이다. 세계는 벌써 몇 달간 겨울이라는 혹독하면서도 쓸쓸한 계절의 품에 안겨 있었다.

겨울이 일상이 된 자들에게는 볼만한 구석이라고는 없는 풍경일 텐데, 그녀는 겨울이 보여주는 풍경의 포로가 되어 있었다. 바깥세상이 신기한 것인가, 겨울이란 계절의 상징인 눈을 좋아하는 것인가.

어느 쪽인지는 불명이었으나, 자신을 부르는 소리에 반응하지 못할 만큼 시선과 마음을 빼앗겨 있었다.

호오, 하고 또 한숨이 흘러나왔다.

"히나기쿠 님."

재차 히나기쿠를 부르는 소리가 들렸다. 그 부름에는 나무라는 듯한 울림이 있었다. 히나기쿠는 마침내 현실로 의식을 되돌리고 목소리의 주인을 보았다.

그때, 열차가 크게 흔들려 히나기쿠의 몸은 공처럼 튀었다.

가느다란 팔이 즉각 그녀의 몸을 붙잡았다. 옆에서 히나기쿠를 부른 아가씨가 도운 것이었다.

"무사하십니까."

갑작스러운 일에 소녀의 종자도 놀랐는지 고양이 같은 눈이 더욱 크게 뜨여 있었다. 화순(花脣), 화검(花瞼), 화안(花顔). 삼박자를 갖춘 미소녀였다. 격자무늬 머리장식으로 높이 묶은 흑발은 밤에 피는 벚꽃과도 같았고, 칠흑색에서 회분홍색으로 점차 물들며 나선을 그리고 있었다. 그녀는 히나기쿠가 다치지 않았음을 알고 『실례했습니다』라고 말하며 손을 뗐다. 정장 재킷과 광택이 나는 검붉은색 넥타이, 분홍색 베스트, 칠부 하카마 바지에 끈달린 부츠를 신은 모습은 현대의 시녀라고 할 수 있었다. 허리에 찬 칼은 그녀의 늠름한 아름다움과 어울려 눈길을 끌었다.

"……."

히나기쿠가 멀어지는 그 손을 붙잡았다. 그리고 지그시 종자를 보았다.

절대 나를 놓지 말라는 마음이, 말하지 않아도 넘쳐흐르고 있었다.

종자는 공작의 깃털 같은 긴 속눈썹을 놀란 것처럼 깜빡였다.

"아직 흔들림이 멈추지 않았으니 조심하세요."

그리고 입술에 미소를 떠올리며 따듯함을 돌려주듯이 그 손을 꽉 잡았다.

서로의 체온이 천천히 섞여 들었다.

덜컹덜컹, 덜컹덜컹. 해안가를 따라 달리는 로컬 열차가 두 소녀를 부드럽게 흔들었다.

"있지…… 예쁘, 네."

히나기쿠는 다시 시선을 밖으로 돌렸다.

"히나기쿠, 는, 겨울, 이, 좋아."

어눌하면서도 투명한 설탕 과자 같은 목소리였다.

말을 더듬는 특징적인 말투는 처음 들으면 인상을 쓰는 사람도 있을 것이다.

"그렇습니까. 제 생각에는 봄이 더 아름답습니다."

대답하는 목소리는 울림이 아름답고 또렷했다.

"……사쿠라, 겨울, 싫어, 하니까."

"아주 싫습니다."

종자, 사쿠라는 당장에라도 혀를 찰 듯한 얼굴로 말했다.

"제게 겨울은…… 미워해야 할 존재입니다."

그 말에는 미처 숨기지 못한 분노가 담겨 있었다.

"그, 건……."

히나기쿠는 사쿠라의 말에 눈썹을 내렸다.

"히나기쿠, 때문, 이야……."

"아닙니다. 겨울의 문제입니다. 히나기쿠 님의 잘못이 아닙니다."

"아니, 야…… 히나기쿠, 때문이야……."

사쿠라는 복잡한 표정을 하며 『히나기쿠 님 잘못이 아닙니다』 하고 중얼거렸다.

히나기쿠가 화제를 바꾸려는 것처럼 말했다.

"……오늘부터, 복귀……. 앞으로, 겨울의, 대행자님이랑, 만날, 일, 있을, 까?"

"사계청이 『봄의 귀환』을 알렸으니 언젠가는 접촉하게 되겠죠."

"히나기쿠, 언제, 겨울의…… 로우세이, 님, 한테, 사과, 하러, 가……?"

"어째서 히나기쿠 님이……? 겨울이 사죄하러 온다면 모를까요."

"……그치만, 히나기쿠는…… 아닌, 걸. 로우세이, 님, 은…… 하지만……."

"당신께서는 카요 히나기쿠 님입니다. 이 나라의 봄의 대행자십니다."

"그렇긴, 하지만…… 로우세이, 님, 은, 분명, 실망, 할, 거야……. 실망, 시켜서, 미안, 해……."

"……그건 이미 끝난 이야기이지 않습니까. 당신은 괜찮다고 천 번이라도 말할까요."

사쿠라는 애달프게 속삭이며 히나기쿠의 손을 한층 더 꽉 잡았다. 그러자 히나기쿠도 비슷한 세기로 마주 잡았다. 두 사람의 대화는 다른 사람이 이해할 수 없었고, 누구도 끼어들 수 없을 듯한 농밀한 분위기가 있었다. 히나기쿠는 아직 불안한지 하카마 아래 부츠에 감싸인 작은 발을 까딱거렸다. 그리고 불쑥 중얼거렸다.

"……오늘 의식, 성공, 할까?"

자신 없다는 게 보이는 말이었다. 그것을 헤아렸는지 사쿠라는 조용히 단언했다.

"성공합니다. 반드시 성공합니다. 제가 약속하겠습니다."

한 손을 가슴에 얹고 의연한 태도로 말하는 그 대답에 히나기쿠는 눈썹을 찡그렸다.

"……하는 사람, 히나기쿠, 인데?"

사쿠라는 책망하는 것 같으면서도 어딘가 어리광 부리는 어조로 말하는 히나기쿠를 미소 지으며 바라보았다.

"히나기쿠 님은……."

사쿠라는 히나기쿠의 황수정색 눈동자를 흑발 사이로 똑바로 바라보았다.

히나기쿠도 그 눈길을 받아들였다.

"히나기쿠 님은 사쿠라를 놓치지 않기 위해서라면 뭐든 해주실 거잖아요? 그렇게 약속하셨으니까요."

마치 이성에게 하는 작업 문구 같은 말이었다.

이에 히나기쿠는 웃지도 않고, 화내지도 않고, 그저 담담히, 당연하다는 것처럼 대답했다.

"할 거야. 사쿠라를 놓치지 않기 위해서라면, 뭐든, 할 거야. 봄도, 피워 낼 거야. 눈도, 녹일 거야."

봄의 대행자라고 불리는 소녀. 그리고 그 종자인 소녀.

"말씀하셨습니다."

"말해버렸다……."

체격이 다른 소녀 간의 주종 관계.

"그렇다면 저는 히나기쿠 님께서 책무를 다하시도록…… 이 몸을 희생하는 것도 마다하지 않을 겁니다."

"그건, 마다해야, 해."

봄꽃을 이름으로 가진 두 소녀.[#1]

"히나기쿠 님의 명령이라면 노력하겠습니다."

#1 봄꽃을 이름으로 가진 두 소녀 히나기쿠 = 데이지, 사쿠라 = 벚꽃.

"노력, 해, 주세, 요."

"……네. 나의 주인께서 바라시는 대로."

조금 기묘한 두 사람은 로컬 열차가 역에 도착하자 나란히 일어나서 눈 쌓인 대지에 발을 들였다.

드넓은 바다에 떠있는『야마토』.

세계 지도에서는 동쪽에 있어 동양의 벚꽃이라고도 불리는 나라다.

야마토라고 불리는 나라는 야마토 열도라는 섬들로 이루어져 있는데, 섬들이 늘어선 모습이 꺾인 벚나무 가지와 닮았다고 하여 그런 칭호가 붙었다. 야마토 열도는 북쪽부터 크게 에니시, 테이슈, 이요, 츠쿠시, 류구로 나뉘었다.

에니시는 자연 자원이 풍부하여 야마토 국내 식자재는 거의 에니시에서 조달하고 있었다. 토지도 광대하여 농가의 풍경이라고 하면 야마토 사람은 에니시를 떠올릴 것이다.

테이슈는 야마토의 수도인 테이토가 있고, 주요 공항이 있어서 하늘의 현관이라 불리고 외국인도 많이 사는 국제색이 짙은 곳이었다.

이요는 온천이 유명하여 예부터 온천도시로 번성했다. 근대에도 주요 재원은 온천 관광업이었다. 국내 여행지로 매우 인기 있었다.

츠쿠시는 야마토 역사에 자주 나오는 영산과 화산이 있고, 역사적인 건축물이 많았다. 옛 도읍이라는 인상이 강한 토지지만, 실제로는 근대 도시로 관광업과 산업이 균형 있게 발전해 있었다.

그리고 마지막으로 류구. 야마토 최남단에 있는 섬으로, 바다에는 산호, 산에는 풍수(風守)라고 불리는 나무들이 있어 다른 섬들과는 다른 생태계를 이루고 있다. 야마토 굴지의 휴양지로 유명하며 원래는 1년 내내 따스한 곳이다.

봄의 대행자와 그 종자, 소녀들이 발을 들인 곳은 야마토 최남단 류구였다.

"류구, 마을도, 눈, 굉장, 하네……. 비행장, 만, 그런 줄, 알았어……."

현재 류구는 눈 때문에 휴양지라는 특색을 잃어버려서 예전 모습을 찾아볼 수 없었다.

"원래는, 남국, 처럼, 따뜻, 한, 곳, 이지……?"

히나기쿠의 당혹스러움이 담긴 물음에 사쿠라는 쓴웃음을 지으며 대답했다.

"……지금은 사계절이 무너져 있으니까요. 필연적으로 다른 계절의 힘이 강해진 상태입니다. 균형이 무너졌다고 할까……. 여름, 가을, 겨울만 있으면 아무래도……."

히나기쿠는 울적한 얼굴이 되어 고개를 숙였다.

"……미안……해, 요."

"히나기쿠 님이 마음 쓰지 않으셔도 됩니다. 그리고…… 저희는 오랫동안 계속된 이 현상을 해결하기 위해 이곳에 왔으니까요."

"……응."

"……히나기쿠 님, 앞으로도 각지에서 이런 풍경을 계속 보게 되실 겁니다. 무리해서 보지 마세요. 눈은 햇빛을 반사하니까…… 너무 오래 보지 않는 게 좋습니다. 만약 어려우시다면 사쿠라만 봐주세요. 그게 좋습니다. 눈 따위, 독입니다."

사쿠라가 장난스럽게 말했지만, 히나기쿠는 고개를 저었다.

"……응석, 받아주면, 안, 돼. 히나기쿠, 는, 눈, 아파도, 볼 거야. 이게, 일, 인걸."

"안 되나요."

"안, 돼, 요."

레이메이 20년 2월 10일.

어떤 신과 종자가 류구에 왔다는 이야기는 금세 섬에 퍼졌다.

사쿠라가 섬에서 가장 큰 관청에 전화로 연락을 넣자 관청 직원이 5분 만에 자가용 차로 역까지 데리러 왔다. 젊은 두 아가씨는 안색이 안 좋은 직원이 운전하는 차를 타고 관청으로 갔다. 불쌍하게도 관청의 담당자는 이 두 사람의 내방 중 만에 하나 무슨 문제가 발생하면 누구에게 책임을 떠넘기면 좋을지 필사적으로 생각하고 있는 것 같았다.

"사계의 대행자님! 그게…… 설마 오늘 오실 줄은 몰랐습니다. 그것이, 매년 대행자님께서 저희 섬을 이용하시지만, 이번엔 사계청에서 연락이 없었기에 대단히 놀라서…… 그렇습니까…… 봄의 대행자 히나기쿠 님께서 은밀한 여행을 원하셨군요…… 아뇨, 그게…… 불만 같은 건…… 그저 오늘 갑자기 찾아오셨기에 저희도 맞이할 준비가 안 되어 있어서…… 저희 쪽의 지원은 필요 없으시다고요? 알겠습니다…… 바로 입산 허가증을 발행해 드리겠습니다…….”

사쿠라는 그 발언에 포함된「책임소재」를 지긋지긋하게 여기며 중단하듯 이야기를 끝냈다.

—소인배 같으니라고.

짜증난 표정을 짓고서 히나기쿠가 대기 중인 방으로 돌아갔다.

어디서 소문을 들었는지, 관청에 신고 서류를 제출하거나 신변을 상담하러 온 사람들이 히나기쿠를 보려고 방 앞에 모여있었다. 직원이 문 앞에서 대처하고 있으나 강제로 문을 열려고 하는 사람도 있었다. 대부분 노인이지만, 개중에는 휴대전화를 들고서 이제나저제나 히나기쿠가 등장하길 기다리는 젊은이도 보였다. 사쿠라는 이 상황을 대처하기 위해 황급히 달려갔다.

“히나기쿠 님! 히나기쿠 님!”

인파를 헤치고 전진했지만 좀처럼 나아갈 수 없었다.

“……몰려들지 마! 구경거리가 아니야!”

사쿠라가 외치자 마침내 사람들이 길을 터줬다. 간소한 응접실 같은 방에 들어가니, 사쿠라가 낯빛을 바꾸고 지키러 온 주인은 고개를 푹 숙인 채 방구석에서 무릎을 끌어안고 있었다.

“히나기쿠 님! 무사하십니까!”

그 모습은 마치 공벌레 같았다.

히나기쿠는 사쿠라가 가까이 와서 어깨를 잡자 마침내 고개를 들었다.

"……사쿠……라…… 모르는, 사람, 멋대로, 방에……."

몹시 무서웠는지 얼굴은 창백했고, 손도 떨리고 있었다.

"아아, 히나기쿠 님…… 딱하게도. 무서우셨죠. 악수나 사진 등에 응하셨나요?"

히나기쿠는 고개를 저었다. 도중부터 관청 직원이 막아주기는 한 것 같았다.

"……죄송합니다. 히나기쿠 님은 입장상 아무래도 주목을 받는지라……."

히나기쿠는 그 말을 듣고서 정말 곤란하다는 표정을 짓더니 사쿠라의 재킷 속으로 말없이 파고들었다.

"히나기쿠 님…… 저기, 숨바꼭질입니까?"

"……사쿠라의, 옆에, 있을래."

"사쿠라는 주인께서 가까이 있어서 기쁘지만, 움직이기 불편하시지 않습니까?"

"……사쿠라의, 옆에, 있을래……."

"히나기쿠 님……."

사쿠라는 주인의 떨리는 등을 쓰다듬어주었다.

―가뜩이나 주목받기 쉬운데.

사쿠라는 소녀 히나기쿠를 보았다. 그녀의 주인은 신이라는 이름에 걸맞게 생김새가 단정했다.

마치 바닷속에 있는 것처럼 물결치는 화려한 호박색 머리카락은 그녀가 움직일 때마다 해파리가 춤추듯 하늘하늘 흔들렸고, 그 모습은 그야말로 옛날이야기 속 공주님 같았다.

순백색 꽃과 긴 머리끈으로 만든 꽃장식, 오른쪽 뺨 옆의 땋은 머리. 히나기쿠를 구성하는 요소 하나하나가 눈부시도록 맑았다. 예술가가 정성 들여『봄의 소녀』를 만들었더니 이런 형태가 된 것 같은 외모였다.

가련한 몸을 감싼 것은 연분홍색 하카마와 순백색 기모노, 목을 덮는 내의. 리본과 조화, 자수로 군데군데 대담하게 장식했고, 허리띠에는 나비매듭 장식이 커다란 꽃처럼 달려있었다. 발을 장식하는 것은 너무 화려하지 않아 전체적인 인상을 다잡아 주는 가죽 숏부츠. 야마토의 고풍스러운 민족의상에 이국과 현대의 디자인을 가미한 훌륭한 차림새였다.

—본인이 원하지 않아도 주변을 매료하는 힘이 있어. 접근하는 것들은 제거해야 해.

주인의 의상을 담당하여 눈길을 끌 만큼 사랑스럽게 꾸민 사람은 사쿠라 자신이지만, 그 점은 무시하고 굳게 결심했다.

"안심하시길. 뒷문에 택시를 준비해뒀으니 은밀하게 행동할 수 있습니다. 이제 제가 곁에 있으니 못된 놈들은 제가 쫓아내겠습니다."

"우리, 벌써, 산, 들어갈 수, 있어……?"

"네, 히나기쿠 님. 허가는 뜯어냈습니다."

"……뜯어…… 뜯어, 냈어? 허가, 뜯어내는, 거야……?"

사쿠라는 곤혹스러워하는 히나기쿠를 보며 쓴웃음을 지었다.

"뜯어냈습니다. 이번에 강행해서 온 거니까요. 섬사람에게는 미안한 짓을 했어요."

“히나기쿠, 생각, 짧았, 어……. 미안, 해…….”

사쿠라는 고개를 저었다. 그리고 주인의 마음을 진정시키기 위해 다정하게 말했다.

“아뇨. 이 정도는 별것 아닙니다. 히나기쿠 님은 당신께서 해야 할 일만 생각하세요. 저는 히나기쿠 님을 둘러싼 위협을 전부 없애겠습니다. 그게 역할이니까요.”

관청에서 입산을 허락받은 뒤에는 택시를 타고 「류구다케」라는 산의 기슭으로 갔다.

택시 기사는 더 위쪽까지 차를 타고 갈 수 있다고 했지만, 사쿠라가 거절했다.

—따라와서 인터넷에 동영상이라도 올리면 곤란해.

사람들이 관여하지 못하도록 하는 것도 일단 이유가 있었다.

두 사람은 지금부터 비밀에 부쳐야 할 행위를 할 예정이었고, 그 모습은 누구에게도 보이면 안 된다. 차창 밖은 일대가 설경이어서, 눈 이외의 색은 하나도 없었다.

등산로를 따라 올라가면 섬의 관광 자원인 류구 신사가 있기에 길은 깔끔하게 제설되어 있었다.

—목표 지점까지 걸어서 40분 정도인가.

사쿠라는 주의 깊게 휴대전화의 지도를 보았다. 그녀는 이 여행의 온갖 것을 도맡고 있었는데, 표정에는 별로 드러내지 않지만 사쿠라의 마음은 늘 약간의 긴장과 두려움으로 채워져 있었다.

—괜찮아. 아직까지 큰 문제는 없어. 순조로워.

자신을 격려하듯 속으로 그렇게 타일렀다. 그러고 나서 주인에게만 보여주는 미소를 지으며 히나기쿠에게 말했다.

"히나기쿠 님, 의식 장소로 설정한 곳까지 제가 업고 가겠습니다. 괜찮을까요?"

히나기쿠를 생각해서 한 말이었지만, 주인은 얼떨떨한 표정을 지은 후 거부했다.

"아, 안 돼."

"……직접 걸으시겠다는 겁니까? 하지만……."

"응…… 히나기쿠, 훌륭, 하게, 책무, 다할, 거예요."

그렇게 말하고는 귀엽게 고개를 끄덕여서 사쿠라는 한동안 넋이 나갔다. 그러다 퍼뜩 정신을 차리고 말했다.

"아뇨, 이번에는 사계청의 지원이 없는지라 원래 있어야 할 가마가 없습니다. 그러니 제가 가마 대신……."

"가, 마?"

히나기쿠도 의문을 표한 가마란 사람을 태우는 탈것이었다. 나무 상자 등에 나무 막대기를 넣고 앞뒤에서 받쳐 드는, 사극에서나 나올법한 예스러운 물건이었다.

히나기쿠는 설명을 듣고서 깜짝 놀란 듯 눈을 크게 뜨더니 절대로 싫다는 뜻을 강하게 나타냈다.

"싫어…… 히나기쿠, 걸을, 래. 가마, 라니, 심히, 창피, 하외다."

"……말투가 고풍스러워질 정도로 쑥스러워하고 계세요, 히나기쿠 님. 하지만…… 창피하더라도 지치지 않으시는 것이 중요합니다. 그래서 가마가 없으니 제가 업겠다는 거고요. 문제는 피로뿐만이 아닙니다. 밖은 추워요. 업고 가면 조금은…….”

“기모노, 안에, 핫팩 붙였어……. 그렇게, 따지, 면, 사쿠라, 도, 지치면, 안, 되잖아. 히나기쿠, 사쿠라가, 지킬, 거잖아?”

“물론 지킬 겁니다.”

“그럼, 지키는, 사람도, 지치, 면, 안, 되겠지?”

그리고는 아름다운 손으로 코를 톡 튕겨서 사쿠라는 말없이 몇 초간 얼굴을 붉혔다.

“……저를 신경 써주시는 겁니까?”

“물론, 이지. 사쿠라, 히나기쿠의, 소중한, 사람, 인걸…….”

“아아, 히나기쿠 님…… 저 같은 것에게…… 과분한 말씀입니다.”

“그럼 제가 업을까요?”

아름다운 주종애(主從愛)가 싹트는 가운데, 택시 기사가 쓸데없이 끼어들었다. 택시 안에서 대화하고 있었으니 부자연스러운 일은 아니었지만 사쿠라는 살기를 담아 운전기사를 노려보았다.

“……필요 없어. 끼어들지 마. 다음에 또 끼어들면 날려버릴 거야.”

사쿠라는 자신과 주인의 세계를 어지럽히는 자에게는 난폭하게 굴었다.

“으으…….”

택시 기사는 사쿠라의 매서운 눈길에 어깨를 움츠렸다.

“죄송합니다. 하지만…… 봄의 대행자님이 오신다는 걸 미리 알았더라면 주민이 다 같이 받들었을 텐데요……. 제설도 하긴 했지만, 그 후에 또 눈이 와서 걷기도 위험합니다. 하아…… 말씀해 주셨으면 눈도 치웠을 텐데…….”

슬픈 모습으로 끈질기게 말하는 택시 기사에게 사쿠라는 그럴 필요 없다고 차갑게 말했다.

"우리가 왔으니 눈은 곧 없어질 거야. 전화는 터지는 것 같으니까 의식이 끝나는 대로 다시 당신네 회사의 택시를 이용하고 싶어. 그럼 됐지?"

택시 기사는 활짝 웃으며 그 제안을 받아들였다. 그러고는 『신을 태웠다』고 아이와 아내에게 자랑할 수 있겠다면서 거듭 고맙다고 했다. 헤어질 때 히나기쿠와 악수하고 손을 놓지 않으려 하는 택시 기사를 부드럽게 떼어낸 사쿠라는 히나기쿠에게 코트를 입히고 머플러를 리본으로 묶은 후, 자신도 코트와 머플러를 껴입고서 차 밖으로 나갔다.

"자, 드디어 일하실 시간입니다. 히나기쿠 님."

두둥, 하고 효과음이 날 것 같은 말에 히나기쿠는 양손을 꼭 말아 쥐며 말했다.

"응. 히나기쿠, 봄의, 대행자, 일, 할 거야."

사쿠라도 히나기쿠를 따라 주먹을 쥐었다.

현재 히나기쿠는 걱정 많은 종자 때문에 움직이기 힘들 만큼 옷을 껴입고 있었다.

"훌륭하신 의욕입니다."

"입니다!"

"하지만…… 역시 다음부터는 방문할 지역에 미리 연락해 두는 게 좋겠습니다. 사계청 사람들도 지금쯤 저희가 어디에 왔는지 알고서 필사적으로 찾고 있을 테니……."

"……."

의욕 넘치던 히나기쿠는 그 말에 꽃이 시들듯 시무룩해졌다.

—아차, 실언했다.

사쿠라는 허둥지둥 덧붙였다.

"아뇨, 그게 말이죠. 은밀히 임무를 수행하고자 하시는 히나기쿠 님의 마음은 이해합니다. 복귀하고 첫 의식이니까요. ……그리고."

주인에게서 살짝 시선을 돌린 사쿠라는 생각하고 싶지도 않은 과거를 머릿속에 떠올리며 말했다.

"사계청 녀석들이 관계자 500명을 모아 많은 사람이 보는 가운데 의식을 거행하자는 기획을 가져왔을 때 제일 먼저 격노한 사람은 저였고…… 봄 쪽 직원과의 관계가 최악이 되어서…… 그게…… 죄송합니다. 향후 활동에 지장이 없으면 좋겠는데……."

"……아냐. 사쿠라, 히나기쿠 대신, 화내 준, 거니까. 사쿠라 잘못, 아니야."

사쿠라는 자신을 감싸주는 히나기쿠의 상냥함에 감동했다.

"그리고…… 대행자의, 의식은, 비밀, 사항. 관계자, 라면, 500명도, 괜찮다는 거, 이상, 해…… 절대로……. 축제가, 아닌, 걸……."

"네. 옳으신 말씀입니다. 10년 만이기도 해서 봄 담당의 사계청 직원도 들뜬 거겠죠. 그들에게는 축제겠지만, 우리에게는 아닙니다."

"응. 아니야."

"목숨 걸고 수행하는 것. 비밀로 해야 할 의식입니다."

"응."

—그리고 무엇보다 히나기쿠 님이 자신 있게 봄을 소환하는 게 중

요해. 특히나 이번에는…….

사쿠라는 마음속 두려움을 얼굴에 드러내지 않고 말했다.

"이 길을 쭉 가면 류구 신사로 가는 등산로가 있습니다. 정해진 장소까지 사쿠라가 확실하게 안내할 테니 걱정하지 마시길. 그럼, 의식을 수행하죠."

"……응. 있지, 사쿠, 라."

"네, 무슨 일이십니까? 역시 업을까요?"

"그게, 아니라, 저거…… 사람, 아닐, 까?"

갑작스러운 보고에 사쿠라는 의문을 표하며 히나기쿠가 가리킨 방향을 보았다.

지금 두 사람이 있는 곳으로부터 조금 떨어진 곳에서 시작되는 갈림길 한쪽에 노란색 점이 보였다.

"……?"

사쿠라는 더욱 눈에 힘을 주고 보았다. 시력이 좋은 사쿠라의 눈은 그 자그마한 노란 점이 사람이라고 판단했다.

"……정말이잖아. 사람이 있네요."

"어린아이, 야."

"네? 저거, 어린애인가요?"

"히나기쿠, 시력, 6. 어린아이, 아마도, 초등학생, 정도, 야."

시력 6.0이면 눈이 경이적으로 좋은 거였다.

"사쿠, 라, 저 아이, 길 잃은 거, 아닐까……? 히나기쿠, 생각에는, 그래."

주인의 튼튼한 몸에 감동하던 사쿠라는 그 말을 듣고 다시 현실적인 문제와 마주했다.

"산에 경보를 울려달라고 해서 사람은 없을 텐데…… 어린아이가 혼자 있는 건 이상하네요."

―부모는 뭐 하는 거야. 멧돼지한테 잡아먹힐지도 모르는데.

호들갑이라고 단언할 수도 없었다. 류구다케는 멧돼지가 출몰하는 곳이었다.

심야에 멧돼지가 열차에 치이는 사건은 일상다반사라고 들었다.

"……보호가 필요하겠네요. 히나기쿠 님, 다른 사람과 접촉할 건데, 괜찮을까요?"

"괜찮, 아. 저 아이, 어리, 니까…… 안, 무서워."

그 말은 어리지 않은 사람은 무섭다는 뜻으로 들렸다. 사쿠라는 걱정스럽게 히나기쿠를 보았지만, 그녀의 주인은 올곧게 마주 보며 호소하듯 말했다.

"어린아이, 는…… 지켜, 주고, 싶어."

매우 진심이 담긴 말에 사쿠라는 크게 고개를 끄덕였다.

"……네. 물론입니다. 모두 당신께서 바라시는 대로."

아이를 보호하려면 빨리 따라잡아야 했기에, 결국 사쿠라는 히나기쿠를 업고 눈길을 달렸다. 히나기쿠는 업히기 싫다고 했었으면서, 사쿠라에게 업혀 즐겁게 환호성을 질렀다.

이윽고 사쿠라의 시야에 귀여운 방한복을 입고 노란색 니트 모자를 쓴 아이가 산으로 가는 모습이 보였다. 썰매를 끌며 걷고 있었는데, 걸음걸이에 망설임이 없는 것을 보면 확실한 목적이 있는 듯했다.

사쿠라는 다가가면서 아이를 관찰했다. 히나기쿠가 말한 대로 초등학생 정도일 것이다. 몸집이 작아서 만약 뒤에 납치범이 나타난다면 간단히 납치당할 것 같았다.

"이봐! 거기 너! 멈춰!"

납치범을 만난다. 납치당한다. 위해를 당한다. 사쿠라는 이 세 가지에 대단히 민감했다. 그래서 사쿠라는 선의로 부른 것이었지만, 그 친절한 마음은 바로 전달되지 않았다. 갑자기 뒤에서 키 큰 여성이 사람을 업고 달려와 자신을 부르자 아이는 놀라서 도망쳐 버렸다. 몇 분간 술래잡기를 벌인 뒤에야, 겨우 대화할 수 있었다.

"눈을 치우러 가."

히나기쿠와 사쿠라가 만나서 사정을 들은 아이는 역시 근처에 사는 여자아이였다.

이름은 나즈나. 올해 열두 살이 된다고 했다.

"산에…… 썰매, 랑, 삽, 가지고, 눈, 치우러, 가?"

"눈으로 노는 건 집 앞에서도 할 수 있잖아. 집으로 돌아가."

모르는 사람이 강한 어조로 말하자 나즈나는 곤혹스러운 시선을 보냈다.

—신분을 알려주면 말을 들을지도 모르겠어.

사쿠라는 자신들이 누구인지 말하기로 했다.

"……자기소개를 안 했네. 나는 히메다카 사쿠라. 신분은 사계의 대행자 호위관. 그리고 여기 계신 분이 카요 히나기쿠 님. 이 나라의 봄의 대행자시다."

놀라기를 기대했지만, 나즈나는 히나기쿠의 신분이 얼마나 대단한지 잘 모르는 것 같았다.

고개를 갸웃하고서 더더욱 수상쩍다는 눈길을 보내왔다.

"……사쿠, 라. 어린아이, 가, 히나기쿠를, 이해하는, 거, 어려울, 거야."

"네. 지적하신 대로입니다…… 반성하고 있습니다……."

어떻게 설명할까 고민하고 있으니 히나기쿠가 먼저 무릎을 굽혀 나즈나와 눈높이를 맞추고 웃으며 말을 걸었다. 사쿠라는 놀라서 지켜보았다.

"있지, 히나기쿠는, 봄을, 불러."

상대방의 단단한 마음을 눈 녹이듯 상냥하게 감싸는 음성이었다.

"**봄**이 뭐야?"

나즈나는 가까이에서 본 히나기쿠가 예뻐서 당황한 것 같았다.

히나기쿠는 히나기쿠대로 나즈나의 근본적인 질문에 눈이 휘둥그레졌다.

"……봄을, 몰라……?"

"몰라."

그 대답은 히나기쿠의 마음에 작은 바람을 일으켰고, 옆에서 듣고 있는 사쿠라의 마음은 편치 않았다. 하지만 히나기쿠는 곧바로 『그렇구나』 하고 중얼거리고서 상냥하게 말했다.

"봄은, 말이지……."

마치 옛날이야기를 들려주듯 나즈나에게 설명했다.

"계절 중, 하나, 야. 10년 동안, 없었, 지만, 올해부터, 있어. 사계는, 네 가지 계절이란, 뜻이잖아? 지금은, 세 개, 사실은, 네 개, 야."

"……언니는 그 네 번째 계절인…… 봄을 부르는 거야?"

"맞, 아. 원래는, 봄, 여름, 가을, 겨울, 이야."

"지금은 겨울이야……. 겨울의 대행자님이 계절을 불렀어."

"굉장하다. 잘, 아는, 구나. 그 말이, 맞아."

칭찬받은 나즈나는 기쁜 듯이 살짝 웃으며 쑥스러워했다.

"……학교에서 수업으로 배워. 봄…… 봄…… 아!"

"봄, 생각, 났어?"

"응. 하지만…… 봄은 없어졌잖아? 봄이 없어져서 류구도 옛날과는 다르다고 아빠가 그랬어. 원래는 이렇게 눈도 안 내리고 따뜻하대."

나즈나는 그녀들을 에워싼 설경을 가리켰다. 설원은 무한히 이어져 끝이 없었다.

"……응. 지금까지, 히나기쿠, 없어서, 봄, 야마토에, 선물, 못 했어. ……하지만, 돌아왔, 어……."

"……정말로 봄의 대행자님이야?"

"응, 히나기쿠, 이 나라의, 봄의, 대행자, 입니다."

"음…… 뭔가 수상해. 가짜 같아."

"어?"

"말하는 게 이상하잖아. 떠듬떠듬, 왜 그렇게 말해? 가짜야?"

히나기쿠는 어린아이의 잇따른 질문 공세에 쩔쩔맸다.

"야, 너. 너무 기어오르지 마."

사쿠라는 얌전히 지켜보고 있었지만 방금 그 말은 용납할 수 없었다. 사쿠라에게는 용납할 수 없는 것이 많았다. 기본적으로 다혈질이지만, 화내는 것은 주로 그녀가 섬기는 봄의 소녀와 연관된 것이 많다. 그리고 그중에서도 주인의 특수한 말투를 무시하는 자를 무엇보다 싫어했다.

“꼬맹이. 네가 어떻게 이해하든 이분은 사계의 대행자님, 봄의 대행자님이다. 지금부터 10년 만에 의식을 치르실 거야. 너는 봄을 현현하는 우리 일을 방해하고 있어. 얌전히 여기서 떠나.”

자연스럽게 냉랭한 목소리가 나왔다. 나즈나는 사쿠라의 가차없는 말에 위축되어 어깨를 움츠렸다.

“사쿠, 라.”

“어린애한테는 이 정도로 말해야 알아듣습니다, 히나기쿠 님.”

“무섭게, 말하면, 안, 돼……. 있지, 나즈나. 히나기쿠, 는, 정말로, 봄의, 대행자, 야. 류구를, 봄으로, 만들 거야. 그러면, 눈이 녹고, 봄이 와서, 겨울이, 끝나, 니까, 눈사태, 일어날지도, 몰라. 모두에게 피하라고, 부탁, 했어. 그러니까…….”

“히나기쿠가 신이라는 증거 보여줘. 그러면 말 들을지 말지 생각해볼게.”

그 말을 듣고 사쿠라와 히나기쿠는 얼굴을 마주 보았다. 만만치 않은 아이였다. 아이 특유의 초롱초롱 빛나는 커다란 눈으로 쳐다봐서, 보여주는 편이 빠르지 않겠냐는 문답이 주종 사이에 말없이 오갔다.

“알았, 어. 나즈나, 지금, 보여줄게. 하지만, 한 가지…… 정정할 거, 있어. 히나기쿠는, 신이, 아니야.”

이건 정의하기 어려운 문제였다. 야마토뿐만 아니라 세계 각국에서 다양한 말을 하는 사람이 있었다.

『그들』은 신이다. 아니다, 신이 아닌 사람이다. 아니, 사람이 아니다, 라고.

"굳이 따지자면 현인신일까요…… 히나기쿠 님."

"……으음, 히나기쿠, 는, 신이라고, 생각 안 해. 아니야. 우리, 사계의, 대행자는, 신이, 아니야."

"아니야? 사계의 대행자님은 마법의 힘으로 계절을 주는데?"

"응. 그건, 맞아."

"하지만 신은 아닌 거야……?"

그 물음에 히나기쿠는 곤란한 듯 미소 지으며 소매에서 주머니를 꺼냈다. 안에서 꽃씨를 집어 씨앗을 덥히듯이 쥐었다.

"신비한, 힘은, 있어. 하지, 만, 그건, 잠시, 맡았을, 뿐이야."

히나기쿠가 부드럽게 쥔 손바닥을 펼치자 잠시 후 알에서 새가 부화하듯 씨앗에서 작은 초록색 싹이 났다.

"히나기쿠의, 힘이, 아니, 야. 다만, 이런, 일, 할 수 있어. 그것, 말고는, 평범한, 사람, 이라고, 히나기쿠는, 자신을, 그렇게, 생각해. 똑같아. 다르지, 않아."

싹이 잎을 틔우고 꽃을 피워 이윽고 한 송이의 장미로 개화했다.

분명 어느 산림을 찾아봐도 이토록 아름다운 장미는 없을 것이다. 만들어진 아름다움이었다.

"사계의, 대행자, 는, 봄을, 고하고, 여름을, 넘기고, 가을을, 쏟고, 겨울을, 바쳐."

장미에 홀린 나즈나에게 봄의 대행자 하나기쿠가 이야기를 시작하듯 속삭였다.

“하지, 만. 어디까지, 나, 대행자. 춘하추동, 을, 맡은, 대행자, 야.”

춘하추동은 어떻게 순환하는가.

교과서적인 대답은 다음과 같다.

『춘하추동은 사계의 대행자가 순환시킨다.』

창세 설화는 나라에 따라 다르지만, 계절과 밤낮이 찾아오는 방식만큼은 공통적이다. 춘하추동은 사계절에게 힘을 받은 사계의 대행자가 가져오고, 밤과 낮은 새벽의 사수와 황혼의 사수가 하늘에 화살을 쏴서 가져온다. 멀리 있는 사람과 전자기기로 대화하고, 연산으로 미래를 예측하고, 납덩어리를 쏴서 죽고 죽이는 이 시대에도 그것만큼은 변함없다.

신화시대에 사계절로부터 힘을 받아『대행』하는 자들. 그들을 통틀어 사계의 대행자라고 불렀다.

산을 넘고, 골짜기를 지나, 세상 끝까지 모든 곳에 사계절을 전달하는 것이 그들의 일이다. 봄의 대행자, 여름의 대행자, 가을의 대행자, 겨울의 대행자가 존재하며, 극동에 있는 이 나라에는 사계청이라는 기관까지 존재해서 계절의 순환은 막힘없이 운영되고 있었다.

예전에는 그야말로 발로 대륙을 누비며 계절을 가져왔지만, 이동수단은 말로 바뀌어 마차가 되고, 마차가 자동차가 되고, 자동차가 비행기가 되었다.

근대적인 방식을 취하고는 있지만 하는 일은 아득한 옛날과 똑같았다.

그들은 맹약을 지키기 위해 끝없이 사계절을 순환시킨다.

봄의 대행자가 꽃을 피운 후 여름의 대행자가 태양이 작열하는 푸른 들판을 소환하고, 몇 달 후에는 가을의 대행자가 그 자리의 생명력을 흡수해 부패시켜서 단풍과 은행으로 융단을 깐다. 그리고 겨울의 대행자는 가을의 대행자가 물들인 세계를 은빛 설원으로 바꾼다.

그것이 사계의 대행자다.

"사계의 대행자님은 왜 여기 있어?"

사쿠라는 계속되는 질문에 슬슬 짜증이 난 모습으로 대답했다.

"봄을 피우러 왔다고 했잖아."

"그럼 얼른 류구를 봄으로 만들어줘."

"너! 너 때문에 못 하고 있다고!"

사쿠라는 저도 모르게 큰 소리를 냈다.

"내가 뭔가 잘못했어?"

"현재진행형으로 하고 있어! 너 같은 어린애가 혼자 돌아다니고 있으면 연장자가 보호하거나 지도해야 한단 말이다! 그래서 우리는 못 움직이게 됐어! 신성한 의식을 앞두고 너한테 시간을 할애하고 있다고! 알겠어? 반성해!"

"사쿠, 라. 그렇, 게, 무섭게, 말하면, 안, 돼."

사쿠라는 주인에게만큼은 웃는 얼굴을 보여줬지만, 여전히 핏대를 세우고서 말했다.

"……히나기쿠 님. 이런 건 제대로 말해야 합니다. ……어이, 냉큼 류구다케에서 떠나. 그보다 뭐 하러 가는 거야?"

"……눈 치우러."

"뭐……? 지금 시기에 산에 쌓인 눈을 치워서 어쩌려고? 전부 눈이잖아. 누가 시켰어?"

"아니야."

"그럼 스스로 하고 싶어서 하는 건가. 그런 바보 같은 얘기가 어디 있어? 거짓말하지 마."

"거짓말 아니란 말이야."

사쿠라도 짜증이 난 상태였지만 나즈나도 사쿠라에게 화가 난 것 같이 뺨을 부풀렸다.

"내가 하고 싶어서 온 거야!"

"눈 치우는 게 좋으면 집 앞에서 해. 잘 들어…… 네가 없었으면 우리는 지금쯤 봄의 의식을 치르고 있었을 거야. 우리와 너의 1초는 대등하지 않아. 신속하게 널 부모한테 돌려보내겠어."

그렇게 말하고서 사쿠라는 나즈나를 짐짝처럼 옆구리에 끼웠다. 안 그래도 몸집이 작은 나즈나가 키 170cm 가까이 되는 사쿠라에게 안기니 인형 같았다.

"싫어, 싫어, 싫어, 싫어!"

마치 하늘을 헤엄치듯 손발을 허우적거렸다.

"큭…… 이 녀석, 새우인가."

나즈나가 새우처럼 펄떡거리며 저항하며 사쿠라의 옆구리를 걷어차서 손을 놨고, 화려하게 착지한 나즈나가 혀를 메롱 내밀었고 사쿠라는 부들부들 떨었다.

"이 꼬맹이는 뭐야! 새우냐!"

히나기쿠는 그런 두 사람이 재미있었는지 소매로 입가를 가리고서 떨었다.

"히나기쿠 님!"

"왜, 왜 불러……? 후후."

"웃을 일이 아닙니다! 시간은 무한하지 않습니다. 날이 저물기 전에 의식을 치르려고 했는데……!"

"아, 아니, 야……. 히나기쿠, 진지, 해. 안, 웃어. 봐, 봐, 진지해."

"아뇨, 방금 웃으셨잖아요? 왜 거짓말하시는 겁니까. 귀여우니까 괜찮지만……."

사쿠라는 한숨을 쉬었다.

—빨리 의식을 끝내야 하는데…….

나즈나는 어느새 도망쳐서 히나기쿠에게 찰싹 안겨 있었다.

"있지…… 사쿠, 라. 이 아이, 의, 엄마, 아빠, 찾아서, 불러, 와, 주면, 안 될까……? 기다리는, 동안, 히나기쿠, 이 아이, 랑, 같이, 있을, 게."

"안 됩니다! 호위 없이 두고 갈 수 없습니다."

"괜찮, 아. 잠깐, 이면, 되는걸……. 사쿠라, 발, 빠르고."

"그 잠깐도 안 된다는 걸 아시지 않습니까!"

사쿠라는 저도 모르게 비명을 지르듯 외치고 말았다. 말하고 나서 스스로 자신의 입을 가렸다.

"……응, 미안, 해."

히나기쿠는 미동도 없이 똑바로 그 격정을 받아들였다.

"……사쿠라, 더는, 신경, 안 써도, 돼……."

남들이 듣기에는 그저 다정한 말 같겠지만, 그 말은 사쿠라의 마음에 난 오래된 상처를 후벼 팠다.

—어째서 그런 말씀을 하시는 거죠.

"……신경 씁니다. 평생 신경 쓸겁니다."

이번에는 손바닥으로 자신의 얼굴 전체를 덮었다. 눈앞의 소녀를 보기 괴로웠다.

그녀가 청렴할수록, 상냥할수록, 사쿠라의 가슴에는 작은 아픔이 일었다.

—이분의 일거수일투족, 모든 것을.

보지 않을 수 있다면.

—눈을 가릴 수 있다면.

상처받지 않을 텐데.

—하지만, 봐 버리고 말아.

애타게 시선을 보낸다.

이 소녀를 절대 시야에서 놓치지 말라고, 자기 자신에게 금제를 가한다.

사쿠라는 그것을 아주 오랫동안 마음속에 새겨 왔다. 종자의 갈등을 아는지 모르는지, 히나기쿠는 햇살처럼 따사로운 음성으로 말했다.

"응…… 하지만, 지금, 히나기쿠, 는, 같이, 있잖아. 그러니까, 괜찮, 아……."

벌과 죄책감을 불러일으키는 이 사람은 언제나 사쿠라에게 상냥하다.

"……히나기쿠 님."

"응?"

"사쿠라는, 히나기쿠 님의 장기말입니다."

"장기말, 아니야."

"그럼 칼입니다. 당신께서 유일하게 믿어도 되는 아군입니다."

"……응."

"죄송합니다. 잠깐이었지만 깜빡했습니다. 저는 히나기쿠 님을 지키는 칼이니, 히나기쿠 님이 해야 할 일과 하시고자 하는 일을 도와야 합니다."

사쿠라는 기분을 전환하는 데 성공했는지 평소와 같은 서늘한 분위기로 말했다.

"히나기쿠 님을 지키면서, 특례이긴 하지만 그 꼬맹이도 지키기로 하죠. 히나기쿠 님은…… 그러길 원하시죠?"

"그래도, 돼……?"

히나기쿠는 태양이라도 보는 듯한 눈으로 사쿠라를 바라보았다. 그리고 생긋 미소 짓고서 나즈나에게 웃어줬다.

"고마, 워……! 나즈나. 사쿠라가, 괜찮다고, 했으니, 까, 히나기쿠, 나즈나가, 가려는 곳, 같이 가도, 될, 까?"

"나 혼자 가도 돼."

"나즈나. 가족한테, 제대로, 말하고, 나왔, 어?"

"……."

"하지만, 히나기쿠, 랑, 사쿠라, 있으면, 가족, 한테, 변명, 할 수, 있어."

"……그래도 돼?"

"응, 괜찮, 아. ……나즈나, 는, 아직, 어리, 니까……."

사쿠라는 과자처럼 달콤한 목소리로 속삭이는 히나기쿠를 훔쳐보았다.

—가끔 어른스러운 말씀을 하셔.

사쿠라의 눈에 히나기쿠는 더 작은 어린아이로 보였다.

그래서 때때로 그녀가 어른스러운 말을 하면 퍼뜩 정신이 들었다.

—그러고 보니 이분은 열여섯 살이라는 걸, 깨닫게 돼.

처음 만났을 때는 더 어렸고.

『■■ 님. ■■ 님.』

작은 주인을 섬기는 나날이 즐거웠다.

『사쿠라. 늘 곁에 있어줘서 고마워.』

선택받은 것이 명예롭고 기뻐서.

『■■ 님을…… 사쿠라도 좋아해……?』

어떤 안 좋은 일이 있더라도 힘낼 수 있을 거라고 믿었고.

『사쿠라. 사쿠라.』

무엇으로부터든 지킬 수 있을 거라고.

『■■ 님! ■■ 님! 사쿠라!』

근거도 없이, 그렇게 생각했다.

『부탁이에요……. 사쿠라를 죽이지 말아요. ■■ 님을 죽이지 말아요…….』

과거로 돌아갈 수만 있다면 당시의 자신을 죽이고 싶다.

『사쿠라, 도망쳐.』

죽여버리고 싶다.

『도망쳐서, 사는 거야.』

너 때문에, 『히나기쿠 님』은 죽은 거야.

"사쿠라."

자신을 부르는 소리에 마음속 깊은 곳에 있었던 사쿠라의 의식이 돌아왔다.

"……네, 히나기쿠 님."

사쿠라는 어느새 자신이 식은땀을 흘리고 있음을 깨달았다. 칼바람에 금세 땀이 날아가며 피부가 차가워졌다. 하지만 지금의 사쿠라에게는 필요한 추위였다.

—정신 차려. 이번에야말로 완벽한 종자가 되는 거야.

"어이, 새우꼬마……."

"나 · 즈 · 나!"

"나즈나, 너한테 귀중한 시간을 할애해 주겠어. 산에서 눈을 치워야 하는 곳이 어디인지 얼른 말해. 도와줄 테니까……."

사쿠라로서는 손을 내미는 말이었지만, 나즈나는 고개를 휙 돌리더니 히나기쿠 뒤에 숨어 버렸다. 그리고 다시 혀를 메롱 내밀었다.

사쿠라의 입가가 실룩거렸다.

"히나기쿠 님. 이 새우꼬마의 볼일이 끝나면 택시를 불러서 아이를 차에 처넣고 저희는 의식을 재개하기로 하죠."

"응. 그러, 자."

"뭐~? 아줌마는 오지 마."

"이 망할 꼬맹이, 나는 아직 열아홉 살이다. 야마토에서는 너와 마찬가지로 미성년자야!"

"둘 다, 싸우지, 마."

세 소녀는, 그렇게 나란히 길을 나아가게 되었다.

앞쪽에는 류구 신사로 가는 등산로와 또 다른 길이 있었다.

원래 예정대로 진행되었다면 히나기쿠와 사쿠라는 등산로로 갔을 것이다. 하지만 나즈나가 다른 길을 선택했기에 그 길을 따랐다. 썩은 나무들이 쓰러져 있고, 그 위에 눈이 묻어 있는 조금 으스스한 숲길이었다.

겨울에는 찾아오는 사람이 별로 없는 것 같았다. 간판이 묻혀버린 주차장과 주변의 길만큼은 어느 정도 제설이 되어 있어서 걸을 수 있었다.

"나즈나, 다, 왔을, 까?"

히나기쿠가 묻자 나즈나는 기쁘게 고개를 끄덕였다.

"거의 다 왔어."

하지만 다음 순간 눈을 질끈 감고 괴로운 표정을 지었다. 산속을 뛰노는 듯한 칼바람이 불어왔기 때문이다. 나즈나가 쓴 니트 모자가 머리에서 떠올라 날아가려고 했다.

"모자 날아가겠다."

사쿠라는 반사적으로 손을 움직여 모자와 함께 나즈나의 머리를 눌렀다.

나즈나는 눈을 깜빡이고서 놀란 얼굴로 인사했다.

"……아줌마, 고마워."

사쿠라가 자신을 지켜주리라고는 생각하지 않았을 것이다.

"……아줌마라고 하지 마. 히메다카 사쿠라라고 했잖아."

"그럼…… 사쿠라, 고마워."

처음으로 나즈나가 사쿠라에게 수줍은 미소를 보여줬다. 이전보다는 훈훈해진 분위기가 흘렀다.

"나즈나, 의, 그, 모자, 귀엽, 네."

"……정말? 이거 엄마가 골라준 거야."

나즈나의 기분은 더 좋아졌다.

"나도 이게 제일 마음에 들어!"

히나기쿠와 사쿠라 앞을 쫄랑쫄랑 걸어가면서도 이따금 뒤돌아 칭찬받은 모자를 만지며 웃었다. 히나기쿠는 그 모습을 보고 미소 지었다.

"어린아이, 귀여워. 그치? 사쿠라."

"……그렇습니까? 저는 히나기쿠 님이 더 사랑스럽습니다. ……그보다 히나기쿠 님, 춥지 않으십니까?"

"응, 괜찮아."

"산은 역시 춥습니다. 감기 걸리시진 않을까 걱정입니다……."

"히나기쿠, 따끈따끈해. 사쿠라가, 잔뜩, 입혔잖아. ……사쿠라, 옷이, 더 얇아……."

"저는 무슨 일이 생겼을 때 칼을 뽑고 움직여야 하니까요."

두 사람이 이야기하고 있으니 대화에 끼고 싶어졌는지 나즈나가 속도를 늦춰 옆으로 왔다.

"있지, 히나기쿠!"

"이건 그냥 넘어갈 수 없는데. 「님」을 붙여."

모처럼 좋은 분위기였지만, 히나기쿠 지상주의자인 사쿠라의 한

마디로 분위기가 깨졌다.

"정말, 사쿠라…… 어째, 서, 그런 말, 해?"

"하지만…… 히나기쿠 님은 이 나라에서도 최고위인……."

"그런 거, 상관, 없어. 나즈나, 한테, 좀 더, 다정하게, 대해, 줘…… 떼끼, 야!"

히나기쿠가 검지를 세우고서 화났다는 얼굴로 말했다.

"떼끼인가요……."

전혀 안 무서웠다.

"응. 사쿠라, 떼끼, 야."

주인의 사랑스러움에 당한 사쿠라는 멍청한 얼굴로 웃었다.

"히나기쿠 님…… 그럴 수가…… 좀 더 말해주세요……."

뺨을 장밋빛으로 물들이고 수줍어하면서 기뻐했다.

"반성, 안, 하지? 사쿠라."

"반성하고 있습니다. 그러니까 더 말해주세요. 고개도 살짝 갸웃해주시면 더 좋고요……."

히나기쿠는 반성의 기미가 안 보이는 사쿠라의 태도에 뾰로통해졌다.

"나즈나, 사쿠라는, 신경 안 써도, 돼. 히나기쿠, 왜 불렀어?"

나즈나도 뺨을 부풀리고서 뾰로통한 모습이었지만, 히나기쿠가 물어봐 줬기에 다시 입을 열었다.

"있지, 히나기쿠 님은 어째서 10년이나 숨바꼭질을 한 거야?"

그건 온화한 분위기에 찬물을 끼얹는 듯한 말이었다.

"……어?"

이『살짝 기묘한 두 사람』은 어째서 이곳에 나타났는가?

어째서 이 나라에 봄을 모르는 아이가 있는가. 사라진 10년간 히나기쿠는 어떻게 살았는가. 그런 어두운 사정을 거리낌 없이 물은 것이다.

"교과서에는 안 적혀 있지만 다들 말해.『신의 숨바꼭질』,『카미카쿠시#2』라고. 히나기쿠 님은 신인데 왜『카미카쿠시』당했어?"

히나기쿠는 천진난만한 물음에 상냥한 얼굴로 곤란한 표정을 했다. 그리고 주인이 말하게 하지 않고, 사쿠라가 대신 대답했다.

"……히나기쿠 님도 그러고 싶어서 그렇게 된 게 아니야. 불행한 사고였어."

"사고……? 그럼 사고로 다쳐서 10년 동안 병원에 있었던 거야?"

"자세한 내용은 말하지 않을 거야. 너한테 할 말은 아니야. 관계자도 아닌데 말해줄 리가 없잖아."

"……과, 관계있어."

"어린애가 무슨 소릴 하는 건지……."

어이없다는 듯 말하자 나즈나는 다시 얼굴을 찡그렸다.

"관계있어! 우리 아빠는 관광 일을 한단 말이야. 류구는 남쪽 섬인데 겨울이 길어지고 눈도 내리게 돼서 곤란하다고 했어! 우리 집에 돈이 별로 없는 것도 그것 때문이야! 봄이 없는 건 나즈나랑도 관계있어! 좋아하는 것도 못 사는걸!"

그 말에 히나기쿠는 몹시 슬픈 표정을 지었다.

"그건…… 미안, 해……."

#2 카미카쿠시 사람이 어느 날 홀연히 사라지는 현상. 신이 데려가 행방불명됐다는 개념이다.

자신이 저지른 죄와 상처받은 사람들이 눈앞에 나타나서 직시하게 된 듯한, 그런 죄책감 가득한 얼굴이었다.

"……너 말이다, 남을 비난하니까 좋아?"

사쿠라조차 괴로운 듯 눈썹을 내렸기에 나즈나는 조금 당황했다.

"나…… 나는, 심술부리려고 한 말 아니야……."

"……나즈나. 괜찮, 아. 심술, 아닌 거, 알아."

"……심술부린 거…… 심술부린 거 아니야."

"……나즈나."

히나기쿠는 더욱 슬픈 표정을 지었지만, 잡념을 떨쳐내듯 고개를 흔든 뒤에 온화하게 웃는 얼굴로 돌아와 있었다. 그리고 침울해진 나즈나를 격려하듯 밝게 말했다.

"……나즈나, 있지, 비밀, 이지만, 가르쳐, 줄게."

"응?"

"히나기쿠, 10년 동안, 분부, 를, 따르고, 있었어."

"……분부?"

"히나기쿠…… 『참고 견디며, 싸울 때를 기다린다』를, 하고 있었, 어. 했던 일, 그거, 야."

"……참고 견디며……? 싸울 때를……?"

나즈나가 고개를 갸웃했다. 무슨 뜻인지 이해하지 못했을 것이다. 히나기쿠는 그런 나즈나를 보며 부드럽게 미소 지었다.

"응, 이건 말이지…… 히나기쿠……의, 아, 아는 사람, 의, 엄마, 한테, 들은, 말, 인데……."

사쿠라는 웃고 있는 히나기쿠를 바라보았다.

"……지금은, 지고 있어도, 일어나서, 싸울 수, 있는, 날을 기다리는, 거야."

진귀한 황수정색 눈동자를 가진 소녀. 봄의 화신. 그녀는 당연하다는 듯 이곳에 있다. 살아있다. 그래서 사쿠라는 히나기쿠의 모든 행동을 지켜보았다.

바라볼 수 없었던 기간이 있었기에, 그 상실을 메꾸듯 곁에 있으며 주인의 모습을 자신의 눈에 담았다.

"게임이라든가 스포츠 승부를 말하는 거야?"

"으음…… 그게 아니라…… 만약, 지금은, 싸울 수 없는, 곤경……에, 처해도, 겨울에, 동면하는, 동물들, 처럼…… 그 기간을, 견디고, 견디고, 견디는 거야……."

시선 끝에 있는 봄의 소녀신은 누구에게나 상냥하다.

"……포기하면, 안, 돼."

하지만 그 상냥함이 상처에서 태어난 것임을 사쿠라는 알고 있었다.

"살아있으면…… 반드시…… 언젠가는, 눈이, 녹듯이, 봄이, 오니까……."

상처받은 만큼 상냥해진 사람이라는 것을, 사쿠라는 알고 있었다.

—안 그래도 되는데.

사쿠라는 관대하지 않기에 다른 사람에게도 주어지는 히나기쿠의 상냥함을 질투했다.

"결코, 내던지지 말고, 사는 거야. 싸울 수 있는 날, 은, 위기를 극복할 수 있는 날은 반드시, 와……."

—나한테만 상냥하면 되는데.

비열하게도 그렇게 바랐다. 실제로는 이루어지지 않을 바람이었다.

"그, 아는 사람……의 엄마, 는, 히나기쿠, 만큼, 은, 그랬으면, 좋겠다고, 했어. 그거, 아주, 어려운, 일……이야. 못 하는, 사람, 도…… 있어. 하지만, 히나기쿠는…… 그분, 을, 좋아했, 으니까, 열심히, 따르고, 있, 는, 거야……."

히나기쿠의 말이 무슨 뜻인지 전부 이해할 수 있는 사람은 이 세상에 몇 명밖에 없었다.

"……그걸 10년 동안 한 거야?"

나즈나가 묻자 히나기쿠는 쓴웃음을 지었다.

"음, 그것만, 한 건, 아니, 지만, 히나기쿠, 나름대로, 싸우고, 있었어……."

"……잘 모르겠지만, 히나기쿠 님도 큰일이었다는 거구나."

"으음…… 그런, 걸까……. 하지만, 야마토, 사람들, 에게, 민폐, 끼친, 만큼, 앞으로, 열심히, 노력할 테니까…… 히나기쿠, 를…… 지켜봐, 줘……."

힘없이 미소 짓는 히나기쿠를 더는 볼 수 없었는지 사쿠라가 이야기를 끝내려는 듯 말했다.

"자…… 이제 됐지? 깊은 사정이 있었어."

"왜 사쿠라가 끼어드는 거야?"

멋대로 대화에 끼어들지 말라는 것 같은 나즈나의 말에 사쿠라 역시 시비조로 대꾸했다.

"류구의 문제는 조만간 해결돼. 이제 됐잖아. 히나기쿠 님이 이 이상 말하게 하지 마."

"소리 지르지 마!"

"……소리 지르진 않았는데."

"화난 목소리였단 말이야. 목소리가 살짝 컸어. 어른들은 왜 툭하면 소리 지르는 거야……?"

나즈나가 발을 굴렀다. 어린아이에게 무심코 짜증냈다는 것을 사쿠라도 겨우 자각하고 목소리를 낮췄다. 자신의 행동을 부끄러워하며 사과했다.

"미안……. 그리고 나는 미성년자라고 했잖아. 어른이 아니야. 야마토에서는 말이야."

"나즈나, 어른들이 정말 싫어……."

"나는 미성년자래도. 열아홉 살이야. 어이, 무시하는 거냐."

"가족도 엄마 말고는 싫어……. 사쿠라는 어른이야. 못됐으니까."

사쿠라는 그 말에 어쩔 수 없다는 듯 양손을 들었다. 어린아이의 비위를 맞추는 건 어려웠다.

"……어른들…… 나즈나, 를, 힘들게, 해……?"

히나기쿠가 걱정스레 묻자 나즈나는 뭐라 말할 수 없는 표정을 지었다.

"나를 신경 안 써준단 말이야……."

"어머니, 랑, 아버지, 많이, 바쁘, 셔?"

"응…… 아마도……."

나즈나의 얼굴에 외로움이 스쳤다. 나즈나는 그것을 떨쳐내듯 작은 다리를 기민하게 움직여 두 사람보다 먼저 가버렸다. 사쿠라는 눈 속을 나아가는 아이의 등을 보고 생각했다.

—조금 복잡한 가정인 걸까.

아이가 하는 말이니 전부 진실이진 않겠지만, 종합하면『무관심한 아빠』와『바쁜 엄마』, 그로 인해 고독한 딸이라는 구도가 만들어졌다.

그래서 혼자 집을 빠져나와도 들키지 않고 올 수 있었던 걸까.

"……히나기쿠 님."

"네, 에."

"저는 딱히 저것이 어떻게 되든 전혀 상관없지만……."

"……."

"……부모에게 넘길 때 한마디 해야 하지 않겠습니까. 저희는 피해를 본 입장이니 말할 권리가 있을 겁니다. 저것이 외로워하고 있다고."

"……히나기쿠, 사쿠라의, 그거, 뭔지 알, 아."

"네? 뭐가 말입니까?"

"사쿠라의, 그런, 태도, 츤…… 츤도라(툰드라)라고, 하, 지?"

히나기쿠는『나 잘 알지?』라고 말하는 듯한 표정을 지었다.

"……아니, 그거 아마도, 분명 아닐 거예요, 히나기쿠 님."

사쿠라는 냉정하게 지적했다. 머릿속에는 수목도 자라지 않는 동토의 모습이 떠올랐다.

"사쿠라는, 차가운, 척, 하지만, 사실은, 아주아주, 다정한 아이, 인걸."

"아, 아닙니다!"

"아니요. 맞습, 니다. 다정한, 사쿠라, 가, 한 말, 히나기쿠, 찬성, 이에요."

사쿠라는 얼굴을 붉히며『아닌데……』하고 중얼거렸다.

“제가 다정하게 대하는 사람은 히나기쿠 님뿐입니다. 어쨌든…… 그때는 히나기쿠 님도 거들어 주세요. 저는 인상이 별로 좋은 편은 아니니까요…….”

“응……. 그나, 저나, 나즈나, 는, 뭘, 하려는, 걸까?”

“눈을 치우러 간다고 했죠.”

“하지, 만, 아무도, 몰래, 할 일, 은, 아니야…….”

사쿠라와 히나기쿠는 앞장선 나즈나 뒤에서 작은 목소리로 이야기했다.

나즈나는 점점 산속으로 들어갔다.

만족스럽게 제설되지 않은 좁은 길은 급경사를 그리고 있었다. 이 길을 차로 오르기는 어려울 것이다. 노인이 지나기라도 하면 큰일이었다.

“히나기쿠 님, 경사가 있습니다. 제 손을 잡으세요.”

“영, 차. 에구구.”

히나기쿠는 부츠를 신고 있지만, 어쨌든 보폭이 제한되어 있는지라 걸음이 느려졌다.

“빨리 와~.”

나즈나는 상관하지 않고 먼저 갔다. 자연스럽게 거리가 점점 벌어졌다.

“나즈나! 너무 앞서가지 마!”

“그치만 느리단 말이야.”

나즈나는 이 길을 이미 몇 번 오간 적이 있을 것이다. 가파른 설원을 가뿐히 올라가는 모습은 흡사 작은 닌자 같았다. 남겨진 봄의 주종은 비탈길을 오르는 나즈나를 쫓아갔다.

어느 정도 올라가자 경사는 조금씩 완만해졌다.

—뭔가 이상해.

나즈나가 고른 산길에 들어섰을 때부터 생각했지만, 이쪽 길은 아무리 생각해도 어린아이가 눈을 치우러 갈 만한 곳이 아니었다.

—설마 저게 여우고, 우리를 홀리고 있는 건 아니겠지.

그런 의심이 들 만큼 다른 차원에 들어와 버렸다는 느낌을 지울 수 없었지만, 그래도 어린아이를 혼자 버려두고 돌아갈 수는 없었다.

—만약 이것이 『역적』의 수법이라면.

사쿠라는 나즈나의 작은 등을 바라보며 칼이 잘 있는지 확인했다.

—만약 그렇다면.

현대에 가지고 다니기에는 너무나도 시대착오적인 물건이지만, 사쿠라의 유일한 아군이었다.

—그렇다면 베어야 해.

나즈나가 가는 길을 지켜보며 따라가니 이윽고 정상에 있는 탁 트인 곳에 도달했다.

"와, 아……."

히나기쿠가 탄성을 자아냈다. 눈과 빛과 나무들이 만들어낸 자연의 아름다움이 그곳을 채우고 있었다.

눈꽃이 공기 중에서 반짝반짝 빛나며 햇볕 속에 내리는 모습이 아름다웠다.

나무들이 에워싸고 있기에 압박감은 있지만, 위쪽은 뚫려있어서 하늘에서 내리는 해의 은혜를 듬뿍 받을 수 있었다. 산속에 숨은 고요한 은신처. 선녀가 내려오더라도 이상하지 않을, 자연이 만들어낸 특별한 공간이었다.

"……사쿠, 라."

하지만 히나기쿠와 사쿠라는 단순히 그곳을 멋진 장소라고 인식할 수 없었다.

"……히나기쿠 님……."

예상치 못한 것이 자리해있었기 때문이다.

—이 상황은 뭐지?

그것은 여기까지 걸어온 두 아가씨에게 의도치 않게 섬뜩한 인상을 줘서, 무심코 서로 이름을 부르며 겁먹은 몸을 바싹 붙이게 하는 효과가 있었다.

—왜 우리를 이런 곳으로 데려온 거야?

데려온 장본인은 이쪽으로 오라며 웃고 있었다.

"……."

사쿠라는 히나기쿠를 등 뒤로 숨겼다. 본능이 히나기쿠를 지키라고 경고하고 있었다. 하지만 사쿠라가 입을 열기도 전에, 히나기쿠가 사쿠라 뒤에서 얼굴을 내밀고 물었다.

"……나즈나, 뭐, 해?"

이 상황에서 자아내기에는 굉장히 상냥한 목소리였다. 눈앞에 명백히『문제』가 있는데 비난하지 않고, 일단은 이야기를 들어보려 한다는 것을 알 수 있는 음성이었다.

히나기쿠와 사쿠라에게 겁을 준 범인인 나즈나는 그런 두 사람의 속마음도 모르고 웃으며 어리둥절해했다.

"보면 몰라? 눈 치워."

나즈나는 기분이 좋았다.

"지치긴 했지만 겨우 도착했고, 만났으니까 힘내서 치워야지."

나즈나는 자신이 지금 하고있는 일이 평범한 일이라는 것처럼 말했다.

하지만 히나기쿠와 사쿠라에게는 어떤 말도 냉기를 띠고서 전달되었다.

보이는 모든 풍경이 정상 속에 작은 비정상을 품고 있었다. 그렇게 보고 싶지 않지만, 이상함을 부정할 수 없었다. 다른 장소였다면 좋았을 것이다. 『이상』하다고 두려워하지 않았으리라.

하지만 그렇게 생각하지 않을 수 없었다. 같은 간격으로 존재하는 눈 더미. 나즈나가 삽으로 팔 때마다 눈에 덮여 있던 것이 드러났다. 나무들 사이로 비친 햇빛이 모든 것을 드러냈다.

"……나즈나, 하지, 만……."

뭔가가 명확하게 망가져있음을 드러냈다.

"하지만, 여기, 무덤, 이야."

히나기쿠와 나즈나 사이에는 서로의 이해를 막는 장애물이 있었다.

그러나 이상함을 지적해도 나즈나는 동요하지 않았다.

오히려 뻔히 아는 걸 왜 굳이 물어보냐는 표정을 했다.

"알아."

"……알고, 있, 어?"
"응, 알고 있어."
산들의 정적 속에 소녀들의 목소리가 울렸다. 그와 동시에 푹, 푹, 하는 소리도.
"있지."
푹, 푹, 눈을 찌르는 소리. 나즈나는 망설이지도 않고 아마도 누군가의 무덤일 곳에 마치 칼을 찌르듯 삽을 찔렀다.
"이 밑에서 엄마가 자고 있어."
푹, 푹.
"오는 게 조금 힘들단 말이지. 하지만…… 엄마를 위한 일이니까……."
푹, 푹. 찌르고, 찌르고, 팠다.
푹, 푹. 푹, 푹. 푹, 푹.
"썰매 옮겨줘서 고마워."
삽은 눈을 퍼내기 위해, 썰매는 퍼낸 눈을 옮기기 위한 운반 도구.
"엄마가 추우면 가여우니까."
그녀는 정말로 진실을 말했던 것이다. 이러기 위해 아무도 모르게 집을 나와 이곳까지 왔다.
"나즈나는 눈을 치우러 왔어."
그렇게 속삭이고 눈 쌓인 무덤 앞에서 웃는 모습은 너무나도 순진무구했다.
"……."
사쿠라는 입을 벌렸다가 다시 다물었다. 뭔가 말하려고 했지만,

말이 나오지 않았다.

괜찮은 말을 해줄 만한 장면도 아니지만, 말문이 막혀버렸기에 잠시 후, 감정이 정리되어 겨우 물어볼 수 있었다.

"……성묘야? 이런 겨울에."

"……아니야. 눈 치우러 왔다니까. 추우니까."

"……이봐, 한 번 더 묻겠는데, 그건 무덤이잖아."

"응, 무덤이야."

나즈나는 확실하게 대답하고 있었다. 처음 만났을 때부터 그랬다. 어리지만, 대답은 명쾌하게 했다. 그런 총명한 구석이 있는 아이였다. 그렇기에 무서웠다.

"……무덤 밑에 엄마가…… 있는데, 성묘가, 아니라고……?"

"응."

나즈나는 작은 몸을 놀려 계속 눈을 치웠다.

—성묘가 아니라면, 뭐지?

야마토의 성묘는 통상 여름에 한 번, 조상의 무덤을 보러 가서 잡초 등을 정리하는 것이다. 그건 아마 어느 지방이든 그럴 테니 이해할 수 있었다. 무덤 청소는 성묘라는 행위의 예절이다.

—하지만 나즈나는 아니라고 한다.

명확하게 뭔가가 어긋나 있었다.

—애초에 성묘라면 처음부터 성묘라고 말했으면 됐을 텐데, 고집스럽게 눈을 치우러 간다고 했지.

뭔가 크게 어긋나 있었다.

—모친의 죽음을 분명히 말하지 않고 여기까지 왔어.

그 어긋남이 무시무시한 것으로 보였다.

—설마, 죽음을 이해하지 못했나?

사쿠라는 가급적 말투가 날카로워지지 않도록 애쓰며 말했다.

"너는…… 엄마가 죽었다는 건…… 이해하고 있지?"

"……."

나즈나는 잠시 간격을 두고서 고개를 끄덕였다. 사쿠라는 안도했다. 하지만, 긴장감은 여전했다.

마치 중대한 사건의 교섭인이라도 된 것 같은 심정이었다.

"……하나 더 묻겠는데, 엄마가 춥다고 해? 나즈나, 너한테는 그 목소리가 들려?"

나즈나는 손을 멈추지 않고 고개를 저으며 무슨 말도 안 되는 소리냐는 표정을 했다.

"그럼 어떻게 춥다는 걸 알지?"

나즈나는 질문에 답하지 않고 되물었다.

"……사쿠라는 낮잠 잘 때 엄마가 이불 덮어준 적 없어?"

사쿠라는 당황했다. 나즈나의 가정과 같이 평범한 삶을 살지 않아서 자신의 경험으로는 확실하게 단언할 수 없었기에 잠시 머뭇거린 후에 대답했다.

"어머니가 그랬던 적이 있는지는 모르겠지만……."

자신의 기억에 해당하는 일이 없더라도, 나즈나가 말하고자 하는 것은 이해할 수 있었다.

"히나기쿠 님에게는 자주 그래……."

사쿠라에게 있어서 사랑해 마땅한 주인에게 자신의 겉옷을 빌려

주는 것은 노력이나 의무라기보다는『하고 싶은 일』이었다. 히나기쿠가 기뻐해 준다면 언제든 하고 싶다.

"몸을 소중히 여기셨으면 하니까."

—히나기쿠 님 말고는 따로 소중히 여기고 싶은 사람은 없다.

말하고 나니 사쿠라의 손을 살며시 잡는 이가 있었다. 히나기쿠였다. 사쿠라는 고동치는 심장 소리를 들으며 손을 맞잡았다. 이 신의 손을 잡으면 어떤 상황에서든 용기가 났다.

"그건 그 사람을 좋아하고…… 추워 보이니까 덮어주는 거잖아?"

"그렇지…… 좋아하는 사람한테는 그러는 법이야. 하지만 이건 무덤이야. 무덤은……."

—그 아래에 있는 자는 말이 없고, 그곳에 영혼이 있는지조차 알 수 없다.

결국 나즈나는 이해할 수 없다는 표정을 하는 사쿠라에게 짜증을 숨기지 않고 크게 외쳐 대꾸했다.

"나는 엄마가 나한테 해준 걸 나도 해주고 싶은 거야!"

그건 세계 전체에 불만을 퍼붓는 듯한 외침이었다.

"하지만…… 추운지 안 추운지 알 수 없잖아……?"

나즈나는 사쿠라의 의문을 거절했다. 어째서 못 받아들이는지 이해하지만 안 그랬으면 좋겠다는 감정이 얼굴에 나타나 있었다.

"분명 추울 거야! 그렇지 않더라도 하고 싶어……! 그럼 안 돼?"

"아니…… 그건……."

더는 세상에 없는 사람을 생각하는 것은 금기인가.

"……이상하다고, 비정상이라고 말하려는 거지……?! 그래서 어른이 싫어……!"

그 물음에 누가 안 된다고 할 수 있을까.

나즈나는 자신의 생각을, 행동을, 그녀만의 추모를 부정하는 『올바름』을 미워하는 것 같았다.

"죽었다는 걸 안다면 그러지 말라고…… 아빠도 말해. 아빠는 이제 아무렇지도 않은 것처럼 굴어. 그게 옳다는 건, 어려도, 알아……."

점차 목소리에 울음소리가 섞였고, 침을 삼켜서 눈물이 나려는 걸 참고 있었다.

장갑으로 얼굴을 벅벅 닦았다. 하지만, 눈물은 금세 생산되어 버렸다.

"……그 정도는, 안단 말이야. 바보가 아니니까. 나는, 바보가 아닌걸."

분명 가족이 사줬을 장갑에, 가족을 생각하고 흘린 눈물이 스며들었다.

그 눈물을 멈출 수 있는 사람은 없다. 멈춰줄 가족은 없다.

"……하지만. 집에서, 산이 보여."

그래서 호소했다. 스쳐 지나가는 인연이어도, 이 괴로움을 알아달라고.

"……집이…… 산 근처에 있는걸. 어째서, 그런 곳에 집을 지었을까."

아마 이번이 처음은 아닐 것이다.

사쿠라는 마침내 이 이질적인 상황을 받아들이게 되었다.

"아침에, 일어나서, 커튼을 걷으면…… 엄마가 있는 곳이 보여."

나즈나는 이전에도 아빠의 눈을 피해 이렇게 해왔을 것이다.

"류구다케. 그래서 보게 돼. 매일매일 봐버려."

그녀는 산에 간다. 더는 세상에 없는 상대를 만나러 산에 간다.

"바보 같은 짓이라는 건 알아. 하지만, 산이, 보여……. 산에 엄마의 무덤이 있어……."

의미가 있는지 없는지, 본인도 생각한 적이 있을 것이다.

하지만 멈출 수 없었다. 다른 사람은 잘 넘긴 일을, 나즈나는 할 수 없었다.

"여름은 좋았어. 꽃이 예뻐서 외롭지 않을 것 같았어."

무덤에서 눈을 치웠다. 파내듯이, 열심히, 정성스레, 힘껏, 마음을 담아.

"가을은 좋았어. 단풍이 이불이 되어 주니까."

죽음을 받아들이지 못한 것은 아니다. 그 아래에 무엇이 있는지 알고 있었다.

"……하지만, 겨울은……."

이제 세상에 없다는 건 알고 있는데.

"……아마, 엄마가 춥지 않을까 싶어서……."

멈출 수 없다.

"저렇게 새하얀 곳에서 혼자 외롭지 않을까 하는 생각이 들어서……."

멈출 수 없었다.

"그런 생각이 들어서……. 왜냐하면 보이는걸……. 학교에 갈 때도, 집에 올 때도, 아빠를 현관에서 맞이할 때도, 항상, 항상, 항상, 항상……."

왜냐하면 그녀의 마음속에서 엄마는 아직 살아있으니까.

"산에 엄마가 있는걸. 그러니까, 이건 이상한 일이 아니야."

존재로서 살아있다. 그곳에 있다. 말로 설명할 수 있는 일이 아니었다.

누가 뭐래도 나즈나의 마음속에서는 그랬다. 누군가가 바꿀 수는 없었다.

―그래서 너 자신이 마모되어 고독해지더라도?

사쿠라는 하려던 말을 삼켰다. 말할 수 없었다.

"……."

말할 수 없었다. 자신도 그랬으면서, 남에게 그리 말하는 거냐는 의문이 마음속에 떠올랐다.

―나도 이제 그만하라는 말을 들었지만 찾는 걸 멈추지 않았지.

사쿠라도 상실을 경험했다.

사쿠라는 지금 나즈나를 비난하는 것은 과거의 자신을 부정하는 것과 같다고 생각했다.

―그럴 수밖에 없는 아픔이 있어.

무언가를 슬퍼하는 것은 누군가를 사랑하는 것과 같이 많은 사람이 비슷한 행동을 한다.

하지만 전부 똑같은 행동을 하지는 않는다. 사쿠라의 눈에는 기이하게 보였지만, 나즈나가 슬퍼하는 방식이 우연히도 『엄마의 무덤에 쌓인 눈을 치우는 것』이었을 뿐이다.

그것이 그녀가 슬퍼하는 방식이라면, 다른 사람이 참견해서 어떻게 될 것이 아니었다. 결국은 자신의 내면에서 일어나는 전쟁 같은 것이었다.

나즈나는 집에 있으면 늘 의식적으로 산을 봐버릴 것이다. 아침에도, 밤에도 산을 본다. 볼 때마다 생각한다. 저곳에 엄마가 외톨이로 있다고. 그래서 엄마의 무덤을 찾아가 눈을 치운다.

추울 것 같으니까. 가여우니까. 이게 나즈나가 슬퍼하는 방식이었다.

홀로 산을 보는 나즈나를 상상하니 사쿠라는 아무 말도 할 수 없었다. 말하지 못하는 종자 대신 히나기쿠가 말했다.

"알았, 어. 나즈나, 는, 엄마, 를 위해, 그저, 눈을, 치우고, 싶은 거지?"

"응."

"눈, 치우면…… 기뻐해, 줄지도, 모르니까……."

"……응!"

"무덤, 속, 에서도, 춥지 않은, 편이, 분명……."

"분명 기뻐할 테니까!"

나즈나는 침묵하는 사쿠라에게 무언가를 묻는 듯한 시선을 보냈다. 그 시선은, 너는 어떻게 생각하냐고 묻고 있었다.

"사쿠, 라."

히나기쿠가 입을 다문 사쿠라를 불렀다.

"히나기쿠 님……."

히나기쿠는 어느새 코트와 머플러를 벗은 상태였다. 현재 기온이 몇 도인지 모르겠지만, 겉옷 하나만 벗어도 상당히 추울 것이 틀림없었다.

"……있지. ……슬퍼하는, 방식, 은…… 사람마다, 다르니까……."

어째서 히나기쿠가 방한복을 벗었는지 사쿠라는 그 이유를 바로 알았지만, 동요하고 있었다.

"부정, 하지 말아…… 줘……. 나즈나, 는, 나즈나, 나름대로……."

이 신이 뭘 하려는지 알고 심장이 꽉 죄어들었다.

"그저, 엄마한테, 사랑한다고, 말하고 싶은, 거, 야……."

—당신은, 언제나, 다른 사람만을 생각한다.

사쿠라는 주인이 뭔가를 결심한 모습을 보고 가슴이 뜨거워졌다. 사쿠라도 그 결심에 촉발된 것처럼 나즈나를 마주 보았다.

"나즈나…… 이해했어……. 너는 그저, 어머니를 사랑하는 거구나……."

사쿠라의 말에 나즈나는 마침내 밝게 대답했다.

"응, 맞아."

표정을 풀고 다시 삽으로 눈을 치우기 시작했다. 두 사람의 도움은 필요 없는지 혼자서 묵묵히 작업했다.

"히나기쿠 님."

남겨진 두 사람은 이제 뭘 해야 할지 알고 있었다.

"응."

두 소녀는 마주 보며 두 사람만의 세계에서 대화했다.

"……저것은 모릅니다. 히나기쿠 님이 없었던 10년. 나즈나는 봄을 거의 모른 채 살아왔습니다."

"……응, 그렇, 지."

눈을 치우는 자그마한 뒷모습이 사쿠라의 가슴을 날카롭게 찔렀다.

"저것은…… 저것이야말로, 분명……."

사쿠라는 생각했다. 이 소녀에게 무엇을 해줄 수 있을지.

"분명……."

함께 눈을 치워준다면 잠깐은 만족시킬 수 있을 것이다. 그런 다음 부모에게 돌려보내고, 그리고, 그리고…….

—아무것도, 해결되지 않는다.

아마 위로조차 되지 않을 것이다. 타인이 참견할 수 있는 문제가 아니다.

하지만 여기서 아무것도 안 하는 인간이 되고 싶지는 않았다.

"우리가 하는 일이 필요한 백성입니다. 히나기쿠 님."

봄을 가져오는 자가 왜 이 세상에 존재하는지.

『봄』은 사람들에게 어떤 효과를 주는지, 사쿠라는 그 의미를 전해야 한다고 생각했다.

"응…… 사쿠, 라. 맞아…… 히나기쿠, 도, 그렇게, 생각해."

봄의 신은 햇살처럼 따사롭게 웃으며 말했다.

"필요, 한, 사람, 정말로, 있었어……. 사쿠라…… 지금, 히나기쿠가, 필요한, 거, 지?"

"네. 물론입니다…… 물론이고 말고요……."

사쿠라는 히나기쿠의 코트를 공손히 받고 짐 속에서 쥘부채를 꺼내 건넸다.

"히나기쿠 님, 그럼 벚꽃 구경을 합시다. 봄을 부르는 겁니다."

섬세하게 세공된 화려한 부채였다. 젊은 아가씨가 가질 만한 물건은 아니지만, 히나기쿠의 손에 있는 모습은 아주 잘 어울렸다. 촤락, 부채를 펼치자 봄 내음이 났다.

"……대행자는 함부로 능력을 쓰면 안 됩니다. ……하지만 어린 백성의 슬픔을 애틋이 여겨 이곳에서 의식을 행하는 것 정도는…… 사계절의 신도 용서해주실 겁니다. 그리고 이곳에 계신 분은 봄의 대행자. 카요 히나기쿠 님입니다. 히나기쿠 님…… 부탁드립니다. 류구에 봄을……."

사쿠라의 말을 듣고 히나기쿠는 고개를 끄덕였다.

"안심, 하시, 길."

설탕과자처럼 달콤한 외모에 살짝 요염함을 내보이며 말했다.

"봄, 의, 현현, 훌륭하게, 완수, 해, 내겠어요."

히나기쿠는 몸을 한 번 부르르 떤 후에 결심하고서 눈 덮인 무덤으로 다가갔다.

사쿠라는 침을 삼키며 지켜보았다.

"나즈나."

히나기쿠는 열심히 삽으로 눈을 치우는 나즈나를 불렀고, 그 목소리를 들은 나즈나의 움직임이 멈췄다.

"있지. 히나기쿠, 결심했어. 이곳, 에서. 봄을 부를, 거야."

하얀 숨이 새어 나오는 시야 속에서, 자그마한 나즈나는 추위에 뺨도 코도 빨개져 있었다.

만약 나즈나의 엄마가 이 모습을 봤다면 마음 아파했을 것이다. 무덤이 춥지 않을까 하여 눈을 치우러 온 딸처럼 건강을 염려했을 터다.

하지만 나즈나의 엄마는 죽었다.

"봄이, 오면, 눈은, 녹아. 그러니까, 엄마, 도. 더는, 춥지 않을, 거야……. 그러니까, 이제, 눈, 안 치워도, 돼."

이제 엄마가 걱정스레 말을 걸어오는 일은 없다.

"……정말?"

모자도 목도리도 장갑도 골라주지 않는다.

"응…… 하지만, 비밀, 이야. 원래는, 함부로, 보여주면, 안 돼. 하지만, 분명…… 지금, 나즈나, 는, 히나기쿠가…… 필요해……. 히나기쿠, 쓸모없지, 않아……. 그러니까……."

남은 것은 상실을 경험한 나즈나뿐. 마음의 상처는 현실을 해결해주지 않고, 할 수 있는 일은 한정적이다. 위로는 함께 내일을 살아갈 자의 몫이다.

"그러니까, 이곳, 에서, 봄의, 현현, 을, 보여, 줄게."

히나기쿠는 가장 상냥하게 미소 짓고서 이 아이에게 봄을 주기로 했다.

사쿠라는 뒤에서 나즈나를 안아들고 무덤과 거리를 뒀다.

의식을 방해하지 않도록 구속한 것이었지만, 나즈나는 이번엔 날뛰지 않고 얌전히 있었다. 사쿠라를 한 번 올려다보고 미소 지었다. 이 자그마한 아이와 티격태격하며 이곳까지 왔는데, 마침내 서로 조금은 친밀해진 기분이 들었다. 사쿠라의 목소리도 자연스럽게 다정해졌다.

"나즈나, 잘 들어. 지금부터 히나기쿠 님이 하실 일을 간단히 설명할게."

히나기쿠는 비교적 트인 곳에서 꼼꼼히 눈을 밟아 자신이 의식을 집행할 공간을 만들고 있었다.

“사계의 대행자는 신을 대신해 대지에 계절을 전달하기 위해 어떤 능력을 받았어.”

지면을 다 고른 다음에는 정신 통일. 복식 호흡으로 숨을 들이쉬고 내뱉어 나갔다.

“봄의 대행자는 생명 촉진, 여름의 대행자는 생명 사역. 가을의 대행자는 생명 부패, 겨울의 대행자는 생명 동결. 그 능력들을 구사할 수 있어. 봄의 개화 의식은 종류가 다양한데…… 처음 만났을 때 히나기쿠 님이 보여주신 것처럼 그저 꽃을 피우는 건 봄의 현현이라고 할 수 없어.”

옷을 조금 펄럭이며 몸이 잘 움직이도록 부채를 흔들었다.

“먼저 발성을 통한 음성 술식. 우리가 말하는 노래란 『사계 노래』를 가리켜. 춘하추동, 각각의 대행자는 물려받은 노래를 가지고 있고, 봄의 대행자는 봄의 노래를 부름으로써 일조와 생명의 성장을 촉진할 수 있어. 다음으로 무용 술식. 무용은 우리에게 힘을 준 사계절에게 봉납하는 의식으로, 태곳적부터 세계 곳곳에서 이루어졌어. 그리고 음성 술식과 무용 술식을 조합하여 광범위하게 힘을 전달할 수 있어.”

언어와 관습이 달라도 노래와 춤은 어느 나라에서나 존재한다.

그리고 노래와 춤은 신들에게 바쳐졌다.

사계의 대행자는 특별히 뭔가를 하지 않아도 사계로부터 받은 힘을 행사할 수 있지만, 계절을 퍼뜨리는 현현은 이 의식을 수행해야 했다.

단숨에 설명했는데, 사쿠라에게 안겨있는 나즈나는 3분의 1도 이해하지 못한 것 같았다. 위에서 얼굴을 살펴봤으나 눈이 마주치자 물음표를 띄우는 것처럼 맹한 표정을 하고 있었다.

"모르겠어."

"……."

어린아이도 알 수 있게 말하려면 어떻게 해야 할까.

"으음……."

잠시 생각하고서 사쿠라는 대충 대답했다.

"지금부터 히나기쿠 님이 노래하시고 춤을 추실 거야. 그러면 봄이 와. 그런 거야. 너도 분명 봄을 본 적이 있을 거야. ……뭐, 두 살까지의 기억 같은 건 없을지도 모르지만……."

"……엄마랑 같이…… 본 적이 있을지도 모른다는 거야?"

"사계의 대행자는 온 나라에 계절을 전달해. 계속 류구에 있었다면 분명 어느 지역보다도 빨리 봄을 봤을 거야. 봄은 여기서부터 시작되니까. 참으로 아름다운 계절이야."

나즈나는 흥분한 기색으로 연신 고개를 끄덕였다.

"……드디어 시작된다."

은방울과 색색의 끈이 달린 부채가 히나기쿠의 얼굴 앞에서 촤락 펼쳐졌다.

보는 이를 전부 홀릴 듯한 눈으로 허공을 힐끗 보고서, 부채를 휘저으며 대지를 박찼다.

방울이 딸랑딸랑 울렸고, 히나기쿠가 다시 대지를 밟았을 때는 공기가 달라져 있었다.

나즈나가 숨을 삼키는 소리가 사쿠라에게도 들렸다.

눈 덮인 묘지에서 봄옷을 입은 소녀가 기도하듯 춤췄다.

펄럭이는 소매가 하늘을 벴다. 기도는 사계절에게 전해지고, 힘이 사상으로 구현되었다.

—눈을. 귀를, 피부를, 오감을.

가뜩이나 마음을 어지럽히는 사쿠라의 신이.

—빼앗긴다.

눈앞에서 봄을 갈구하는 그 모습은 너무나도 아름다웠다.

"으스름달밤, 검 같은 예리함 감추고."

노래는 그야말로 아름다운 노래.

그저 말하는 것이 아닌, 명확한 음색이 있었다.

부채의 장식끈이 공중에서 살랑살랑 흔들렸다.

빨강, 분홍, 초록, 파랑. 그 끈들이 뒤섞여, 춤추는 히나기쿠의 사지에 감겼다가 풀렸다.

"어두운 밤은 희뿌예져 흔들리네."

발걸음은 가벼워 체중이 느껴지지 않는 선녀의 춤이었다.

히나기쿠의 몸에 명확하게 무언가가 내려와 있었다.

봄의 화신 같은 소녀가 봄을 빌어서.

이 장소를 신역으로 바꾸는 무언가가 내려와 있었다.

봄바람이 코를 간질였다.

"그리움 참고서 봄잔치 현란하게."

땅을 뒤덮은 눈이 어느새 점점 사라지고 있었다.

히나기쿠가 춤추고 노래하는 그곳에서부터, 봄이 시작되고 있었다.

히나기쿠가 대지를 밟고 뛰어오를 때마다 그곳에 꽃과 풀이 피어났다.

봄의 대행자의 능력은 생명 촉진.

"산과 들이여, 등꽃으로 장식하라. 대지여, 유채꽃으로 물들라."

그 말을 구현하는 현상이 이곳에 일어나고 있었다.

조금 전까지 입김조차 얼릴 듯했던 냉기는 사라졌다.

지금은 그저 햇볕에 들뜬 봄기운이 일대를 에워싸고 있었다.

"영원히 피는 꽃은 없으니. 아아, 그리운 겨울의 님이여. 달처럼 영원히 그 뒤를 좇으리."

히나기쿠가 시선을 흘리고서 뛰듯이 날아다녔다.

그러자 급속도로 초록 잎을 틔운 벚나무들이 일제히 개화했다.

그야말로 앵화난만(桜花爛漫), 화조풍월(花鳥風月).

이 세상의 봄이란 바로 이것이라고 칭송받아 마땅한 풍경이 완성되었다.

—해냈다.

꽃보라가 날리는 가운데, 사쿠라는 북받치는 감동을 음미하고 있었다.

—훌륭하십니다, 히나기쿠 님.

사쿠라는 사실 무척 불안했었다. 이제껏 두 사람이 걸어온 길은 길고 험하여 이런 날은 오지 않으리라 생각한 적이 몇 번이나 있었다.

—하지만 당신께서는 해내셨습니다.

좌절할 뻔한 순간은 셀 수 없이 많았다. 히나기쿠와 함께 어린아이처럼 울었던 시간도 적지 않았다. 두 사람에게는 아군이 없었다. 지켜줄 사람이 없었다. 그래서 단둘이서 여행했다.

—완벽한 봄의 현현입니다.

이곳에 이르기까지 겪었던 어려움과 고생을 떠올리니 가슴이 괴로워졌다.

"나즈나, 이게…… 이게 봄이야……. 어때, 멋지지?"

기뻐하리라고 기대하며 그렇게 말했지만, 나즈나의 반응은 예상과 달랐다.

"……사쿠라."

녹은 눈 같은 물방울이 사쿠라의 손등에 떨어졌다. 나즈나를 안고 있던 팔에 떨어진 것은 소녀의 눈물이었다. 사쿠라는 그제야 깨달았다.

"나, 알아……."

봄을 받은 어린 백성이 울고 있었다. 사람의 눈은 이렇게나 아름다운 보석을 만들 수 있는 건가 싶을 만큼 굵은 눈물을 흘리고 있었다.

"있지, 나 이거 알아……."

울먹이는 목소리. 나즈나는 눈물방울을 뚝뚝 흘리며 필사적으로 말했다.

"이거…… 엄마랑 같이 본 적 있어……."

그 목소리에는 「어째서 이 추억을 잊고 있었을까」라는 마음이 나타나 있었다.

"분홍색 꽃, 본 적 있어."

공중을 부유하는 벚꽃의 꽃잎으로 손을 뻗었지만, 나즈나의 손은 허공을 갈랐다. 그 모습에 울면서 웃고 말았다.

"이, 따뜻한, 공기, 마신 적, 있어."

아직 태어난 지 십여 년밖에 안 된 어린 백성의 반지르르한 머리와 피부를 비추는 햇빛.

녹아가는 눈과 함께 생겨나는 양지를 보고 오열했다.

나즈나의 엄마의 무덤이 점차 눈옷을 벗었다.

"이거……."

흥분해서 말하는 나즈나의 머릿속에는 아득히 먼 옛날의 기억이 떠올라 있었다.

그 기억은 이제 다시는 그녀의 인생에서 일어나지 않을 과거의 일이었다.

"이거…… 『봄』을, 엄마랑 같이 본 적 있어."

그곳이 어디였는지는, 모른다.

나즈나의 기억 속에서는 이미 흐려진 과거의 풍경이다.

아마 어느 지역에나 있을 꽃놀이 명소를 갔을 때의 기억이리라.

『사람이 많네. 앉을 수 있을까?』

아기인 그녀의 시야에는 반짝거리는 세계가 비춰지고 있었다. 주위에 많은 어른이 있지만, 누가 누군지도 알 수 없었다. 노점이 쭉 늘어서 있고, 사람들의 웃음소리가 넘쳐흐르고, 새들이 하늘을 날아다녔다. 불안정한 시야에 가장 많이 보이는 것은 엄마와 아빠였다.

『아기한테 보여줘도 모르지 않을까?』

『이런 건 다 경험이니까 그런 말 하지 마. 그렇지? 나즈나.』

그 사람들은 매일 나즈나에게 말을 걸어주는 존재였고, 나즈나가 불안해지면 따듯한 체온과 달콤한 목소리를 주는 수호자였다.

『좋아, 나즈나. 이쪽으로 오렴.』

나즈나는 엄마의 품에 안겼다. 눈을 가리는 게 없어지면서 많은 사람이 벚꽃길을 걷는 모습이 아까보다 잘 보였다.

『어때?』

닫힌 세계에서는 체험할 수 없는 다채로운 풍경이 시야에 가득 펼쳐졌다. 평소에는 밖에 나오면 칭얼거리는 나즈나도 이날은 기분이 고양되었고, 벚꽃의 꽃잎을 잡으려고 작은 손을 뻗었다.

손을 허공을 갈랐지만, 꽃잎을 잡지 못해도 즐거웠다.

『봐, 좋아하고 있어. 꽃잎을 갖고 싶대. 잡게 해줄게.』

벚꽃의 꽃잎이 흩날리는 가운데, 엄마가 나즈나를 높이 들었다. 나즈나의 눈에는 푸른 하늘과 흰 구름, 연분홍색 꽃잎이 꿈처럼 보였다. 어쩜 이렇게 아름다울까.

『후후, 봐, 웃고 있어.』

북받치는 이 감정의 이름을 몰라도, 나즈나의 마음에는 이 감정이 강하게 새겨졌다. 너무나도 멋져서 기분이 고양되었고 눈 아래 펼쳐진 세계는 다채롭고 희망에 차있어서, 나즈나는 기쁘고 기뻐서 웃었다. 그리고 쟁탈전을 벌이듯 이어서 아빠에게 안겼다.

아빠가 엄마보다 조금 거칠게 높이 띄워 준 후에, 달콤한 냄새가 나는 엄마가 나즈나를 보며 말했다.

『나즈나.』

이름을 불렀다.

『나즈나, 보렴. 봄이야.』

이제는 들을 수 없는 목소리로 나즈나의 이름을 불렀다. 지금 보고있는 것이 봄이라고, 자신의 아이에게 가르쳤다.

새로운 생명에게 여러 가지를 알려주고 싶었을 것이다.

그때, 가족의 미래는 보호받고 있어서, 상처받는 일 따위는 있을 리가 없었다.

"나즈나, 아빠 말 잘 들어. 엄마가…… 돌아왔어. 일하다가 돌아왔어. 하지만…… 오는 길에 큰일이 나서, 그래서…… 자고 있어. 쭉, 앞으로 쭉, 안 일어날 거야. 이제는, 아빠도, 얼굴도 못 봤는데, 잠들어 버려서, 그러니까, 앞으로는…… 앞으로는……."

그때, 가족의 미래는 빛나고 있어서, 상처받는 일 따위 있을 리가 없었는데.

"……나, 봄, 본 적 있어."

나즈나는 꿈결 속에서 중얼거렸다.

"본 적, 있었어……. 엄마랑, 같이."

마치, 숨겨져 있던 보물 상자를 찾은 것 같은 심정이었다.

"……엄청, 어렸을 때, 엄마랑 같이 이걸 봤어."

기쁘고 기뻐서 흥분해서 말해버렸다.

"집에 분명, 앨범이 있을 거야. 아빠한테, 찾아달라고 해야겠다."

이제 엄마와의 추억은 만들 수 없다. 슬픈 일뿐이라고 생각했는데, 아직 기쁜 일이 있었다. 나즈나는 정말 훌륭한 발견이라고 생각했다.

"있지, 사쿠라, 사쿠라."

사쿠라의 팔을 잡고 흔들었다. 하지만 사쿠라는 바로 대답해 주지 않았다.

"……잠깐, 기다려."

겨우 대답이 들렸을 때, 그 목소리는 떨리고 있었다.

"……기다려줘. ……너 같은 이를 위해…… 히나기쿠 님은 지금까지 애쓰셨어……."

필사적으로 울음을 참고 있는 목소리였다. 나즈나는 그 목소리를 듣고 깜짝 놀랐다.

"사실은 싫은데도 애쓰셨어……. 자신이 아닌 다른 누군가를 위해, 애쓰셨어……."

이 어른은 우는구나 싶어서 놀랐다. 그리고 생각했다.

"지금 그게 보답받아서…… 괴로워."

봄이란.

"가슴이 괴로워……."

봄이란 계절은 이렇게.

"봄이 와서, 네가 좋아해 준 게 기뻐……."

얼어버린 마음도 녹여 버리는구나.

"……응. 나, 기뻐."

나즈나의 마음속에 있었던 얼음도 완전히 녹은 것 같았다. 처음에는 친해질 수 없을 것 같았던 사쿠라가 갑자기 가깝게 느껴졌다. 그래서 지금까지 느꼈던 기분 중에서 가장 친근한 기분으로 말했다.

"하지만 이상해. 어째서 잊어버리고 있었을까……. 아기였을 때라고 해도, 엄마와…… 아빠와의 소중한 추억인데, 왜 기억할 수 없는 걸까……."

나즈나의 말은 기도처럼 봄 풍경 속으로 녹아내렸다.

"지금 기억하는 것도 잊어버리는 걸까……."

나즈나는 좀 더 이 광경을 눈에 새기고 싶다고 바랐다.

벚꽃색, 예쁜 색, 꿈같은 색. 유리구슬이나 장난감 반지에는 이런 색이 없다.

이 색채는 분명 봄만의 것이다. 그걸 보고 있으니 왠지 모르게 감격해서, 마치 바다처럼 눈에서 눈물이 넘쳐흐르고 말았다. 이것도 봄의 효과일지도 모른다.

“아빠한테…… 보여주고 싶어……. 이 경치를…….”

눈을 깜빡이자 바다가 뺨을 타고 흘러내렸다. 입에 들어가서, 짠 맛이 나서, 목에서 끅끅 소리가 났다. 그리고 또 다른 바다 방울이 생겼다.

울면 왜 이렇게나 가슴이 죄어들고, 자신도 마음도 비에 젖는 것처럼 되는 걸까.

눈물 날 때 쓸 수 있는 우산이 없다는 건 너무한 일이다.

“있지, 사쿠라…….”

나즈나는 지금 보고 있는 이 풍경만큼은 잊지 말자고 생각했다.

“……나도 봄의 대행자님이 되고 싶어…….”

아침 햇살처럼 모든 것을 수놓는 상냥함을 알았다.

“엄마의 무덤, 겨울에도, 녹여줄 수 있고.”

뻥 뚫려 있었던 외로움이 이때만큼은 채워졌다.

“분명 아빠도, 굉장하다고 칭찬해줄 거야. 나를 봐줄 거야.”

따뜻하고, 상냥하고. 『줄곧』은 아니지만 영원히 곁에 다가와 주는 것.

봄과 같은 상냥함. 지금 눈앞에서 일어나고 있는 기적이 그것을 가져왔다.

“될 수 있을까……?”

그 천진난만한 물음에 사쿠라는.

“……무리야. 봄의 대행자님은 한 나라에 단 한 명만 태어나.”

단호하면서도 조금 미안한 듯 그렇게 말했고, 나즈나는 그 대답을 듣고 실망했다.

“하지만 너는 너 자신을 자랑스럽게 여겨도 돼.”

사쿠라는 그런 나즈나를 고무시키듯 이어서 속삭였다.

“10년 만에 찾아온 야마토의 봄은 널 위해 히나기쿠 님이 내려주신 것과 같아.”

이 말은 분명 평생 나즈나에게 아름다운 소리로 남을 것이다.

“자랑스러워해. 지금은 외로워도, 너는 세계에게 사랑받고 있어.”

설령 고독해도 복음은 확실히 그곳에 있다. 대가 없는 사랑이라고도 할 수 있는 계절은 곁에 있다.

히나기쿠가 의식을 끝내고 깊이 고개를 숙였다.

“변변치, 않은, 실력, 이었지만. 봄은— 무사히, 이곳에, 있어요.”

류구에서의 봄의 현현은 이렇게 막을 내렸다.

봄은 화창하게.

여름은 쾌청하게.

가을은 담담히.

겨울은 고요히 지나간다.

“……미리 정했던 위치에서 하진 않았지만, 이 지역 일대의 봄 현현을 순조롭게 끝냈습니다. 축하드립니다, 히나기쿠 님.”

태초에 겨울이 있었다.

세상에 계절은 겨울밖에 없었고, 겨울은 고독을 견디다 못해 자신의 생명을 깎아 봄을 만들었다.

"응…… 나즈나, 도, 집에, 잘, 돌려보내서, 다행이야."

봄은 겨울을 스승으로 따르며 늘 그 뒤를 쫓았다.
겨울은 봄의 따뜻함을 사랑하며 가르치고 이끌었다.
그리고 겨울과 봄의 반복이 영원히 이어졌다.
그러자 대지가 비명을 질렀다.
쉴 틈이 없다면서.

"……나즈나가 건강하게 자랐으면 좋겠습니다."

동물이 자손을 늘리며 잠들고, 나무들은 푸른 잎을 틔우나 싶더니 얼어붙는다. 이런 순환을 반복하느니 그저 가만히 견디기만 하면 되는 겨울뿐인 세계가 나았다.

하지만, 대지의 생명은 봄을 알아버렸기에 겨울뿐인 세계를 버틸 수 없다고 했다.

겨울은 대지의 소원을 들어 자신의 생명을 더욱 깎아 여름과 가을을 만들었다.

"……히나기쿠 님, 지금 눈치챘는데 헬리콥터…… 헬리콥터가 보입니다. 저건…… 사계청의 헬리콥터예요. 저희를 포착한 것 같습니다. 도망칠까요?"

무더운 여름은 자신을 꺼린 대지를 향한 한탄.

생명이 죽어가는 가을은 자신을 다시 받아들이게 하는 시간으로서.

대지는 새로운 계절을 받아들여 계절은 봄, 여름, 가을, 겨울의 사계절이 반복되게 되었다.

"……이미, 봄으로, 만들었고. 불쌍, 하니까, 잡혀, 주기로, 할까……?"

사계절은 다른 계절의 뒤를 쫓으며 계절의 순환을 가져왔다.

봄은 겨울을 쫓고, 여름과 가을이 그 뒤를 따랐다.

돌아보면 봄이 있었지만, 두 계절만이 있을 때와는 달랐다.

"……네, 히나기쿠 님."

봄과 겨울, 둘만의 계절은 이제 존재하지 않았다.

겨울은 봄을 사랑했다. 동물들이 부부가 되어 살아가듯이 봄을 사랑했다.

봄도 운명처럼 겨울을 사랑했다.

"……히나기쿠 님의 이번 의식은 참으로 훌륭했습니다. 히나기쿠 님, 부디 자신감을 가지십시오. 이번 일로 증명되었습니다. 히나기쿠 님은 이제 자신의 의지로 봄을 현현할 수 있습니다."

그 은밀한 사랑을 알고 있었던 가을과 여름은 그들을 위해 제안했다.

대지에 사는 자에게 자신들의 역할을 맡기면 어떻겠느냐고.

계절의 힘을 나눠받아 1년간 대지를 순회하는 그 이름은 사계의 대행자.

"……사쿠라, 가, 봄을, 보여, 달라고, 했기, 때문, 이야."

처음에는 소에게 역할을 부여했지만, 걸음이 느려서 겨울뿐인 1년이 되었다.

다음으로 토끼에게 역할을 부여했지만, 도중에 늑대에게 잡아먹혀서 임무를 완수하지 못했다.

새는 훌륭하게 역할을 완수했으나, 이듬해에는 자신의 역할을 잊어버렸다.

"사쿠라, 를, 위해, 서라면……."

이걸 어쩌나 고민하는 사계절 앞에 마지막으로 사람이 나타나 말했다.

"저희가 사계의 대행자가 되겠습니다. 그 대신 대지에 풍요와 안녕을 내려 주십시오."

봄과 여름, 가을과 겨울은 일부 인간에게 힘을 나눠주었고, 겨울은 영원히 봄을 사랑할 시간을 얻었다.

이리하여 세계에는 사계의 대행자가 생겨났다.

"사쿠라, 를, 위해, 서라면…… 히나기쿠, 는, 할 수, 있어……. 힘낼, 수, 있어."

사쿠라는 봄을 맞이한 산기슭으로 다가오는 헬리콥터의 풍압으로부터 히나기쿠를 지키며 결의에 찬 시선으로 자신의 주인을 보았다.

—앞으로 무슨 일이 있더라도 히나기쿠 님만큼은 지켜야 해.

"……후회, 하시지 않습니까? 히나기쿠 님."

질문받은 봄의 신은 고개를 갸웃했다.

"……10년 전, 당신은 유괴당했고, 이 나라에서 봄이 사라졌습니다."

사쿠라는 일부러 차가운 말투로 물었다.

"그리고 지금 귀환하셨습니다. 싫든 좋든 주목을 받으시겠죠. 사정을 모르는 자들이 멋대로 입을 놀릴 겁니다. 다 안다는 듯이 저희에 관해 말할 겁니다."

아픔을 참듯 입술을 한 번 깨물고서, 그래도 말했다.

"불쌍하다고. 마음이 꺾였을 거라고. 상처 입은 아가씨가 쓸모 있겠냐고, 제대로 할 수 있겠냐고, 무슨 일을 당했냐고, 거침없이, 칼을 꽂듯 말할 겁니다."

말할 때마다 자신이 상처 입었다.

"분명 저희는 지금보다 더 상처 입겠죠. 그래도 견디실 수 있겠습니까?"

고통스럽게, 힐문하듯 물었지만, 사실 이건 사쿠라의 『바람』이었다.

—견뎌주실 건가요.

이 신에게 기도하고 있었다. 자신과 함께 운명과 싸워달라고.

"……."

사쿠라의 물음에 히나기쿠는.

"응."

봄의 소녀신은 의연한 태도로 고개를 끄덕였다.

"할 수, 있어. 누가, 뭐라고, 하든."

확실하게 자신의 종자를 바라보며 고개를 끄덕였다. 그 모습에 거짓은 없고, 굳은 각오만이 있었다.

"……그렇게, 바로, 분명하게…… 대답하셔도 되는 건가요……."

그 당당한 대답에 사쿠라는 마치 사랑 고백을 받은 것처럼 눈물과 웃음이 동시에 날 것 같았다.

"괜찮, 아."

사쿠라의 신도 미소 지었다. 아련한 미소였다. 하지만 그 말에는 큰 신뢰가 담겨 있었다.

"왜냐하면, 사쿠라, 지켜 줄, 테니까."

의심하지 않는 눈길이 아침 햇살처럼 눈부셨다.

"이제, 안, 떨어져."

「그렇지?」라고 물어서, 사쿠라는.

"네, 히나기쿠 님."

사쿠라는, 역시 이 사람을 위해 죽자고 생각했다.

—나의 신.

머릿속에서 종소리가 울렸다. 오늘을 위해 괴롭고 고된 나날을 버텨왔다고 확신했다.

이 소녀신을 향한 충성심은 진짜라고, 지금 이 순간 재확인할 수 있었다.

—아플 때도, 건강할 때도.

의무감과는 다르다.

—기쁠 때도, 슬플 때도.

사명감이라고 말하기는 어렵다.

—부유할 때도, 가난할 때도.

굳이 말하자면 이건 운명이고.

—당신을 지키고, 당신을 공경하며.

사실상 이것은 신앙이고.

—당신을 위로하고, 당신을 도우며.

그리고 신앙을 바쳐야 할 상대는 그야말로 신이라서.

—목숨이 붙어 있는 한, 당신을 위해 싸울 것을 맹세합니다.

순교하지 못했던 그때를 만회할 기회가 지금 주어졌다.

그러니 뭐든 하겠다. 왜냐하면, 이건 신앙이니까.

"히나기쿠 님…… 다음에 제가 히나기쿠 님을 지키지 못할 때가 있다면, 그건 제가 죽을 때입니다."

—10년 전, 당신을 구하지 못한 죄를 지고 언젠가 죽겠다.

"그것이 사쿠라의 행복입니다."

사계의 대행자란.

춘하추동, 어느 한 계절에서 유래하는 초현실적인 이능을 타고난 현인신이다. 그들이 가지 않으면 사계절은 순환하지 않는다.

계곡에 둘러싸인 마을에도, 화려한 사람들이 사는 대도시에도, 버려진 옛 싸움터에도, 단 한 명만 사는 산속에도. 계절은 어디에나, 누구에게나, 평등하게 찾아온다.

모든 것은 전적으로 숭고한 사계절로부터 힘을 받은 사계의 대행자의 힘 덕택이다.

이것은 그 사계의 대행자의 이야기이며. 신화에서 이어지는 이야기이며. 단순한 살인자의 이야기이며. 구제의 이야기이며. 우정 이야기이며. 봄의 이야기이며. 여름의 이야기이며. 가을의 이야기이며. 겨울의 이야기이며.

어디에나 흔히 있는 사랑 이야기이기도 하다.

그리고 조금 특이한 세상에 사는 사람들이 자아내는 인생 이야기이기도 하다.

이야기는 마침내 여기서부터 시작된다.

―꿈이다.

헉―헉―.

―꿈을 꾸고 있다. 숨이 가쁘다.

헉―헉―헉―.

―꿈속인데 숨을 쉴 수 없을 만큼 괴롭다.

설원이 펼쳐져 있었다. 흔들리는 시야. 걸음이 휘청거렸다.

『로우세이!』

―이테쵸가 외치고 있다.

긴박한 목소리에 불안감이 가시지 않았다.

―그만 달리고 싶다.

『로우세이! 힘내! 뛰어!』

―알고 있어.

꿈속 자신의 목에서 쌕쌕거리는 소리가 났다.

—목이 망가져도 달려.

“살해당할 거야……!”

—폐가 망가져도 달려.

달리는 걸 그만두면 끝이다.

『돌아, 돌아, 앞질러 가! 겨울의 대행자는 소년이다! 소년을 죽여!』

남자들이 사냥을 하듯 뒤에서 쫓아왔다.

간단히 사람을 죽이려고 했다. 이곳에서 목숨의 가치는 몹시 가볍다.

—무언가를, 아니, 누군가를 잊었어.

인식하자마자 가슴이 괴로워졌다. 그리고 떠올렸다.

—그래, ■■야.

『뛰어! 로우세이!』

—알고 있다. 더 달리지 않으면 잃는다.

이테쵸에게 안겨있는 소녀를 보았다.

확인하고 싶은데, 눈이, 시린 추위가, 자신이 가져온 모든 것이 방해했다.

—얼굴을 보고 싶어.

꿈속인데도 몸은 생각대로 움직이지 않았다.

공포에 모든 것이 묶여서 달리는 것 말고는 잘 안되었다.

—■ ■의 얼굴을 보고 싶어.

『……위험해요!』

그때, 총소리가 났다.

그와 동시에 밀쳐졌다. 시야가 돌아가며 무슨 일이 일어났는지 당장은 이해할 수 없었다.

『■ ■ 님을……!』

누군가가 자신을 감쌌음을 깨닫고 동요했다.

밀쳐진 등이 아팠다.

『가요! 얼른!』

—사쿠라, 너는 날 지키지 않아도 돼. 하지 마.

꿈속에서 벌어지는 일은 언제나처럼 전개되었다. 이미 몇천 번을 봤건만 달라진 적은 없었다.

—이런 건 싫어. 이런 건 싫어. 이런 건 싫어.

『사쿠라……!』

이테쵸에게 안겨있는 ■ ■가 울부짖었다.

—미칠 것 같다. 어째서 일이 이렇게 됐지.

조금 전까지 그저 즐겁게 이야기하고 있었다.

모르는 녀석들이 부숴버린 일상은 되돌릴 수 없을 만큼 망가져 갔다.

뭐가 좋다고 이런 짓을 하는 거야. 우리가 뭘 했다는 거야.

이상하잖아. 이런 침해를 받을 만한 일을, 뭘 했다고.

아아, 그보다, 그보다도.

왜 아무도 말하지 않는 거야?

—그때, 내가 죽었어야 했는데. 왜 아무도 그 말을 안 했을까?

제 2 장

겨울의 대행자

칸츠바키 로우세이

“　　”

청년의 모습을 한 겨울의 신이 꿈에서 깨어나 잠긴 목소리로 중얼거렸다.

검은색 고급 승용차 안에서 마치 오랜만에 만난 친구라도 보는 것처럼 바깥 풍경을 바라보고 있는 그는 단정하지만 성격이 까다로워 보이는 생김새를 하고 있었다.

그늘진 눈, 얇은 입술, 윤기 흐르는 검은 머리는 젊은이답게 깔끔하게 정돈되어 있었다.

아직 앳된 티가 나는 옆모습이지만 차분해 보이는 인상은 그의 내면에서 우러나오는 고귀함 때문이리라. 눈을 깜빡이는 모습도, 창문에 손을 올리는 모습도 어딘가 품위가 있었다. 몸을 감싼 옷은 귀인이 아니면 입을 수 없는 명품이었다.

긴 자흑색 기모노, 검정 바탕에 금색 자수가 들어간 내의, 연회색 하오리, 비슷한 색으로 맞춘 구두. 전부 그를 위해 만들어진 오더메이드 제품이라는 것을 한눈에 알 수 있었다. 마치 하나의 작품 같은 청년이었다. 그렇기에 쉽사리 말을 걸 수 없는, 범접하기 어려운 분위기를 풍겼다.

고급 승용차의 차내는 장례식처럼 조용했는데, 갑자기 그가 창문을 열었기에 자연스럽게 새가 지저귀는 소리, 나뭇잎과 꽃들을 흔드는 바람 소리가 차내로 흘러들었다.

감탄의 한숨을 내쉬고 싶어지는 꿈같은 풍경이 펼쳐져 있었다.

장소는 츠쿠시. 날짜는 레이메이 20년 2월 28일.

봄의 대행자 히나기쿠가 류구에서 봄을 소환하고 약 2주가 지났다.

10년 만에 봄이 찾아온 야마토는 온통 축제 분위기였고, 전국에서 꽃놀이가 성행하고 있었다. 도로는 현재 꽃놀이를 나온 사람들로 인해 정체를 겪고 있었고, 그 탓인지 창문을 열자 자연의 소리 말고도 다양한 라디오 소리가 들려왔다.

『—야마토에 10년 만에 봄이 찾아오며 각국에서 축하를 보내오고 있습니다.』

『—갑작스러운 봄의 내방으로 호황을 맞으면서 주식 시장은…….』

『—합중국의 대통령은 우호국으로서 축하를 보내왔습니다. 또한 세계 각국의 봄의 대행자들도 야마토의 봄을 축하하는 선물을 사계청으로 보냈으며…….』

『—그나저나 야마토의 봄의 대행자는 10년간 어디에 있었던 걸까요. 지식인들에게 물어보았습니다.』

청년은 눈을 감고 봄 공기를 가득 마셨다가 뱉었다.

그러자 험악한 표정이 보통 상태인 그의 얼굴에 작은 평온함이 생겼다.

그야말로 봄의 은혜라고 할 수 있는 현상이 곳곳에서 나타나고 있었다.

"로우세이, 창문 닫아."

짧은 평온은 그 목소리로 인해 순식간에 끝났다.

그의 행복을 방해한 사람은 바로 옆에 있던 남성 종자였다.

로우세이라고 불린 겨울신 청년은 비유하자면 서늘한 미남이었고, 종자는 요염한 미남이라고 할 수 있었다.

나이는 20대 후반에서 30대 중반 정도이리라.

은색과 검은색이 섞인 머리는 밤의 품에 안긴 설원 같았다. 얼굴은 선글라스에 가려져 있으나 숨길 수 없는 기품이 흘러넘쳤다. 복장은 멀리서 보면 검은색 재킷과 무늬가 들어간 짙은 회색 베스트를 갖춘 쓰리피스 정장 같았다. 하지만 가까이서 보면 주인처럼 검은 바탕에 금색 의장이 들어간 일품임을 알 수 있었다. 공들인 의상을 맵시 있게 소화하는 큰 키는 동성뿐만 아니라 누구든 동경할 것이다. 허리에 찬 칼만이 묘하게 이질감을 발하고 있었다. 그는 일견 뭘 하든 관능적인 과묵한 집사처럼 보이지만.

"총이라도 맞으면 어쩌려고 그래. 창문 닫으렴."

말을 하니 모성이라고 할까, 부성이 드러났다.

"입 다물어, 이테쵸."

반면 응수하는 주인 쪽은 사춘기 아들 같았다.

"……."

이테쵸라고 불린 남자는 상체를 내밀어 창문을 닫으려고 했지만, 로우세이가 팔꿈치로 가볍게 쳐서 저지했다. 이테쵸는 흘러내린 선글라스를 고쳐 쓰며 어이없다는 듯 말했다.

"도를 넘은 장난이야. 하지 마."

날카로운 눈으로 노려보며 타이르듯 미성으로 속삭여도 로우세이는 기죽지 않고 마주 노려보았다. 지금은 정차 중이지만, 차가 흔들리면 서로에게 좋지 않을 사고가 일어날 것 같은 거리였다.

"비켜, 이테쵸."

“안 비킬 거야, 로우세이.”

“…….”

“…….”

“이런 데서 총 맞을 리가 없잖아? 평범한 고갯길이야.”

“고갯길이지만 차가 막혀서 멈춰있는 상태야. 내가 너를 노리는 자라면 옳다구나 싶어서 바로 쐈을 거야.”

“사정거리 내에서 쏠 수 있는 곳은 안 보이잖아. 나무 위라도 올라가 있겠어?”

“필요하다면 장거리 저격수 정도는 준비하겠지, 과격파 녀석들은. 온갖 일을 상정하고 움직여야 해. 뭣 때문에 경비를 들여서 특별히 방탄유리를 주문했는지 몰라? 널 지키기 위해서야.”

“조금만 더 기다려 봐. 나한테는 10년 만에 느끼는 봄이야.”

“그건 야마토의 전 국민이 마찬가지지…….”

“히나기쿠……가, 돌아왔다는 게 느껴지잖아. 그러니까 조금만 더 기다려.”

말의 첫 부분은 거의 말한 적 없는 단어를 억지로 말한 것처럼 들렸다. 바로 옆에 있는 이테쵸도 알아듣기 어려울 만큼 작은 목소리였다. 이테쵸는 그런 로우세이를 보고 한숨을 쉬었다.

“히나기쿠 님은 조만간 만날 수 있어. 『사계 회의』가 있으니까.”

“……나도 알아. 편지의 답장은 왔어?”

“아니. 저쪽은 우리와 만나기 싫겠지. 하지만 우리는 그럴 수 없어. 우리가 살아있는 건 그 아이 덕분이기도 하니까…… 살려줘서 고맙다고 직접 인사해야 해. 편지만으로는 부족해.”

"……."

"만나기 싫어?"

"……만나고 싶어. 하지만 저쪽은 만나기 싫겠지."

로우세이는 자신의 종자가 이 말을 부정해주길 바랐으나 이테쵸는 떨떠름한 표정을 지었다.

"……히나기쿠 님의 뜻인지…… 종자인…… 사쿠라의 의지인지는 모르겠지만, 지금은 그렇게 볼 수밖에 없지. 당연하다면 당연할지도 몰라. 만나면 히나기쿠 님은 심란해지실 테고, 얼굴도 보기 싫다고 할 가능성이 커."

희미한 기대를 배반당한 로우세이는 고개를 숙였다. 그리고 포기할 수 없다는 모습으로 말했다.

"……그래도 사계 회의에서는 반드시 만날 거야. 때리든 욕을 하든…… 만날 수 있어. 그때까지 성의를 다하겠어. 향후 활동에도 우리 쪽에서 도와줄 수 있는 일은 뭐든 하고 싶어. 괜찮지? 이테쵸."

"물론이지. 할 수 있는 건 뭐든 준비할게."

"파견을 명한 경호원한테서는 아무런 보고도 없었어? 그…… 현재 모습이라든가……."

이테쵸는 잠긴 목소리로 속삭인 주인의 쓸쓸한 말에 바로 대답하려고 했지만, 망설이다가 다시 입을 다물었다.

"……."

그러나 결국 입을 열었다. 이테쵸의 낮은 목소리가 로우세이에게 쏟아졌다.

"일단은, 있었어. 별로 좋은 보고는 아니지만……."

"……몰래 지키고 있다는 걸 들켰어? 사쿠라가 알면 그 녀석 성격상 화낼지도……."

"아니. 아직 안 들켰어. 그게 아니라…… 경호원의 보고에 의하면…… 아무래도 유괴당했을 때와 달라진 것 같아."

로우세이의 얼굴에 작은 두려움이 떠올랐다.

"달라지다니…… 뭐가? 다쳤어? 몸에 장애가 생겼어?"

이테쵸는 되도록 말을 골라서 이야기했다.

"아니, 그런 건 아니야. 객관적으로 볼 때 외양은 훌륭하게 성장했지만, 내면이 다른 사람처럼 변한 것 같아……."

로우세이의 심장에 따끔하게 아픔이 일었다.

—잠깐만.

히나기쿠의 상황을 알고 싶은데, 저도 모르게 머릿속에서 제지했다.

"마치 다른 어린아이가 몸에 들어온 것처럼 보인다고 해."

—잠깐만 기다려줘.

그가 상상했던 것보다도 훨씬 나쁜 사태였기 때문이다.

"정신 연령도 유년기에 머물러 있을 가능성이 있어. PTSD의 일종일지도 몰라. 당시의 마을 생존자를 호위로 붙였어. 우리의 교류를 지켜봤던 자들이니 불확실한 정보는 아닐 거야."

말로 표현할 수 없는 비명 같은 것이 로우세이의 입술에서 새어 나왔다. 괴롭게 눈을 질끈 감았다.

—언젠가 이런 말을 듣게 되리라고 생각했다.

로우세이는 한동안 괴로워했으나 언제까지고 현실을 외면할 수 없었다. 이내 다시 눈을 뜨고 이테쵸에게 계속 말하라고 했다.

"다른 건……."

"……말하는 방식도, 더듬지는 않지만 띄엄띄엄 말하는 것 같아."

"……뭔가, 뭔가 좋은 소식은 없어?"

"류구에서 무사히 봄을 현현한 거겠지."

로우세이가 괴롭게 내쉰 한숨이 이테쵸의 얼굴에 닿았다.

"……호위는 계속해. 접촉은 조금 상황을 보자."

"알겠어."

로우세이는 죄책감이라는 물감에 물든 목소리로 속삭였다.

"조금만 생각하면 알 수 있는 일이었어……."

수심 어린 눈에 머리카락이 내려왔다. 그 눈은 조금 젖어 있었다.

"봄이 귀환했다는 통보는 너무나도 갑작스러웠어. 그리고 동시에 류구에 봄의 현현…… 이상하잖아."

"그래……."

"우리는 10년간 찾고 있었는데, 돌아와있다는 걸 사계청이 숨기고 있었던 거야. 뭔가 문제가 생긴 게 틀림없어. 마음이 어린아이 상태로 멈춰있다면 마지못해 억지로 대행자 일을 하고 있을 가능성이 커. 살얼음 위를 걷는 심정으로 지내고 있을지도 몰라……."

"……히나기쿠 님은 사쿠라가 지키고 있는 것 같지만, 무리하고 있는 것 같다는 얘기는 나도 들었어……. 보듬을 수 있는 건 같은 입장인 우리야, 로우세이."

"……그러고 싶지만, 그럴 수 없는 가장 큰 이유가 나 자신이니 웃기는 일이지. 차라리 겨울의 대행자가 다른 사람으로 바뀌어 있는 게 그 녀석한테 나았을지도 몰라. 그 녀석이 바란다면 지금이라도 그렇게 해주고 싶어…….”

“로우세이…….”

이테쵸가 로우세이의 뺨에 손을 올리고, 두 사람의 거리가 더 줄어들었다. 위로하는 듯한 이테쵸의 눈길이 로우세이에게 향하며 이대로 남성 주종끼리 친밀한 분위기로 돌입하는가 싶었지만.

“으악!”

잠시 후, 이테쵸는 상당히 격렬하게 로우세이에게 박치기를 먹였고 차 안에서는 비명이 터져 나왔다.

차내가 조금 흔들릴 정도의 충격이었다. 운전사가 뒷좌석과의 연락창인 칸막이를 열고 뒤를 확인했을 정도다.

아픔을 견디고 있는 로우세이와 선글라스를 고쳐 쓰는 이테쵸를 보고서 늘 있는 일이구나 하며 다시 칸막이를 닫았다.

“마지막 말은 절대로 하면 안 돼!”

로우세이의 눈앞에 별이 보였다. 갑작스러운 육체적 지도에 고통스러운 목소리로 대답했다.

“말로 해! 박치기는 할 필요는 없었잖아!”

로우세이는 아파서 울상이 되어 있었다. 이테쵸의 얼굴은 여전히 태연했다.

“있었어. 너는 말로 해도 못 알아들으니까. 창문도 안 닫아, 자신을 깎아내리는 말도 하면서 나를 슬프게 하는 데는 천재니까 머리로 말할 수밖에 없지.”

“……머리의 의미가 달라! ……종자, 다른 사람으로 못 바꿔?”

이테쵸는 불만스러운 표정을 하더니 다시 박치기를 하려고 했다.

그러자 즉각 로우세이가 그 머리를 막으며 두 남자는 말없이 힘겨루기를 시작했다.

한동안 형제처럼 아웅다웅하고 있으니 뒷좌석의 반대편 문을 노크하는 소리가 들렸다. 로우세이와 이테쵸는 서로 얼굴을 마주 보았다. 이어서 운전사가 재차 칸막이를 열고 말했다.

“왜 차가 막히는지 보러 갔던 사계청의 이시하라 님입니다.”

이 드라이브의 동행자, 사계청 보전부 경비과의 여성 직원이었다. 이테쵸가 문을 열자 방송국 아나운서도 될 수 있을 것처럼 생긴 이시하라가 긴장한 얼굴로 서 있었다.

“로우세이 님, 이테쵸 님, 큰일 났습니다.”

“무슨 일인데? 이시하라 여사. 역시 시간이 더 걸릴 것 같아?”

“아뇨…… 이테쵸 님. 걱정했던 대로 이 앞 커브길에서 교통사고가 일어났습니다. 낭떠러지가 있는 곳인데, 전방에서 온 트럭에 치인 모양이라 경차가 당장에라도 떨어질 것 같은 상황입니다. 가드레일이 부서지면 끝이에요.”

로우세이는 자리에 고쳐 앉고서 물었다.

“안에 사람은?”

“평범한 가족인 것 같습니다. 몇 명인지는 모르겠지만 어린아이가 우는 소리만큼은 들려요. 후속 차량 사람들이 어떻게든 도와주려 하고 있지만, 구명줄 없이 도와줄 수 있는 상황은 아닙니다…….”

“……애석하게도 장소가 안 좋아. 누군가가 국가 치안 기구에 연락했겠지만 당장 여기까지 오지는 못하겠지. 그럼 내가 차에 실어둔 도구로 대응하겠어. 비상시에 도움이 될만한 물건은 대체로 갖춰져 있으니, 이시하라 여사는 로우세이를…….”

“잘 알았어.”

거기서 이테쵸의 말이 뚝 멈췄다. 방금 그 말을 한 인물이 문을 연 소리가 들렸기 때문이다.

“……로우세이?”

목소리가 들렸다 싶더니 이미 없었다.

“……로우세이! 기다려! 이시하라 여사, 막아줘!”

“앗, 네!”

이테쵸도 황급히 밖으로 나갔다. 원인을 알 수 없는 차량 정체. 오도 가도 못하고 흘러만 가는 시간에 질려서 밖에 나와 있는 운전자들이 다수 보였다. 담배를 피우거나 휴대전화로 누군가에게 사고를 보고하는 등 저마다 시간을 때우고 있었다. 그런 가운데, 누구보다도 눈에 띄는 복장을 한 인물이 차량 사이를 누비며 거침없이 걸어가는 모습은 자연스럽게 주목을 모았다.

“로우세이!”

야마토에서 젊은 남자의 전통의상 차림은 흔히 볼 수 없었다. 게다가 돈이 많이 들어간 검은색과 금색 복장이었기에 봄의 색채를 가르는 마술사처럼 보였다. 그리고 정장을 입은 남자와 마찬가지로 정장 차림인 젊은 여자가 심상치 않은 얼굴로 그 뒤를 쫓으며 필사적으로 제지하고 있으니 눈에 띌 수밖에 없었다.

“로우세이! 작작 좀 해!”

“로우세이 님! 기다려 주세요! 그렇게 구경꾼 같은 행동을 하시면 곤란합니다!”

"구경하려는 게 아니야."

이테쵸는 앞서가던 로우세이를 따라잡아 팔을 붙잡았지만 맞닿은 곳에서 눈 결정이 팍 터지고 기묘한 힘에 밀려났다. 구속에서 벗어난 로우세이는 빠르게 뛰며 다시 도망쳤다.

"젠장! 로우세이! 같은 편인 나한테 그러는 거냐! 게다가 기모노 입었으면서 발이 빨라!"

"이테쵸 님, 로우세이 님이 지면을 빙판으로 만드셨어요! 저, 저는 펌프스라서 미끄러져요!"

"트랩인가! 로우세이! 로우세이!"

로우세이는 얼린 노면을 스케이트 타듯 미끄러지며 태연한 얼굴로 대답했다.

"틀렸어. 몸풀기야. 보이기 시작했어, 이테쵸, 이시하라."

로우세이가 급정지했기에 이테쵸와 이시하라는 순서대로 사이좋게 로우세이의 등에 부딪쳤다. 샌드위치 상태였다. 이테쵸는 투덜거리려고 했지만, 입에서 나온 말은 다른 말이었다.

"……이건, 심각하네."

먼저 눈에 들어온 것은 길을 막듯 넘어져 있는 대형 트럭이었다.

운전자는 구출되었는지 도로에 눕혀져서 간호를 받고 있었다. 그리고 경차 쪽은 이시하라가 보고한 대로 가드레일 덕분에 어떻게든 떨어지지 않고 있었다. 가드레일은 찌그러져서 훌륭하게 U자를 그리고 있었고, 차 안에서 아이가 크게 우는 소리가 들렸다. 운전자의 얼굴은 에어백 때문에 보이지 않았으나, 움직이지 않는 것을 보면 기절한 걸지도 몰랐다. 아니면 죽었거나. 앞유리창은 깨졌고 피가 튀어 있었다.

—구할 수 있을까?

이테쵸는 나약해지지 않으려고 했지만 그렇게 생각하고 말았다. 경차는 매우 불안정한 상태로 간신히 벼랑에 걸쳐있으나 오래 버티지는 못할 것이다.

—섣불리 건드리면 같이 떨어질 것 같아.

차 안에 있는 사람들이 조금만 움직여도 위험했다.

길이 막혀 이동하지 못하는 사람들이 멀찍이서 사고 현장을 지켜보고 있었다.

그리고 달려 나와서 갑자기 멈춘 로우세이는 어쩌고 있었느냐면, 기모노 소매에서 부채를 꺼내고 있었다.

그리고 그 부채를 펼치자 주위에 오싹한 냉기가 일었다.

"……로우세이, 혹시 힘을 쓰려고?"

질문을 받고 로우세이는 고개를 끄덕였다. 이테쵸는 고운 눈썹을 치켜세우고서 부채를 뺏었다.

"사계 조례에 위반돼."

이번에는 로우세이가 거칠게 부채를 되찾았다.

"안 위반돼."

"아니, 위반이야. ……설령 민초가 비참한 상황이어도 계절을 현현하는 것 외에는 사계의 힘을…… 신통력을 써선 안 돼. 사계 조례 제1조야. 마음은 이해하지만…… 경솔한 행동은 할 수 없어. 내가…… 내가 어떻게든 안에 있는 사람을 구하겠어. 너는 차로 돌아가."

"……어이, 이시하라."

조마조마하게 지켜보던 이사하라는 갑자기 이름을 불려서 몸을 흠칫 떨었다.

"네!"

불쌍하게도 남자들 사이의 험악한 분위기에 휘말린 이시하라는 명백하게 당황한 모습이었다.

"사계 조례 제2조를 읊어 봐."

게다가 거만하게 명령이 떨어졌다.

"……네?"

"읊어, 이시하라!"

"으아아, 네!"

이시하라는 암기에 자신이 있는지, 당황한 것 같긴 했지만 바로 암송했다.

"사계 조례 제2조, 사계의 대행자는 신변에 위험이 닥친 경우, 타인에게 신통력을 쓸 수 있다……입니다!"

"역시 이시하라야."

로우세이는 이시하라의 작은 등을 손으로 세게 쳤다. 이시하라는 앞으로 푹 고꾸라졌다.

"서, 서, 서, 성은이 망극합니다……."

"이테쵸, 잘 들어. 나는 교통사고로 인한 차량 정체에 휘말렸어. 과격파 녀석들…… 역적의 공격을 경계하며 이동 중에 말이야. 그렇지?"

"……부주의하게 창문을 열었던 녀석이 말하니까 짜증 나지만, 맞아. 그래서 너한테 하지 말라고 한 거야."

"정체가 조기에 해결될 상황은 아니야. 봐, 넘어진 트럭이 도로를 완전히 봉쇄해 버렸어. 되돌아가는 것도 무리야. 꽃놀이 나온 사람들 때문에 차는 움직일 수 없는 상태지. 지금 역적에게 습격받으면 어쩔 방도가 없는 상황인 거야. 게다가 싸움이 발생하면 백성에게도 피해가 가. 주변 일대는 움직이지 못하는 차들로 가득하니까."

이테쵸는 그 말을 듣고 있자니 두통이 일었다.

—정말로 다루기 어려운 주인이다.

그의 주인은 이제 누가 뭐라든 들을 생각이 없다는 표정을 하고 있었다.

"차를 버리는 방법도 있지만, 여기서 도보로 하산하는 건 좋은 판단이 아니야. 그렇다면 역시 사고 현장을 원활하게 해결해야 해. 내가 지금부터 하려는 건 나한테 떨어진 불똥을 치우는 일이야. 그리고 사계의 대행자는 조례로 정해져 있듯이 자신에게 위험이 닥친 상황에서는 타인에게 신통력을 사용할 수 있어. 그러니까 저 차를 도와…… 아니, 이동시키겠어. 안에 있는 사람도 방해되네. 같이 이동시키겠어. 그러면 나중에 달려올 사고 대응팀도 빠르게 움직일 수 있어. 그러면 그 결과 차량 정체가 해소되겠지. 그러면 내 안부는 조급히……."

"그만 됐어."

"으악!"

이테쵸는 로우세이의 입을 손으로 막아 침묵시켰다. 로우세이는 그렇게 말하고서 그 상태로 이테쵸를 노려보았고, 이테쵸는 그 시선을 받자 손을 떼줬다.

"나는 네가 무엇보다 소중하니까 이렇게 하는 거야. 알고 있어?

로우세이.”

위압적인 음성으로 말하자 로우세이의 기세도 수그러들었다.

“……알아.”

알긴 뭘 알아, 하고 이테쵸는 한숨을 쉬며 말했다.

“로우세이, 너는 몰라. 지금부터 하려는 일은 나중에 너를 위험에 빠뜨릴지도 몰라. 네가 위험해지면 널 지키는 자들도 위험해져. 나는 괜찮아. 너의 종자니까. 널 위해서라면 목숨 정도는 내놓을 거야. 네가 세상에서 가장 소중하니까……. 하지만 다른 경호원은 그럴 수 없어. 연인이나 가족이 있는 사람도 있어. 그런 걸 전부 알면서도 하겠다는 거지? 나는 사실 이런 일은 절대로 하고 싶지 않아.”

“…….”

이테쵸의 말은 로우세이의 양심을 정확하게 찔렀다. 자신의 행동이 주위에 어떤 여파를 미치는지, 로우세이는 과거의 경험으로 질리도록 알고 있었다. 하지만, 그래도.

“……미안하지만, 그래도 할 거야.”

로우세이는 뜻을 굽히지 않았다.

지금 그곳에 있는 비극을, 눈앞에서 일어나고 있는 잔혹한 현실을 가리키며 말했다.

“살릴 수 있는 목숨이 눈앞에 있어.”

그러는 사이에도 비명 같은 울음소리가 들려왔다.

“저 차에 어린아이와…… 아마 부모겠지. 몇 명인지 모르겠지만 어쨌든 구할 수 있는 생명이 있어.”

이번에는 로우세이가 이테쵸에게 보란 듯이 말했다.

"내가 당장 구하면 앞으로도 이어질 목숨이야. 너라면 그게 무슨 뜻인지 알잖아."

"……그렇게 말하는 건 치사해."

"너도 치사하게 말했어."

"너에게 네 입장을 알려주기 위해서 그런 거야."

"알아. 네가 말하는 위험성도 이해해."

"그렇다면……."

"나는 몇천 명, 몇백 명은 구할 수 없어. 구하지 않을 거야. 그런 입장이 아니니까. 그런 사람이 되고 싶지도 않아. 그건 이해해줘. 힘이 있어서 오만해진 건 아니야."

도전적으로 이테쵸를 보았다.

"하지만 저 가족은 구할 수 있잖아. 지금, 저기에 있어."

그 목소리에는 단순히 정의감 넘치는 청년이라고 단정할 수 없는 무게가 있었다.

"……후우."

"내버리는 거야……? 이테쵸."

그 목소리에는 이테쵸를 향한 애원도 섞여 있었다.

이테쵸는 몇 번째인지 모를 한숨을 쉬었다. 그리고 이시하라를 보며 복잡한 쓴웃음을 지었다.

"……이시하라 여사, 나중에 둘이서 상당한 분량의 서류를 쓰게 될 텐데……."

그건 모든 일을 승낙한다는 말이었다. 이시하라는 활짝 웃고서 힘차게 고개를 끄덕였다.

"상관없습니다, 이테쵸 님! 아이가 울고 있습니다!"

"잘 말했어, 이시하라. 너는 장래성이 있어."

로우세이가 또 등을 때렸지만 이시하라는 이번엔 기쁘게 웃었다.

"로우세이, 이번에는 특례야. 결정했으니 신속히 간다."

"그래. 그럼 순서를 말할게. 이시하라, 너는 잠시 대기해. 간호사 면허를 갖고 있지? 구한 다음에는 너한테 맡기겠어. 이테쵸, 얼음 위를 능숙히 걸을 수 있는 사람은 너랑 나뿐이야. 그 쓸데없이 발달된 몸을 잘 활용해."

"알겠습니다, 로우세이 님."

"……알겠어. ……하지만, 무용 술식은 쓰지 마. 음성 술식만 쓰는 거야. ……이목을 피하고 싶지만…… 이렇게 많이 모여 있으니 무리겠지."

로우세이는 눈앞에서 부채를 촥 펼쳤다. 아름다운 겨울의 풍경이 그려져 있었다.

"겨울로 되돌리는 건 아니야. 섬세한 작업이 될 테니까 신통력을 높이기 위해 노래할 거지만, 작게 할 거야."

이테쵸와 이시하라가 사람들을 물려 길을 만들었고, 열린 길의 끝에 절체절명의 상황이 펼쳐져 있었다.

울고 있는 아이는 뒷좌석에 있는 것 같았다. 뒷좌석에서 소녀와 소년의 목소리가 둘 다 들렸다.

도움을 바라고 있었다. 하는 말은 단 하나였다.

"아빠를, 살려…… 살려 주세요……!"

둘 다 자신이 아니라 꿈쩍도 하지 않는 운전석에 있는 아빠를 구해달라고 하고 있었다. 자신들도 지금 이 상황이 무서울 텐데, 그보다도 움직이지 않는 아빠가 걱정되어 견딜 수가 없는 것이다.

—어떻게 해서든 구해야 한다.

로우세이는 심호흡하고서 차를 겨냥하듯 부채를 들었다. 기모노를 입은 칠흑색 청년이 뭘 하려는 것인가 하고 사람들은 마른침을 삼키며 지켜보았다.

“육화(눈)의 검을 꽂아 달의 색조차 하얗게 칠하라.”

발밑에 얇은 빙판이 만들어졌다.

그것은 물결처럼 주위로 퍼져 이윽고 추락하려고 하는 자동차를 향했다.

“설월화의 꿈은 영원한 잠, 병자를 향한 위로.”

빙판에서 어떤 형태가 생겨나기 시작했다.

얼음 덩굴풀, 수풀, 잡초, 작은 싹이 눈 깜짝할 사이에 성장하여 나무가 되었다.

살아있는 움직임으로 차례차례 증식해 나갔다.

먼저 가드레일을, 이어서 자동차까지 휘감아 동결시켜 나갔다.

덩굴풀이 팔을 뻗듯 움직여 자동차를 들어 올렸다.

추락할 뻔했던 자동차가 점차 도로로 돌아왔다.

색이 없는 얼음인데도, 푸른 들판으로 보였다.

"가을을 죽이고 봄에 죽어."

얼음 들판이었다.

이윽고 그 얼음 들판에 꽃이 피었다.

봄의 꽃들이 그 모습을 사람에게 보여주듯 화려하게 피었다.

"꺼려 마땅할 자는 함께 죽음을."

피어난 꽃들은 전부 봄꽃이었다.

겨울의 대행자가 얼음으로 봄의 풍경을 그리고 있었다.

그 밖에도 선택지는 있었을 것이다. 자신의 계절을 알리는 겨울꽃을 만들어도 좋았을 터다.

"한탄은 모두 하얗게 칠하라."

하지만 그는 봄꽃을 그렸다.

봄의 대행자가 벚꽃색으로 물들인 이 땅을 결코 더럽히지 않도록 일부러 봄꽃으로 골랐다.

그녀가 지금 이곳에 없어도, 이 꽃을 받지 않더라도.

로우세이가 히나기쿠를 생각하여 얼음꽃을 피우는 것에 의미가 있었다.

모과꽃.

황매화.

스파락시스.

네모필라.

목련.

제비꽃.

울금향.

스토크.

히아신스.

매화.

작약.

만년청.

제비붓꽃.

봄망초.

탱자꽃.

복사꽃.

금잔화.

영산홍.

살구꽃.
월계수꽃.
석남꽃.
은방울꽃.
아네모네.
산딸나무꽃.
개양귀비.
동백꽃.
라일락.
라벤더.
등나무꽃.
장미.
벚꽃.

그리고, 『데이지(히나기쿠)』.
동화 같은 풍경.
얼음꽃으로 만든 꽃밭이었다.

그 자리에 있는 모두가 마른침을 삼키며 지켜보고 있었다.
겨울의 대행자의 신기에 오감이 매료되고 말았다.
—참 운치있는 일을 한다니까.
그런 가운데 쓴웃음을 짓고 있는 사람은 이테쵸뿐이었다. 그는 로우세이가 왜 얼음 꽃밭을, 그것도 봄꽃으로 만들었는지 알고 있었다.
—그분에게 주는 선물이겠지.
알고 있기에 그 광경이 너무나도 애틋하게 보였다.
"모두 하얗게, 육화의 색으로 녹아라."
로우세이가 그렇게 속삭이자 무대는 모두 갖춰졌고 들고있던 부채가 탁 소리를 내며 접혔다. 겨울의 대행자가 완성된 얼음 들판과 봄꽃을 헤치고 나아가자, 얼음 덩굴도 자연스럽게 물러났다.
"이봐, 괜찮아?"
얼어붙은 자동차 안에서, 아이들이 하얀 숨을 내뱉고 있었다.
죽을지도 모른다는 것보다도 눈앞에서 일어난 마법 같은 일이 더 무서웠는지 우는 것도 잊고서 두려워하고 있었고, 로우세이가 손을 내밀자마자 두 사람 다 몸을 움츠렸다.
로우세이는 이럴 때마다 험악하게 생긴 자신의 얼굴은 정말 불편하다고 생각했다. 최대한 겁먹지 않도록 조금 높은 목소리로 아이들에게 말했다.
"괜찮아. 지금 구해줄게. 땅부터 통째로 얼렸으니까 떨어질 일은 없어. 걱정하지 마. ……이테쵸, 부탁해도 되지?"
"알고 있어. 나는 운전사를 구출할게."
이테쵸는 그렇게 말하면서 차고 있던 칼집으로 창문을 깼다.

오히려 칼집 쪽이 깨질 것 같지만, 조금의 흠집도 보이지 않았다.
깨뜨린 창문에 손을 넣어 잠금을 해제하고 억지로 문을 열었다.
마치 과자 상자를 여는 듯한 간단한 손놀림이었다.
지켜보는 이시하라는 태연했지만 다른 구경꾼들은 입을 쩍 벌렸다.
"……저 사람, 뭐야?"
"인간이 할 수 있는 일이 아니잖아……."
"그보다 이 얼음은 뭐야……? 혹시 저것이…… 사계의……."
이테쵸는 주변에서 들려오는 말에 민망한 듯 선글라스를 고쳐 썼다. 화려하게 차려 입었지만 눈에 띄고 싶어 하지는 않는 것 같았다.
"어이, 창문을 열어줘."
로우세이는 멍하니 굳어있는 아이들에게 말했다. 열 살정도의 남매가 안에서 떨고 있었다. 추워서 그런 것만은 아닐 것이다. 창문을 두드렸지만, 아이들은 열어 줄 것 같지 않았다.
"……흠."
로우세이는 잠시 간격을 두고서 자동차를 향해 손을 들었다.
그러자 호응하듯 꿈틀거린 얼음 덩굴이 뒷좌석의 문을 강제로 열었다.
"구해주러 왔어. 자, 이제 괜찮아."
그건 아이들을 안심시키기 위한 말이었으나, 로우세이는 말하고 나서 가슴이 아파졌다. 다쳐서 그런 건 아니었다. 단도로 심장을 푹 꿰뚫린 듯한 아픔을 느꼈다.
—뭐지?
왜 그 말에 상처받은 걸까. 의아해하다가 잠시 후 깨달았다.

"……."

—아아, 그런가. 말해버렸기 때문인가.

그건 로우세이의 인생에서 특정 인물에게 하고 싶었던 말이었다.

언젠가, 언젠가는 분명 말할 수 있는 날이 올 거라고. 그렇게 생각하며 살아왔으나 말하지 못한 말이었다. 그걸 지금 말해버렸다. 소중히 간직해뒀던 말이었는데.

—그 녀석에게 말하지 못했는데.

그걸 말해버렸기에, 마음이 울고 있었다.

"……구해주러, 왔어……."

정말로 그 말을 전하고 싶은 사람에게 말하지 못한 채 자신이 살아있음을 깨달았다.

이 말을 바치고 싶은 사람은 원래 다른 사람인데, 라는 것을 깨달았다.

—바보야. 지금은 그런 생각 하지 마.

로우세이는 상처받음과 동시에 부끄러워서 참을 수가 없었다.

자신이 부끄러웠다. 화끈거리는 수치심이, 죄책감이, 가슴속에 회오리쳤다.

—지금은 눈앞에 있는 아이들을 생각해. 부끄럽지도 않아?

로우세이는 자신이 앓고 있는 병을 인식하고 있었다. 이 세상에는 『신데렐라 증후군』라는 병이 있는데, 로우세이의 상태에 이름을 붙이자면 『히로익 증후군』이라고 할 수 있을 것이다.

동화 같은 일을 머릿속으로 끝없이 생각하는 것이다. 어딘가에 잡혀있는 사랑하는 사람을 직접 구하고, 이제 괜찮다고 속삭이며 끌어안는 공상.

그저 공상이다. 영웅이 되고 싶어 하는 것 자체는 그렇게 이상한 일이 아니다. 사람은 그런 것을 동경한다. 하지만 로우세이는 그것을 장난으로 생각하는 게 아니라 진심이라는 점이 문제였다. 그렇기에 스스로도 어리석다고 생각했다. 실제로 『소중한 사람을 위기에서 구하는 것』은 머릿속에서만 일어났다. 현실은 더 괴롭고 잔혹하여 가차없이 불행을 퍼붓는다. 살면서 그런 구원이 일어나는 건 기적에 가까웠다. 로우세이도 그런 현실을 알고 있었다.

—히나기쿠, 나는, 너를.

그런 현실을 알기에, 줄곧 꿈꿨다.

—히나기쿠.

10년 전에 납치당한 봄의 대행자를 구하는 꿈을.

그때, 왜 바로 나서지 않았을까.

『사쿠라, 분명 살 수 있어. 괜찮아. 내가 지켜줄게.』

그게 가장 간단한 구원이었다. 아무도 말하지 않았지만, 그랬다.

『로우세이 님…….』

결단하자. 여기서 결단하지 않으면 다른 사람도 죽는다.

『같이 놀아 주셔서, 고마워요.』

죽을 거면 지금이다. 지금 죽으면 이테쵸도 사쿠라도 히나기쿠도 살 수 있을지도 모른다.

『얼음꽃을 주셔서, 고마워요.』

자, 만들어. 얼음칼을 목에 겨눠. 금방 베일 거야.

『무척 친절하게 대해 주셔서 고마워요, 로우세이 님.』

그러면 녀석들은 만족할 거야. 떠날지도 몰라. 그러니까 해.

『분명 저도 살 수 있을 거예요. 그러니까.』

얼른 죽어. 당장 죽어. 빨리 죽어. 죽어, 죽어, 죽어, 죽어버려.

『그러니까 로우세이 님. 또 저랑 같이 놀아 주시겠어요?』

그렇게 마음먹고 떨리는 손을 움직였는데, 첫사랑인 소녀가.

『죽지 말고, 살아 주시겠어요?』

마음을 찢는 듯한 상냥함으로 나를 지켰다.

"……."

로우세이는 한순간의 해후로부터 돌아왔다.

그곳은 후회로 점철된 세계였고, 기억을 거슬러 올라가기 전과 아무것도 달라진 게 없었다.

—아아, 그래.

하지만 긴 겨울이 끝나고 봄에 물들어 있었다.

—지금은 봄이야. 그 녀석은 돌아왔어.

아름다운 봄이 돌아와 있었다.

—봄에, 어울리는, 행동을 해야 해.

로우세이는 미약하게나마 미소 지었다.

"괜찮아. 이제 무서운 일은 없을 거야."

웃어주자 마침내 소녀가 손을 잡았다.

"……내가, 죽게 두지 않을 거야……."

안쪽에서 손을 내민 소년에게도 팔을 뻗었다.

"무섭지 않아……. 무서운 일은 이제 끝났어."

아이들이 안도의 한숨을 쉬었다.

하지만 그건 오래가지 않았다. 소년이 의문을 던졌다.

"아빠는?"

부모를 살려달라고 울었던 아이라면 당연히 물어볼 의문을.

"……."

로우세이는 그 물음에 확실하게 답해줄 자신이 없었다. 부친은 이미 이테쵸가 구출했으나 피를 많이 흘렸다. 현시점에 만족스럽게 말하지 못하는 상태인 걸 감안해도 부주의한 발언은 할 수 없었다.

—하지만 뭔가 말해 줘야 해.

살 수 있을 거라고 로우세이가 단언하면 된다. 하지만 그건 희망적인 예측일 뿐이다.

로우세이는 치미는 위액을 억지로 삼키고서 시선을 내리깔고 말했다.

"……모르겠어."

그건 성실하기에 나온 말이었다.

"……곧 구급차가 올 거야. 그게 얼마나 빨리 오느냐에 달렸어."

"안 괜찮은……거야?"

"……."

누나로 보이는 소녀가 말했다.

"오빠는 겨울의…… 겨울의 신님이지?"

눈앞의 청년이 한 일도, 누구인지도 이해하고 있는 것 같았다.

"신님인데, 반드시 괜찮을 거라고 말할 수 없는 거야……?"

그건 로우세이가 가장 지적당하고 싶지 않은 부분이었다.

"나는, 그저 대행자야……. 뭐든 할 수 있는 신이 아니야. 그런……신……이었다면 좋았을 텐데. 마법처럼 너희를 구하고 싶어. 하지만."

지금, 사람으로서 아이들을 구하고 있는 로우세이가 할 수 있는 일은 한정되어 있었다.

그 한정된 일을 할 수밖에 없다. 최대한 신속하게, 확실하게.

"……하지만, 사람이니까."

힐난받아도 좋다고, 로우세이는 생각했다.

"사람으로서, 너희는 책임지고 지키겠어."

무슨 말을 듣든, 꿈만 꾸며 아무것도 안 하는 것보다는 낫다.

"아빠가 치료를 받을 수 있도록 길을 비키게 하겠어. 너희를 지킬 어른도 부르겠어. 다른 것보다도 지금은 너희를 우선시하도록 각 기관에 영향력을 행사하겠어. 그게 내가 할 수 있는 일이야. 아빠를 살리기 위해 할 수 있는 일을 지금부터 전부 할 거야. 그러려면 우선 너희를 구해야 해."

진심에서 우러난 마음으로 속삭였다.

"내가 너희를 구할 수 있게 해줘. 부탁이야."

고개에서 발생한 교통사고는 갑자기 나타난 겨울의 대행자가 구출극을 벌이면서 얼마 지나지 않아 해결되었다. 부상자는 전부 구출되었고, 그 후에는 별 탈 없이 처리가 진행되었다.

대형 트럭 운전자는 뼈가 부러지긴 했지만 생명에 지장은 없었다.

가드레일에 충돌한 자동차를 운전하던 부친의 의식은 돌아오지 않았다. 이시하라가 응급 처치는 했지만, 어떻게 될지는 병원에 도착해서 검사를 해봐야 알 수 있다고 했다. 로우세이는 줄곧 아이들의 손을 잡고서 구급차를 기다렸다. 아무런 말도 안 했지만 그들은 로우세이에게 딱 붙어서 떨어지지 않았다.

그리고 구급차가 와서 헤어질 때, 아이들은 로우세이에게 살며시 손을 흔들어줬기에 로우세이도 똑같이 손을 흔들어줬다. 뒷일은 다른 사람의 영역이었다. 더는 아무것도 해 줄 수 있는 것이 없었다.

"로우세이, 이쪽으로 와."

"……."

세 사람의 목숨을 구했는데, 로우세이는 무력감을 느끼고 있었다.

"언제까지 그러고 있을 거야. 지금 사계청에서 통지가 왔어. 이 앞에 차량이 준비됐대. 타고 온 차량은 포기할 거야. 운전사가 이미 대기하고 있어."

"……구경하는 사람들에게 촬영당하지 않도록 사각지대로 가죠. ……이미 찍고 있는 사람이 몇 명 있지만…… 아아, 시말서감이에요……."

"이시하라 여사, 서로 마음을 굳게 먹자고……. 로우세이, 듣고 있어?"

"그래……."

구출극을 벌이고 얼마 지나진 않았지만 로우세이는 매우 지쳐 보였다.

혹은 망연자실한 것 같기도 했다.

"이테쵸…… 저 가족에게 필요한 걸 챙겨주고 싶어. 자세히 추적할 수 있겠어?"

"물론이지. 내 쪽에서 나중에 경과를 확인할게. 모친이 없었던 게 신경 쓰여. 의지할 친척이 없다면 누군가를 파견하지. 그리고 아이를 돌볼 사람이 필요해. 그럼 될까?"

"……그래."

"신통력을 써서 피곤하지? 차 안에서 조금 자도록 해."

"……응."

"뭔가 원하는 게 있으면 말해. 가면서 조달할게."

"……."

로우세이의 마음은 계속 다른 곳에 있었다.

"……로우세이."

이테쵸는 로우세이의 팔을 잡고 강제로 끌어서 걷게 했다. 조금이라도 빨리 이곳을 떠서 주인의 의식을 전환시키고 싶었다.

—아름다운 봄 풍경 속에서, 로우세이가…… 아니, 내가…… 망연자실했던 적이 이전에도 있었지.

이테쵸는 문득 과거를 떠올렸다. 그때는 세상이 끝났다고 생각했었다.

하지만 지금도 일상은 계속되고 있고, 자신과 주위 사람의 인생도 끝날 것 같지 않았다.

—우리만큼은 죽은 채 살아가는 거나 마찬가지야.

현실은 자신들과 똑같은 속도로 움직이지 않는다. 이테쵸의 머릿속에 목소리가 울렸다.

『이테쵸 님, 거짓말이죠? 버리시지 않을 거죠? 히나기쿠 님을, 저를…… 버리시지 않을 거죠……? 거짓말이라고…… 거짓말이라고 말해주세요……. 도와주겠다고 하셨잖아요……. 제게 말씀해주셨잖아요……!』

과거는, 때때로 생각난 것처럼 빠르게 다가와 등을 찌른다.

과거는, 그럴 때마다 절대 상냥하지 않다. 가장 마음에 새겨진 사람을 불러와 마음을 찌른다.

이테쵸는 늘 자신의 마음속에 있는 아이의 바람을 떠올리고 시선을 내리깔았다.

"……!"

그때, 갑자기 팔이 뒤로 당겨져서 돌아보았다. 로우세이가 걷다가 돌멩이에 발이 걸려 넘어질 뻔해서 그런 거였다. 평소의 그답지 않았다.

"로우세이, 괜찮아?"

"…… ."

"야, 듣고 있어?"

"……그래, 물어볼 사람한테 물어봐야지. 괜찮아."

누가 들어도 거짓말임을 알 수 있는『괜찮아』였다.

이테쵸는 로우세이를 잡은 팔에 더 힘을 줬다.

"……아파."

"아프라고 한 거야."

"왜?"

"네가 정말로 괴로울 때는 아프다고, 힘들다고…… 말하지 않으니까."

로우세이가 문득 시선을 보냈다. 길 잃은 아이처럼 눈동자가 흔들리고 있었다.

"……나는 그런 말을 할 자격이 없어. 그런 말은 하면 안 돼."

"누구나 자신의 감정을 말할 자격은 있어."

"없어. 나는 없어."

"……있어. 누군가가 없다고 한다면 내가 대신 있다고 말할 거야.

너는 아프다고 말해도 돼."

"오냐오냐하지 마……."

"오냐오냐하는 게 아니야. 나는……."

이테쵸는 이 청년만큼은 고통에서 구해주고 싶었다.

자신이 구원받지 못하더라도, 욕을 먹더라도, 이 겨울의 신만큼은 편하게 만들어 주고 싶었다.

"네가 소중해. 몇 번이나 말했잖아."

그를 구한다고 자신이 구원받는 것은 아니다. 그저 그러고 싶었다. 그 헌신은 애처로울 만큼 욕심이 없었다. 하지만 로우세이는 그 말에 이해를 표하지 않고 얼굴을 슬프게 일그러뜨렸다.

"그런 건 사쿠라한테 말해."

그건 이테쵸의 마음을 가장 아프게 할 말이었다.

"……말할 수 있다면 이런 고생은 안 하지. 하지만 지금 사쿠라는 관계없어. 너한테 필요한 말이야."

"……하지 마. 시끄, 러워."

—그만해. 나는.

로우세이는 종종 이 남자의 곁을 떠나고 싶다고 생각할 때가 있었다. 이테쵸는 언제까지나 로우세이의 절대적인 아군으로 있을 것이다. 그건 로우세이에게 있어 구원이지만, 로우세이는 구제를 바라지 않았다.

"가까이 있으니까, 말할 수 있을 때 제대로 말하려는 거야."

—단죄받는 게 더 나아. 나는, 단죄받고 싶어.

"로우세이, 괜찮아."

하지만 그는 절대 로우세이를 버리지 않는다. 로우세이를 위해 인생을 바치는 것에 의문도 품지 않는다. 어떨 때는 엄격한 말을 하기도 하지만, 로우세이를 버리지 않는다.

그 사랑하는 방식에 의문을 가졌으면 좋겠는데 그러지 않는다.

—나는.

로우세이의 눈시울이 뜨거워지고 목에서 끅끅 소리가 났다.

"언젠가 분명, 히나기쿠 님 일도 어떻게든 될 거야……."

이 남자가 주는 무책임한 『괜찮아』의 힘이.

이런 자신에게 보내는 친애가, 긍정이.

"말을 책임질 수도 없으면서…… 그런 말, 하지 마……."

이날까지 로우세이를 살렸다.

—이렇게 기뻐진다면 나도 그 아이들에게 말해줄걸.

『괜찮아. 아빠는 분명 살 수 있을 거야』라고.

무책임하더라도, 건네주는 말 한마디에 사람의 기분은 상당히 달라진다.

그걸 이 남자의 존재로 알고 있었는데, 무서워서 말해주지 못한 것이 이제 와서 분했다.

"책임질 거야. 평생 너를 지키겠어."

로우세이는 떨어지려고 하는 눈물을 소매로 닦았다. 그리고 화풀이하듯 기모노의 소매로 이테쵸를 때렸다. 뭘 하든 완벽해 보이는 이 남자가 얄미웠다. 그건 어디까지나 로우세이의 눈에 그렇게 보이는 것에 불과하지만.

"……아무나 꼬시지 좀 마."

로우세이를 위해서라면 광대도 되고 기사도 된다. 이테쵸는 그런 남자였다.

"누가 들으면 오해하겠네. 애정을 보낼 상대는 제대로 선별하고 있어."

순종적이지는 않지만 최고의 종자인 남자는 표표하게 대답했다.

"……정말로?"

"정말로. 잘 들어, 로우세이. 너는 사람으로 있어. 과하게 『신』이 되려 하지 마."

"……그래."

"맞다…… 그리고 얼음꽃은 훌륭했어. 봄의 대행자님이…… 히나기쿠 님이 만든 봄을 더럽히지 않으려고 그런 거지?"

로우세이는 어린아이처럼 고개를 끄덕였다. 이테쵸는 나이 차이가 많이 나는 동생 같은 주인이 참을 수 없이 사랑스러워졌다. 팔을 잡지 않은 반대쪽 손으로 머리를 헝클어뜨리듯 쓰다듬었다.

"멋진 봄 풍경이었어. 그분은 네가 얼음꽃을 만들어 주는 걸 좋아하셨지……. 로우세이, 오늘은 맛있는 거 먹자. 네가 좋아하는 거여도 돼. 뭐 먹고 싶어?"

"마트 초밥."

로우세이는 코맹맹이 소리로 답했다.

"검소하네."

이테쵸는 그 대답을 듣고 웃었다.

"……오징어는 필요 없으니까 너 줄게……."

"싫어하는 걸 넘기는 거야? 그럼 네가 좋아하는 연어는 내가 먹어 주지."

두 주종은 서로 주먹으로 가볍게 투닥거리고서 다시 걷기 시작했다.

로우세이는 이테쵸에게 끌려가면서 딱 한 번, 뒤를 돌아보았다. 반짝거리는 봄 햇살 속에서 빛나는 얼음 꽃밭. 그 속에 문득 어떤 소녀가 보인 것 같았다.

그건 로우세이에게 있어 세상에서 가장 특별한 사람의 환영이었다.

—히나기쿠, 너는 어디에나 있구나.

이제 기억 속 얼굴도, 목소리도 희미해졌는데.

—내가 애타게 그리기에 어디에나 나타나.

마음속에는 줄곧 선명하게 존재하고 있었다.

—아직, 너를 좋아해. 너는 나를 원망하고 있을까?

로우세이는 자신 때문에 유괴당했던 여자아이를 생각했다.

그 후, 길었던 하루를 끝내고.

겨울의 대행자 일행은 목적지로 설정했던 숙박 시설에 날짜가 바뀌기 전에 도착할 수 있었다.

이테쵸는 차 안에서 잠들어버린 로우세이를 업고서 체크인을 끝낸 뒤, 마침내 몇 시간 만에 휴식에 들어갔다.

"이테쵸 님, 휴식 시간이신가요."

"아아, 이시하라 여사. 이쪽 자리 비었어. 괜찮으면 앉아."

숙박 시설의 한 층을 통째로 빌렸기에 같은 층에 설치된 라운지에는 자연스럽게 관계자가 모여 있었다. 숙박객을 위한 무료 음료를 즐길 수 있는 곳이었다.

다들 일하는 중이기에 주류에는 손대지 않았지만, 커피와 홍차, 호텔 측이 준비한 과자 등을 먹으며 휴식 시간을 만끽하고 있었다. 대행자가 묵는 방 앞, 복도, 계단, 온갖 곳을 사계청에서 파견된 검은 옷의 보디가드들이 교대로 경비하고 있었다. 층에 있는 인원은 다 합해서 스무 명 정도이리라.

이시하라는 커피를 한 손에 들고서 비어있는 1인용 소파에 앉았다.

"로우세이 님은 쉬고 계신가요?"

이테쵸는 귀에 낀 이어폰을 슬쩍 보여주고 웃었다. 테이블에는 녹차가 놓여있었다.

"코가 막혔는지 코골이가 심해."

대행자의 방에는 감시 카메라와 집음 마이크가 설치되어 있었고, 이테쵸는 휴대전화로 꼼꼼히 그것을 확인하고 있었다.

"……우셨으니까요…… 주무시면서. 오늘은 이것저것 충격적인 장면을 보셨으니…… 마음이 지치신 걸지도 몰라요."

"본인에게는 말하지 않았으면 좋겠어. 평소에는 의연하게 행동하지만…… 긴장이 풀렸을 때나 잘 때 여러 가지로 폐해가 나타나거든."

"정신과에서 내복약을 받고 있다고 들었습니다."

"그래. 이시하라 여사는 배속된 지 얼마 안 됐으니 이제부터 보게 되겠지만…… 자주 소리를 질러. 악몽을 꾸고서 소리 지르며 깨는 건 일상다반사니까 야근할 때는 각오해줘……. 누가 죽었나 싶은 비명을 지르니까."

"……비명, 인가요."

"그래. 도망치라든가, 가지 말라든가…… 그리고 뭐, 대부분이……."

이테쵸는 안타깝다는 표정으로 중얼거렸다.

"『히나기쿠』라고, 봄의 대행자님의 이름을 미친 듯이 외쳐."

"……."

"……그때가 제일 가여워. 악몽이니까 억지로 깨우는데, 그 녀석은 매번 진지한 표정으로 물어봐. 히나기쿠는 무사하냐고……."

"……봄의 대행자님은 이제 돌아오셨죠……?"

"그렇지. 히나기쿠는 무사하냐는 질문에 요즘은 이렇게 대답해. 『로우세이, 히나기쿠 님은 봄의 대행자님으로 복귀하셨어. 살아 계셔』라고."

"……어떻게 반응하시나요?"

"아직 실감이 안 드는지 안 믿어. 잠이 덜 깬 상태니까……. 몇 번 말해야…… 겨우 믿지……. 그러면 안심한 듯 곤히 자. 그 녀석한테 히나기쿠 님은…… 비할 데 없는 존재가 되어버린 거겠지. 10년이나 한 사람을 계속 생각하면 그렇게 되는 걸지도 몰라. 어쨌든……."

이테쵸는 말하기 전부터 자신의 마음이 비명을 지르는 것을 느꼈지만 애써 무시했다.

스스로를 상처입히는 자해 행위더라도, 속이지 않고 진실을 말해야 한다고 생각했다.

"10년 전, 히나기쿠 님은 우리를 지키기 위해 유괴당하셨으니까."

죄와 마주하는 것이 하나의 성의라는 것처럼.

온화하고 상냥한 그는 웃고 있었지만, 그 눈은 곡선을 그리고 있지 않았다.

이시하라는 뭐라고 하면 좋을지 알 수 없어서 들고 있던 커피를 한 모금 마셨다.

“하지만…… 그, 어쩔 수 없었다고 할까…….”

이테쵸는 고개를 저었다.

“아니, 어쩔 수 없었던 일은 아니야. 겨우 여섯 살인 아이가 눈앞에서 납치당했어. 나라는 호위관도 있었지만 지키지 못했지. 심지어 범행 현장은 우리 겨울의 마을이었고.”

“아…….”

“적들이 노린 건 로우세이였어. 그런데 그분이 대신 납치당했어. 그분이 우리를 살리기 위해 인신 공양을 제안했어. 왜 그랬는가…… 이유는 지극히 단순해.”

이테쵸의 목소리에는 평소의 다정함과는 전혀 다른 분노와 원한의 온도가 담겨 있었다.

“히나기쿠 님은…… 로우세이를 좋아했어.”

그리고 슬프게도 그 원한의 대상은 자기 자신이었다.

“만난 지 한 달도 안 됐었지만 그게 보였어. 로우세이도 히나기쿠 님을 좋아했겠지. 그 두 사람은 작은 사랑을 하고 있었어. 신들 간의 고독한 사랑이야.”

이테쵸는 자기 자신에게 줄곧 화가 나 있었다.

“……하지만 비극이 벌어졌고, 선택해야만 했어. 보통은 도망치겠지. 자기 목숨은 소중해. 하지만 히나기쿠 님은 도망치지 않았어. 결정적인 순간에 로우세이를 살리기 위해 자기 몸을 던졌어. 겨우 여섯 살 소녀가 말이야."

이 한탄도, 분노도, 전부 자신을 향한 것이었다.

"그때 나는 뭘 하고 있었을 것 같아? 이시하라 여사……."

10년 전, 아이들을 지키지 못한 과거의 자신에게 차갑게 퍼붓고 있었다.

"배에 총을 맞고 의식이 몽롱한 상태였어. 웃기지? 한심해. 적어도 그곳에서, 그 설원에서 그분을 지키고 죽었어야 했어. 그것이 대행자 호위관의 숙원이야. 하지만 그러지 못하고 나는 지금 여기에 있어. 나는 때때로 어째서 내가 벌을 받지 않은 건지 이상하단 생각이 들어."

"그건…… 과한 말씀이에요."

"아니, 진실이야. 로우세이의 마음에 난 상처도, 내가 지키지 못한 탓이야. 전부 다…… 미안해. 내가 할 수 있는 일은 분골쇄신하여 일하는 것 정도야."

그 말대로 이테쵸가 10년간 24시간 365일 쉬지 않고 겨울의 대행자의 호위관으로서 일하고 있음을 알기에 이시하라는 비통한 기분이 들었다.

로우세이를 위해서라면 죽을 수 있다는 말도 거짓말이 아닐 것이다.

어쩌면 그는 남을 지키고서 죽고 싶은 걸지도 모른다.

이시하라는 무거워진 분위기를 바꾸기 위해 다른 화제를 꺼내기로 했다.

“겨울의 대행자님를 담당하는 사계청 직원 중에서 여자인 제가 채용된 건 카운슬링 자격과 간호사 자격 때문이죠……? 기대에 부응할 수 있게 앞으로 열심히 하겠습니다.”

“그렇게 부담 가지지 마. 일단은 같은 직장 동료로서 우호를 다져주기만 해도 돼. 안 그러면 로우세이도 말을 안 할 거야. 그리고 말해 두는데, 성별은 관계없어. 유능한 사람이라면 누구든 상관없어. 그런 자격을 가졌으면서 무술 소양이 있는 사람을 배속시켜 달라고 사계청의 인사과에 부탁하니까…… 너랑 60대 남성밖에 없었어. 우리 팀은 계속 이동하는 고된 업무 환경이라 자연스럽게 젊은 네가 된 거지. 그 남성에게는 아내도 있었고…….”

“아, 그렇군요…….”

이시하라는 송구한 듯 어깨를 움츠렸다. 이테쵸가 웃었기에 조금 부드러운 분위기가 돌아왔다.

“죄송합니다. 이 배치로 발령나면서 이런저런 말을 들었는지라…….”

“높은 봉급을 받으니까 질투나서 그런 거겠지. 그만큼 힘든데 말이야.”

“배속 전에 유서를 쓰라고 해서 놀랐습니다.”

“맞아. 1년마다 갱신하라고 하니까 텍스트 파일은 보존해두는 편이 좋아. 나는 매번 똑같은 걸 내지만…….”

이시하라는 문득 층 전체를 보았다.

이곳에 있는 전원이 자신처럼 유서를 쓰고서 일하고 있다고 생각하니 기분이 이상했다. 이시하라는 커피를 한 모금 더 마시고 다시 물었다.

"……그, 역시 무력 충돌이 자주 일어나나요……?"

"……무력 충돌이라면?"

"『역적』과……. 일반인에게도 사계에 불만이 있다는 건 물론 파악하고 있습니다. 초현실적인 힘을 가졌으면서 재해 발생 시에 그 힘을 쓰지 않는다는 둥…… 국내 생산력을 올리기 위해 이용해야 한다는 둥, 심지어 군사 실험에 협력하라는 둥……. 하지만 실제로 무력으로 항의 활동을 강행하는 자들이 얼마나 되는 건가 싶어서……."

"지금은 한산한 시기야. 가을이 끝날 즈음부터 성수기지. 현현 여행이 시작되니까."

이테쵸는 자신들의『적』을 마치 손님처럼 평가했다.

"하지만 그렇게 생각하고서 긴장을 늦추면…… 10년 전 겨울의 마을을 습격당한 것과 같은 일이 일어나. 연간으로 따지면…… 그래, 양손으로 셀 수 있을락 말락한 빈도로 무력 충돌이 일어나."

"네?!"

생각보다 많은 숫자라서 이시하라는 저도 모르게 소리를 냈다.

"우리는 겨울이니까, 계절 중에서 가장 미움받고 있어. 그래서 적이 가장 많아. 가을은 비교적 태평하지. 그곳은 습격받는 일이 별로 없어서 경비도 허술해."

지금이라도 배치를 바꿔달라고 할 거냐고 이테쵸가 장난스럽게 묻자 이시하라는 당치도 않다며 고개를 저었다.

"네가 걱정하는 무력 충돌은…… 정말로 대행자의 신변을 노리고서 벌어지는 게 다가 아니라는 건 알아둬. 무력이 필요해지는 사태를 일으켜서 대행자가 힘을 쓰게 만들 때도 있어."

"……위해를 가하지 않고요……?"

"그래. 목적은 그게 아니야. 비판할 거리를 원하는 녀석들도 있어. 로우세이의 힘을 봤지? 자기들이 살기 위해서는 힘을 쓰면서 그 힘으로 다른 사람은 안 구하냐고 말하고 싶어 하는 녀석들이 있어."

"……그렇게 말해도……."

"그래, 맞아. 그렇게 말해도 못 하는 건 못 하는 거지."

이테쵸의 음성에는 명백한 노여움이 담겨 있었다.

"사계의 대행자는 전능한 존재가 아니야. 아무리 말해도 이해를 못 해. 이런 일의 반복은 대행자의 정신도 병들게 해. 그래서 우리는 사계의 대행자를 지켜야 하는 거야. 오늘은 원래 도와주지 않는 편이 좋았어. 사진도 찍혔고 기사화될지도 몰라."

"……."

"그런 표정 하지 마, 이시하라 여사. 이건 입장상 하는 발언이야. 본심은 나도 살려서 다행이라고 생각해. 하지만 한 명을 구하면 다른 사람들이 말해. 그때는 도와줬으면서…… 라고. 그런 소리에 매번 대응할 수는 없어. 우리는 국가 치안 기구가 아니야. 그저 계절을 전달하는 자에 불과해. ……그런데, 역적은 그게 틀렸다고 우리를 계속 비판하지……."

"어려운 문제네요."

"어려운 문제야."

이테쵸는 그 말에 고개를 끄덕이고 불현듯 휴대전화를 확인했다. 자고 있는 로우세이의 모습이 리모트 카메라로 보였다. 호흡도 심장 소리도 전부 관측하고 있었고, 새근새근 자는 모습을 보고 다시

BOOKS
춘하추동 대행자 봄의 춤 上
발매 기념 한정 특전
[NOT FOR SALE]
©Kana Akatsuki 2021
Illustration: Suoh
KADOKAWA CORPORATION

이야기하기 시작했다.

"이런 문제는 복잡하지만, 업무는 단순해. 우리는…… 사계의 대행자를 지켜. 역적과 충돌하면 밟아. 확실하게 밟아. 그게 다야. 다른 계절은 소극적으로 하고 있지만…… 우리는 달라. 이시하라 여사, 너도…… 겨울 관할 직원으로 왔으니 각오해둬."

이테쵸는 마지막 부분은 평소처럼 상냥한 목소리로 단호하게 말했다.

"네…… 알겠습니다. 저기…… 이테쵸 님."

"응?"

이시하라는 조심조심 말했다.

"……로우세이 님과, 봄의 대행자님이 만날 수 있게 준비하지 않아도 되나요……? 괜찮다면 제 쪽에서 봄의 사계청 직원에게 말해볼 수도 있는데요……."

"……역시 이시하라 여사야. 세심한 배려네. 나도 그러고 싶지만……."

이테쵸는 선글라스를 고쳐 쓰고 한숨을 쉬었다.

"뭔가 문제가 있나요?"

"……10년 전에 유괴당한 봄의 대행자님은 이번에 훌륭하게 귀환하셨지만, 그동안 구출 작업은 어떻게 이루어졌을 것 같아?"

"사계청과 국가 치안 기구, 그리고 봄의 마을과 겨울의 마을이 협력했다고 적혀 있었어요."

"맞아…… 확실히 그렇지. 자료만 보면 그래. ……하지만 실제로는……."

이테쵸의 뇌리에 한 소녀가 떠올랐다.

"봄의 마을은 히나기쿠 님이 유괴당하고 석 달 만에 조사에서 손을 뗐어. 우리 겨울의 마을은 국가 치안 기구와 협력하여 그 후로도 5년간 수색을 계속했지만…… 그것도 5년째에 일단 조사가 중단됐어."

"……네?"

"물론 수사는 계속됐어. 그저 대규모 수사가 중단된 거야. 하지만 그건…… 히나기쿠 님을 아끼는 자가 보기엔 버려졌다는 생각이 들 만한 일이잖아? 이 세상을 샅샅이 뒤져서 소녀 한 명을 찾는 건 인해전술 없이는 무리야."

"그건, 그렇죠……. 제 가족이었다면 직접 호소했을 거예요."

"그래, 정말로 그런 사람이 있었어. 수사를 계속해 달라고 울면서 각처에 탄원한 자가 있었어. 당시 열네 살이었던 히메다카 사쿠라야. 봄의 호위관으로, 겨울의 마을 습격 사건의 피해자이기도 해."

"열네 살에……."

"사쿠라는 봄의 마을이 수색을 중단한 뒤로 겨울의 마을에 와서 우리와 함께 생활했지만, 겨울도 대규모 수사를 중단하자 실종됐어. 헤어질 때 상당히 욕을 들었지……. 나를 저주해 죽일 것 같았어……. 사쿠라 입장에서는 겨울 때문에 자신의 주인이 유괴당했고 거기다 버려진 것과 같아. 그 녀석이 로우세이와 히나기쿠 님의 사이를 바로 주선하지는 않을 거야."

"……."

이시하라는 뒤얽힌 인간관계를 이해하느라 입을 다물고 말았다. 이테쵸는 다시 휴대전화를 조작했다. 잠자는 로우세이가 찍힌 영상

기록에서 평범한 사진 폴더로 화면이 바뀌었다.

그곳에는 최근 날짜가 아닌 오래된 사진만 있었다.

비극이 일어나기 전, 즐거운 나날의 기록이었다.

겨울의 마을에서 눈사람을 만드는 열 살의 로우세이. 눈으로 만든 집에서 얼굴을 내민 여섯 살의 히나기쿠.

어린 두 사람의 모습은 천진난만했다. 그리고 마지막으로 활짝 웃는 얼굴로 찍힌 흑발의 소녀. 당시 아홉 살이었던 히메다카 사쿠라의 모습이 있었다. 화면 너머에서 이테쵸에게 보내는 웃음은 눈부셨다.

"……히메다카 사쿠라는…… 히나기쿠 님을 제외하면 내가 가장 고개를 들 수 없는 아이야. 과연 주인을 위해 설득할 수 있을지, 나도 모르겠어."

이테쵸는 그렇게 말하고서 생각을 잘라내듯 사진 앱을 닫았다.

그리고 완전히 식어버린 녹차를 마셨다.

"……정말로 어렵네요. 제가 그분이었다면 어땠을까 생각하니……."

"그래. 하지만…… 가능하다면…… 모두가 조금이라도 좋아지는 미래를 쟁취하고 싶어."

"봄 쪽의 경호는 괜찮을까요?"

"……들은 얘기지만, 사쿠라가 사계청과 국가 치안 기구를 불신하기도 해서 처음에는 단둘이 몰래 의식을 치렀다고 해."

"네?! 절대 그러면 안 되잖아요! ……어째서……."

"……뭐, 깊이 파고드니 여러모로 사계청 측의 배려가 없었다는 게 드러나서 어쩔 수 없다면 어쩔 수 없는 일이었지. 봄 관리 부문의 상층부는 썩었어. 대행자를 물건이나 인형이라고 생각하는 거 아니야? 사계 회의가 정말로 걱정이야. 또 습격받을 가능성이 있는데…….”

“죄송합니다…….”

“아니, 이시하라 여사 잘못은 아니야. 같은 사계청 직원이지만 관할이 달라. 두 번째 의식부터는 인원 배치를 받아들였다고 들었어. 일단…… 혹시 몰라서 겨울 쪽에서도 예산을 할애해 상시 감시하고 있어. ……나도 때를 봐서 사쿠라와 접촉해 볼 생각이야.”

「받아들여 줄지는 모르겠지만」이라는 씁쓸한 말이 뒤따랐다. 이테쵸를 휘두르는 사람은 업무상으로는 로우세이뿐이다. 그 외에는 매우 냉정하고 온후했다. 걸물로 통했다. 그런 남자의 마음을 이토록 휘젓는 봄의 호위관은 어떤 상대일까, 하고 이시하라는 생각했다.

“이테쵸 님…… 정신적 피로로 위에 구멍이 뚫리실 것 같은데…… 고생하시네요…….”

“아냐, 고마워. 얘기 들어줘서 나도 후련해졌어. ……경호 업무로 돌아갈까.”

이테쵸는 그렇게 말하며 소파에서 일어났다. 그러자 정장 어딘가에 붙어 있었는지 벚꽃 꽃잎 한 장이 바닥에 팔랑팔랑 떨어졌다. 이테쵸는 저도 모르게 미안하다고 속삭이고 말았다.

평범한 벚꽃 꽃잎이다. 하지만 그 꽃잎이 한 여성을 연상시켰다. 그 사람의 울던 얼굴, 외치던 목소리, 격노하던 모습. 땅에 이마를 박고 매달리던 모습조차 기억의 바다에서 떠올랐다.

—『도와주세요.』

그 소식을 들었을 때, 이테쵸는 병원에서 퇴원하여 자신이 소속된 기관인『겨울의 마을』에서 봄의 대행자 납치 사건을 연일 조사하고 있었다.

겨울의 마을에 체재 중이던 봄의 대행자가 겨울의 대행자 대신 인질로 잡혔고, 역적이 그녀를 데리고 떠난『봄의 대행자 유괴 사건』으로부터 벌써 석 달이 지난 상태였다.

유괴당한 봄의 대행자의 행방은 여전히 묘연했다.

겨울의 마을은 마을의 오명을 씻기 위해 기관이 총출동하여 수색에 착수해 있었다.

이테쵸의 주인인 로우세이도 건강을 해치면서 주변의 CCTV 영상을 계속 살폈다.

아직 포기하기에는 이르다. 그 말만을 반복하는 피를 토하는 나날의 연속이었다. 그런데 봄의 대행자 히나기쿠와 그 종자가 소속된『봄의 마을』은 석 달째에 수사에서 손을 떼겠다고 발표했다.

이상 사태였다.『마을』은 대행자를 배출하고 양육하는 기관이다. 그들에게 대행자는 무엇보다 소중한 존재다. 그런데 수사에서 손을 뗐다.

그건『카요 히나기쿠의 목숨은 포기했다』라고 말하는 것과 같았다.

수사에 관여한 모든 이를 주도해서 수색해야 할 기관이 대행자를 버렸다는 소식은 관계자들을 술렁이게 했다.

—차기 봄의 대행자가 탄생했다면 이해가 가지만.

소식을 들은 이테쵸는 가만있을 수 없어서 봄의 마을로 갔다.

봄의 마을의 결단을 따져 묻고 싶었다. 무엇보다 같은 종자 동료인 사쿠라가 걱정됐다.

분명 낙담했을 것이다.

하지만 사태는 이테쵸가 상상한 것보다 더 최악의 방향으로 기울어 있었다.

『……버리지 말아주세요! 열어주세요! 버리지 마세요!』

마치 키우던 개를 버리듯 아홉 살 아이를 마을에서 내쫓은 것이다.

『사쿠라……?』

비행기에서 공공 교통 기관으로 갈아타고, 렌터카를 몰아 달려온 이테쵸는 돌담에 둘러싸인 봄의 마을 문 앞에서 울며 문을 두드리는 소녀를 발견하고 말을 잇지 못했다. 천을 어깨에 묶어 팔을 걸었고, 사건 후의 상처가 애처로웠다. 무사한 반대쪽 손으로 문을 두드리고 있었다.

『……이테쵸 님…… 저…….』

사쿠라는 이테쵸를 발견하고서 눈에 가득 고인 눈물을 뚝뚝 흘리며 오열했다.

말아 쥔 주먹은 문을 계속 두드린 탓에 까져서 피가 나고 있었다.

『……직위를, 해제당했어요……. 히나기쿠 님을 지키지 못한 벌이에요…….』

『……뭐?』

『……봄의 마을에서, 쫓겨났어요…….』

『아니, 잠깐만…… 그런…….』

『알고 있어요. 제 잘못이에요. 벌은 받아야 해요……. 쫓겨나도, 상관없어요……. 하지만 우선 히나기쿠 님을 찾아야 하는데…… 수색을 중지한다고…….』

『사쿠라, 잘 들어. 어떻게 생각해도 네 탓이 아니야. 어린 대행자에게 호위관을 붙이는 건 경호보다도 정신 안정을 위해서야. 그런 건 누구나 알고 있어. 아홉 살 아이가 역적의 공격으로부터 지킬 수 있을 리가 없잖아! 비난받아야 할 사람은 다른 어른이야. 나라고……!』

『하지만 저는 종자예요……. 저는 종자라고요……. 목숨과 맞바꿔서라도 히나기쿠 님을 지켜야 했어요……. 그런데 살아남아 버렸어요……. 쫓겨나서, 이제, 어떻게, 찾으면 좋을지…….』

『……이런 건 이상해! 애초에 역적에게 침입을 허용한 우리 겨울이 벌을 받는다면 모를까, 왜 네가……! 잠깐 물러나 봐. 이봐! 열어줘! 열어줘!』

『한 시간 동안 여기 있었어요. 아무도 안 열어줘요.』

『……말도 안 돼.』

사쿠라는 보호하는 형태로 겨울의 마을에 오게 되었다. 마을에 도착하여 신세 지겠다며 고개를 숙인 그녀의 머리는 아홉 살인데 희끗희끗했다. 지금은 어떻게 됐을지 모르겠다.

이제 세상 어디에도 갈 곳이 없고 물러날 곳이 없는 아이임을 그 자리에 있던 모두가 이해했다.

이해했었지만, 그로부터 5년 뒤에는 겨울의 마을도 대규모 수사를 중단했다. 아주 작은 규모의 수사로 전환됐다고는 하지만 죽기를 기다리는 것과 같았다.

모두가 버렸다. 두 소녀를. 몇 년이나, 몇 년이나 버렸다.

그리고 버려진 봄의 대행자와 종자는 귀환했다.

돌아온 봄은 꽃도, 초목도, 바람조차도 힘있고 아름답다고 호평이었다.

무엇에도 지지 않겠다고, 누구의 지시도 받지 않겠다며 단둘이서 살고 있었다. 들판에 피는 꽃처럼.

이테쵸에게는 이 봄이 너무나도 눈부셨다.

로우세이처럼 황홀하게 바라볼 수가 없었다.

—너무나도 애처롭다.

죽으면 된다고 여겨졌던 소녀와.

죽기를 기다리는 편이 낫다는 말을 들었던 소녀.

봄꽃의 이름을 가진 두 사람은 은빛 세계를 봄으로 물들이고 있다.

우리는 이곳에 있다고 보여주고 있었다. 모든 어른을 향한 상냥한 복수였다.

죽으면 된다고 여겼던 자들과.

죽기를 기다리는 편이 낫다고 타일렀던 자들에게도 봄을 선물했다.

이테쵸는 히나기쿠의 죽음을 바란 적 따위, 단 한 번도 없었다.

사쿠라에게 죽기를 기다리라고 말한 적도 없다.

하지만 수호자 역할을 다하지 못하고 그녀들의 인생을 지키지도 못했다.

그때 이테쵸는 열아홉 살이었다. 그로부터 10년.

그 또한 커다란 운명의 소용돌이 속에서 농락당하며 이곳에 이르렸다.

세 사람은 더 어렸다.

히나기쿠, 사쿠라, 로우세이는 이테쵸가 지켜야 할 존재였다.

지키고 싶었다. 지켜 주고 싶었다. 사실은 지키고서 죽고 싶었다.

—하지만, 살아있다.

10년 전, 보호하기는커녕 보호받고 상실했다.

5년 전, 저택을 뛰쳐나가게 할 만큼 궁지로 몰았다.

현재, 괜찮다고 타이르며 마음이 망가지지 않도록 하는 것밖에 못한다.

이테쵸가 바라는 세계는 분명 앞으로도 찾아오지 않을 것이다. 매초 현실을 직시하게 된다.

앞으로도 분명 그렇게 될 터였다.

“왜 그러세요? 이테쵸 님.”

“아아, 아무것도 아니야…….”

이테쵸는 의식을 전환했다. 라운지의 창문을 보았다. 밤에도 피어있는 벚꽃이 보였다.

마침내 속죄할 수 있는『봄』이 찾아왔다.

살면서 이런 구원은 두 번 다시 없을 것이다. 이테쵸는 잠긴 목소리로 속삭였다.

"사쿠라, 아직도 내가 미운가?"

벚꽃 꽃잎은, 버려두지 못하고 주워서 재킷 주머니에 넣었다.

소녀는 하얀 상자 속에 있었다.

『■■■■.』

그곳은 서늘하고 아주 조용한 새장이었다.
이미 몇 년이나 갇혀 있었다.

『■■■■.』

소녀를 납치한 사람은 그녀를 다른 이름으로 불렀다. 인생도, 이름도 빼어서 그녀를 예속시키고 싶었을 것이다. 그 계획은 성공했다. 인격은 서서히 붕괴되기 시작했다.

『……나는.』

1년째, 소녀는 희망을 가지고 있었다. 분명 누군가가 자신을 구해주러 올 거라고.

『나, 는.』

2년째, 아직 기억은 또렷했다. 아끼던 사람들의 얼굴을 떠올릴 수 있었다.

『나, 는.』

3년째, 의심이 들기 시작했다. 어쩌면 다른 이름으로 불리는 자신이 옳고, 과거의 기억은 잘못된 걸지도 모른다. 왜냐하면 아무도 자신을 구해주러 오지 않으니까.

『히나, 기쿠, 는.』

4년째, 목소리를 제대로 낼 수 없게 되었다. 자신의 존재가 매우 불확실해서 자신 있게 말할 수 없었다. 정말로 이곳에 존재하고 있는 걸까. 바깥세상은 있는가? 자신은 옳은가?

『히나기쿠, 는.』

5년째, 인격이 망가져 가는 것을 느끼고 무서워져서 자신의 이름을 되뇌기 시작했다.

『히나기쿠, 는.』

6년째, 가해지는 벌이 무서워서 아무것도 할 수 없게 되었다.

타이르는 말에 정신이 붕괴되어 갔다. 이제 아무도 찾지 않는다고 하지 마.

『히, 히나기쿠, 는, ■ ■ ■ ■ 가, 아니, 에, 요.』

7년째, 살려두고 있기에 살아있다. 기쁨도, 슬픔도 없었다.
바깥세상을 생각하는 것도 그만뒀다. 하지만 아직 믿고 싶다.

『……싫, 어요.』

8년째, 유괴범이 어떤 제안을 했다.
제안이라기보다 명령이었다. 더는 잃을 것도 없는데, 8년 전에 자신이 지켰던 사람들의 얼굴이 어렴풋하게 떠올랐다. 매달릴 대상이 그것밖에 없었다.

『싫, 어, 싫, 어, 싫어, 싫어.』

몸이 비명을 질렀다. 낯선 자가 난폭하게 때리며 소녀의 몸을 바닥에 던졌다.

『사쿠라, 사쿠, 라, 사쿠라아아아아아아!』

벼랑 끝에 몰리자 나온 이름은 신이 아니라 단 한 명뿐인 옛 친구의 이름이었다.

『로우세이, 님, 로우세이 님, 로우세이, 님, 로우세이, 님.』

머릿속에 떠오른 것은 결국 여전히 좋아하는 첫사랑 소년의 얼굴이었다. 이제 잊어버렸었는데.

『도와줘요, 누가 좀, 도와줘, 아무나, 도와줘, 아무나, 아무나, 아무나, 아무나, 아무나.』

소녀는 외치면서 자신을 새장에 넣은 존재와 지금 그녀의 세계 전부를 공격했다.
어른들이 소리를 질렀다. 이건 나쁜 짓임을 알고 있었지만 멈출 수 없었다.
모두가 조용해지기까지 조금 시간이 걸렸다.
정신 차리고 보니 소녀는 밖에 나와 있었다. 세상은 은색 눈에 덮여 있었다. 매우 추웠다.

『……다들, 어디.』

아무것도 신지 않은 발은 눈을 밟을 때마다 핏빛 발자국을 찍었다.

『……돌아가고, 싶, 어.』

그리고 소녀는 산을 내려갔다. 이제 누구도 찾지 않는다고 해도 돌아가고 싶었다.

『이테쵸, 오라, 버니.』

돌아가고 싶다. 그 아이가 보호받았던 곳으로.

『사쿠, 라.』

내면이 완전히 망가져서 다른 것이 되어 버렸어도 환영해 줄까.

『로우세이, 님.』

육체에 영혼이 깃드는가, 영혼에 육체가 깃드는가. 자신을 죽인 것은 죄가 될까?

『다들, 어디.』

모르는 것들뿐인 이 불확실한 세계에서 단 하나 알 수 있는 것은.

『히나기쿠, 여기, 있, 어.』

갇혀 있었던 세상 밖에는 분명하게 다른 세계가 존재했다는 것이다. 그 아이가 미쳐버렸던 게 아닌 거다. 아아, 다행이야.

『여기, 에, 있어.』

아아, 다행이야. 돌아가자. 돌려보내 줄게.

완전히 망가져버린 소녀 히나기쿠는, 지금 비슷한 아이를 데리고서 봄을 피우고 있다.

제 3 장

여름의 대행자

하자쿠라 루리

사계의 대행자는 각각 고향이 있다.

봄의 대행자는 봄의 마을.
여름의 대행자는 여름의 마을.
가을의 대행자는 가을의 마을.
겨울의 대행자는 겨울의 마을.

예로부터 사계에게 이능을 받은 인간의 후손이 거기서 살고 있었다.
혈통을 이어나가는 자들 중에서 자연스럽게 이능을 사용하는 자가 각성했다.
어제까지는 그저 피를 계승한 자였어도, 현행 대행자가 죽으면 차기 대행자로 변했다. 그런 그들에게 마을은 고향이긴 하지만, 고향이 반드시 돌아가고 싶은 장소가 되는 것은 아니었다.
그런 경우에 대행자는 마을 밖에 거처를 마련하곤 했다.

여름의 대행자의 은신처인 여름 별궁은 깊은 숲속에 있었다.

동양의 벚꽃이라고 불리는 열도『야마토』.
야마토의 섬 중 하나인『이요』. 이요 지방에 있는「야가」라는 곳은 야마토 내에서도 유명한 관광지다. 야가산 중턱의 계곡에는 여름이 되면 사람들로 북적이는 유명한 폭포가 있고, 녹음이 우거진 산림에는 운치있는 오래된 민가가 흩어져 있었다.
사람이 사는 곳을 벗어나 자연에 둘러싸이고 싶은 자에게는 지상

낙원이라고 할만한 곳이었고, 국내의 유명한 문호가 이용한 숙박 시설이 몇 군데 있어서 그걸 노리고 오는 사람도 있었다.

"이 여름 별궁은, 중요 문화재로도 지정된 숙박 시설을 사들여 대대로 여름의 대행자의 은신처로 이용되었습니다."

눈 덮인 가로수길을 걸어온 봄의 대행자 히나기쿠와 종자 사쿠라는 눈앞에 있는 여성의 설명을 듣고 있었다. 하얀 입김이 새어 나왔다. 히나기쿠가 일으키고 있는 봄의 벚꽃 전선은 류구에서 츠쿠시로, 츠쿠시에서 이요까지 올라와 있었다. 이제부터 이곳, 이요에서도 봄을 현현할 것이다.

보통은 정해진 장소가 있지만, 이번에는 대행자를 관리하는 사계청의 추천으로 여름의 대행자가 소유한 땅에 와 있었다.

"여름의 대행자는 계절을 불러일으키는 것 외에도 신통력으로 동물을 사역할 수 있습니다. 그래서 자연이 풍부한 곳을 좋아하는 경향이 있죠."

아직 겨울이 통치하고 있지만, 귀를 기울이면 새가 지저귀는 소리가 들렸고 작은 동물의 발자국이 눈 위에 여기저기 보였다.

"소위 말하는 힐링 효과를 추구하여 지어졌습니다."

쉴 새 없이 이동하여 방문한 곳은 여름의 대행자의 별장이었다. 서양풍 건물이 눈 속에 엄숙히 존재했다.

"그걸 제외하더라도 야가는 신통력을 높이는 영맥(靈脈)이 있는 곳입니다. 봄의 대행자님은 연일 계속되는 현현으로 지치셨을 테니, 며칠 이곳에서 쉬시고 테이슈로 이동하시면 될 겁니다."

생긋 미소 지으며 그렇게 말한 사람은 안경을 쓴 지적인 흑발의

미인으로, 여름의 대행자의 호위관이었다.

"편히 머물다 가시길."

이름은 하자쿠라 아야메. 봄의 주종이 온다고 듣고 여름 별궁에 초청하여 직접 마중 나온 마음씨 좋은 여성이었다. 나이는 스무 살 전후일 것이다. 품질 좋은 회색 정장을 입은 모습은 아직 조금 앳되었다.

"후의를 베풀어 주셔서 감사합니다. 이곳이라면 언론 관계자도 그리 간단히 접근할 수 없고, 무엇보다 제 주인이 쉬실 수 있습니다."

"별말씀을요. 봄의 대행자님을 도와드릴 수 있어서 영광입니다. 신화 속 얘기긴 하지만, 봄과 겨울이 있었기에 여름이 생겨났죠. 하지만 그보다도 비슷한 나이의 여성이 재기하는 걸 저 자신이 지키고 싶고, 진력하는 것은 호위관의 긍지입니다."

달처럼 고요하게 주위를 비추는 여성. 그게 아야메에게 어울리는 말일 것이다. 기본적으로 히나기쿠를 제외한 다른 사람에게는 은근히 무례한 사쿠라가 이번만큼은 얌전한 태도를 보이는 것만 봐도 아야메가 얼마나 성실하고 인상이 좋은지 알 수 있었다.

"고맙, 습니, 다. 하자쿠라, 씨."

히나기쿠가 머리를 숙이자 아야메도 똑같이 머리를 숙였다. 아름다운 인사였다. 느슨하게 묶은 긴 머리가 청초하게 흔들렸고, 앙증맞은 흰 꽃으로 장식한 머리는 비취빛을 띠었다. 피부는 백옥 같았다. 야마토의 미인이라는 찬사가 어울리는 사람이었다. 두 여성이 넋 놓고 바라보고 있음을 눈치채지 못한 듯, 아야메는 말했다.

"아무쪼록, 저는 『아야메』라고 불러주세요. 여름의 대행자도 『하

자쿠라』라는 성을 쓰기에 헷갈리거든요."

아야메의 말에 히나기쿠는 얼떨떨한 표정을 지었다. 사쿠라가 황급히 설명했다.

"죄송합니다. 설명하지 않았네요. 여름의 대행자님과 호위관은 자매입니다."

"자매……가, 주종?"

"맞습니다. 다른 계절은 대체로 각 혈족 중에서 연이 있는 자나 신체적 기능이 뛰어난 자를 뽑지만…… 저희 여름은 친척 중에서 뽑는 일이 많습니다."

"히나기쿠…… 사쿠라랑 자매, 는, 아니지만, 하지만 자매, 같은, 사이니까, 똑같아……?"

"네? 히나기쿠 님……! 저와 히나기쿠 님이 자매라니, 어찌 그런 황공한 말씀을……."

"단짝, 이고. 괜찮지 않나, 싶었지만…… 싫겠, 지. 미안, 해, 사쿠, 라."

히나기쿠는 사쿠라의 말에 어깨를 떨궜다. 그러자 사쿠라가 허둥지둥 변명했다.

"그럴 리가요! 싫을 리가 있겠습니까. 때로는 친구로서, 때로는 자매로서, 그리고 역시 히나기쿠 님을 지키는 칼로서! 언제나 동고동락하고 싶습니다!"

"……사쿠라, 역할, 잔뜩…… 힘들겠다……."

사쿠라는 고개를 휘휘 젓고서 경애하는 주인을 똑바로 보며 말했다.

"제가 그러고 싶습니다!"

체면 따위 아랑곳없이 주먹을 쥐고 열변하는 모습에 거짓은 없었다. 히나기쿠는 눈을 끔뻑이고서 수줍게 헤실헤실 웃었다.

"정말……로?"

"정말입니다."

"에, 헤헤…… 그래도, 될까…… 히나기쿠, 복에, 겹네."

"에헤헤! 그러셔도 됩니다!"

마치 갓 사귀기 시작한 연인들처럼 쭈뼛거리는 두 사람을 보고 아야메는 손으로 입을 가리고서 놀랐다.

"두 분이 사이좋다는 얘기는 들었지만, 정말로 정다우시네요……."

사쿠라는 쑥스러워하면서도 부정하지 않고 대답했다.

"이, 이 정도야 뭐……. 아야메 님과 여름의 대행자님은 자매시니 유대는 더 강하시겠죠."

"유대라……. 뭐, 그렇죠. 가족이니까요. 다만…… 저희는 두 분처럼 그렇게 정답지는 않습니다."

반면 아야메는 부정하고 쓴웃음을 지었다.

"실제로 가족이 주종이면 힘들어요. 특히나 제멋대로인 동생이 주인이면 더더욱 힘들죠……."

"……제멋, 대로……?"

히나기쿠가 어리둥절해하며 반문하자 아야메는 곤란한 표정을 지었다.

"네, 정말로 참…… 제 동생도 히나기쿠 님처럼 타인에 대한 자애심과 애정이 있는 신으로 자랐으면 좋았을 텐데요……."

어쩐지 그 이상은 물어볼 수 없는 분위기가 되어 버렸다. 아야메는 이야기를 끝내고서 여름 별궁으로 가는 길을 선도했다. 히나기쿠와 사쿠라는 아야메를 뒤따르며 어떻게 된 걸까 하고 서로 얼굴을 마주 보았다.

마침내 들어가게 된 여름 별궁은 보기보다 더 넓게 느껴졌다.

현관홀, 공유 거실, 몇몇 객실, 놀이방, 독서실, 바 라운지 등 다양한 시설이 만들어져 있었기에 체재 중에 심심할 일은 없을 것 같았다. 집에 틀어박히더라도 마음껏 돌아다닐 수 있을 만큼 넓기도 했다. 하지만 특필할 것은 따로 있었다. 도처에 작은 동물이 있었다.

"……토끼, 가, 있어."

"토끼가 있네요, 히나기쿠 님."

"강아지, 랑, 새끼 고양이도, 있어."

"발칙한 조합입니다."

"새도 있어……. 다람쥐도……."

"이곳은 낙원이에요, 히나기쿠 님."

볼이 발그레해진 히나기쿠와 사쿠라는 흥분한 듯 속닥거렸다.

공유 거실에 들어가자 다양한 종류의 동물들이 환영하듯 얼굴을 보여줬다. 케이지에 들어가 있는 동물도 있지만, 대부분은 실내를 자유롭게 돌아다니며 서로 몸을 맞대고서 낮잠을 자는 등 사이좋게 공존하고 있었다.

히나기쿠도 기뻐 보였지만 사쿠라는 특히나 표정 변화가 현저했다. 눈썹이 처지고 입술이 자연스럽게 미소를 짓고 있었다. 쿨한 생김새와 달리 귀여운 것에 사족을 못 쓰는 것 같았다.

아야메는 두 사람이 짐을 옮기는 걸 도와주며 말했다.

"후후, 동물을 싫어하지 않으셔서 다행입니다."

사쿠라는『이렇게 귀여운 생물을 싫어하는 자가 있나?』하는 표정을 지으며 반문했다.

"이건 여름의 대행자님의 힘인가요?"

"네, 전부 여름의 대행자가 사역한 동물…… 루리의 친구입니다. 여름의 대행자는『생명 사역』이 가능하니까요. 매년 여름을 현현할 때마다…… 다친 동물을 줍거나 체재 중인 곳에서 친해져서 계속 늘어나 큰일입니다."

"개, 고양이, 랑, 말할 수, 있어요……?"

"네. 그 능력이 있는 건 루리뿐이지만요. 저는…… 동물과 대화는 못 하지만 무슨 말을 하는지 정도는 알 수 있습니다. 동작을 보면 보여요. 루리에게 배웠습니다."

히나기쿠는 눈을 반짝이더니 부럽다는 듯『여름의 대행자였으면 좋았을 텐데』하고 중얼거렸다.

"그렇게 좋기만 하지는 않아요. 관리비가 만만치 않거든요."

아야메는 웃으며 대답했다. 사쿠라는 짚이는 바가 있는지 공감한다는 모습으로 말했다.

"현실적으로 식비가 만만치 않죠……."

호위관은 계절 현현 여행의 경리 부분도 담당했다. 두 사람에게는 공감 가는 고민인지 갑자기 막역한 분위기가 흐르기 시작했다.

"네. 일단 예산이 나와서 문제없지만, 그만큼 다른 경비의 액수가 적어요. 매월 꾸려나가는 게 큰일이라……. 뭐, 이건 여름의 대행자가 대대로 해 온 일이라서 불평하는 사람은 없어요. 그건 여름의 마을도 이해해줘서 다행이죠."

"경비…… 되도록 절약해서 매월 저축하고 그걸 대행자의 의복비로 돌리고 싶단 말이죠."

두 종자의 대화는 봄의 소녀신을 내버려 둔 채 백열화되었다.

"맞아요! 우리 동생은 양장을 좋아해서 경비가 절약되기는 하지만, 한창 꾸밀 나이고, 몇 벌씩 사면 금방 의복비가 떨어져요. 저기…… 히메다카 님, 전통복은 힘들지 않나요? 다른 대행자님들도 전통복이지만, 매번 회의에서 뵐 때마다 비싸 보이던데……."

"전통복은 마계예요. 하지만…… 이것 좀 보세요. 이 돈을 퍼부은 사랑스러움을."

사쿠라는 자신이 골라서 꾸민 히나기쿠의 어깨를 안았다. 예시로 쓰인 주인은 어리둥절할 수밖에 없었는데, 아야메는 동의하듯 고개를 끄덕거렸다.

"이 귀여운 모습을 보면 예산 운용의 고생 따위 어찌 되든 좋아져요!"

"대행자의 옷차림은 종자의 실력이 드러나는 부분이니 말이죠!"

"맞아요!"

"좋네요…… 전통복. 그 아이는 불편한 옷은 입어주질 않아서……."

"저기…… 히나기쿠, 기모노, 아니어도, 괜찮아……. 양복은?"

"양복이요? 안 됩니다. 무슨 말씀을 하시는 겁니까, 히나기쿠 님."

"네, 카요 님. 양장도 잘 어울리시겠지만, 무조건 전통복이 더 나을 거예요."

이유는 잘 모르겠지만 두 사람이 부정했기에, 히나기쿠는 자신에게는 전통복밖에 없는 거구나 싶어서 어깨를 떨궜다. 의상 담론으로 한바탕 이야기꽃을 피우고 나서야 서서 대화하기도 뭐하니 방으로 가자는 흐름이 되었다.

“시설에 관해 말씀드리겠습니다. 여름 별궁에는 상주하는 여름의 마을 사람이 몇 명 있고, 사계청의 여름 직원이 교대로 경비하고 있습니다. 나중에 대면시켜 드리겠습니다. 시설 내에서 궁금한 점이 있을 때는 그 사람들이나 제게 물어봐 주세요.”

“네. 저기…… 아야, 메, 씨.”

“무슨 일이신가요? 카요 님.”

“친구, 들, 만져도, 돼요……?”

아야메는 원래부터 조심스럽고 귀여운 봄의 대행자에게 호감을 가지고 있었지만, 확실하게 허락을 구하는 모습을 보니 더더욱 마음에 들었다.

“다들 사람을 잘 따르니 만지는 건 괜찮아요. 안는 건 거부할 수도 있는데, 그럴 때는 존중해 주세요. 자꾸 치근덕대면 오히려 안아 주시면 좋고요. 간식 시간이 있으니 그때 간식을 주시면 거리가 쉽게 줄어들 거예요.”

“와아! 히나기쿠 님, 나중에 사진 찍죠. 히나기쿠 님과 토끼라는 최고의 조합을 제게 주세요.”

“……안 돼, 사쿠라. 동물, 플래시, 눈, 아프, 잖아.”

“플래시 안 터뜨릴게요. 멀리서 찍을게요. 사쿠라에게 힐링을 주세요…….”

"그러고 보니."

아야메는 대화하는 두 사람을 흐뭇하게 바라보고서 사쿠라에게 말했다.

"사계청의 봄 쪽 경호원들은 밖에서 대기하는 건가요? 방은 준비할 수 있는데요."

"캠핑카로 왔으니까 괜찮습니다. 거리를 두고 동행하고 있습니다."

"……그렇군요."

사계청은 사계의 운영을 관리하는 독립 기관이다. 네 마을과는 또 다른 존재였다. 마을은 대행자를 낳는 기관, 사계청은 대행자를 운영하는 기관이라고 하는 게 알기 쉬운 구별일 것이다. 그리고 사계청 직원은 사계를 현현할 때나 장거리 이동 시에 경호와 잡무를 맡아 배치되곤 했다.

사계청은 사계의 대행자가 있기에 성립하는 기관이기에 대행자 주위에는 반드시 정장을 입은 집단이 발생했다. 주된 일은 사계절의 운영, 문제가 발생했을 때의 조사, 백업, 호위와 피난 유도, 각 정부 기관과의 조정 역할이지만 그 외에도 계절과 관련된 다양한 문제가 사계청에 밀려들어서 그들의 직무 내용은 광범위했다. 그런 사계청 직원이 현재 봄을 현현하고 있는 히나기쿠 곁에 없는 것은 히나기쿠와 사쿠라가 사계청에서 온 보조 요원을 탐탁지 않게 여겨 멀리하고 있기 때문이었다.

―봄 쪽도 이런저런 사정이 있는 거겠지.

아야메는 그렇게 속으로 헤아리고 말을 꺼내지는 않았다.

"여름의 대행자님에게 인사드리지 않아도 될까요?"

"네, 그 아이는 지금 몸져누워 있어서요. 일어날 수 있을 것 같으면 인사시키겠습니다."

세 사람은 대화하며 객실로 짐을 옮겼다.

안내받은 곳은 호텔처럼 깔끔하게 정돈된 방이었다. 하얀 서랍장. 앤티크 의자. 쉐비시크한 인테리어가 소녀 감성을 자극했다. 도착 전에 난방을 틀어 뒀는지 은근히 방이 따뜻하여 히나기쿠와 사쿠라는 환영받는다는 느낌을 강하게 받았다.

"사쿠라, 멋진, 방, 이야!"

히나기쿠가 다른 사람과 엮이고 기뻐하는 일은 별로 없기에, 사쿠라는 이곳에 체재하게 되어서 정말 다행이라고 진심으로 생각했다.

"이동하느라 지치셨죠? 바로 다과를 준비하겠습니다. 요리사가 두 분을 위해 만든 케이크가 있어요."

"아야메 님, 도와드릴게요. 히나기쿠 님은 방에서 기다려 주시겠어요?"

"응. 사쿠라의, 짐도, 바로 쓸 건, 풀어, 둘게."

히나기쿠는 여름 별궁이 마음에 들었는지 생글생글 웃으며 여행짐을 정리하기 시작했다. 그렇게 한동안 열중해 있다가 누군가가 자신을 보고 있음을 알아차렸다.

"……."

위화감이 드는 쪽을 슬쩍 보았다. 그러자 거실에 있었을 터인 하얀 토끼가 활짝 열린 문 앞에 있었다.

"토끼, 씨."

히나기쿠는 작게 손을 흔들어 인사했다. 흰토끼는 픽픽 콧소리를 내서 대답했다.

히나기쿠가 자신을 본 것을 확인하자 돌아서더니 꼬리를 흔들고서 복도로 사라졌다.

"……."

흡사 이상한 나라의 앨리스처럼, 히나기쿠는 흰토끼를 쫓았다. 흰토끼는 따라올 것을 알았던 것처럼 복도에서 기다리고 있었다.

"토끼, 야. 안, 녕."

거리를 두고 인사하자 흰토끼는 다시 픽픽 소리를 냈다. 그리고 길게 이어진 복도 끝으로 유인하듯 나아갔다.

"그쪽에, 뭔가, 있어, 요?"

얼핏 보면 동화 같고 조금 무서운 상황이지만, 히나기쿠는 지극히 진지했다.

—분명, 이 토끼는, 여름의, 대행자님의, 심부름꾼, 이야.

동물과 의사소통할 수 있다는 말을 아야메에게 듣기도 해서, 히나기쿠는 이 흰토끼는 뭔가 의도가 있어서 접촉해왔을 거라고 생각하고 있었다.

그 생각이 맞았는지 흰토끼는 복도의 제일 안쪽 방에 다다르자 그 앞에서 정지했다. 복도에 난 창으로 빛이 들어오는데도 문은 왠지 어둡게 느껴졌다.

"……."

흰토끼가 히나기쿠의 발밑에서 재롱을 부렸다. 히나기쿠는 안내를 칭찬하듯 흰토끼를 안아 쓰다듬고 용기를 내서 말했다.

"저, 기."

평소에도 목소리가 자주 끊기지만, 거기에 긴장이 더해져서 살짝 높이 튀었다.

"저, 기…… 혹시, 여름의, 대행자, 님, 인가요?"

그 물음에 대답은 없었지만 대신 문이 조금 열렸다. 히나기쿠에게 안겨 있던 흰토끼가 품에서 뛰쳐나가 문틈으로 들어갔다.

—여름의 대행자님의, 냄새, 야.

방에서는 신록의 향기가 났다. 어째서 그것을 여름의 대행자 특유의 것이라고 느꼈는지는 히나기쿠도 알 수 없었다. 그저 자신에게 새겨진 피가 그렇게 말했다.

"카요, 히나기쿠, 라고, 해요. 초대해 주셔서…… 고맙, 습니다."

히나기쿠는 열심히 떠듬떠듬 말했다.

"뭔가, 히나기쿠, 한테, 볼일…… 있나요……?"

머릿속에 떠오른 말. 이곳에 사쿠라가 있었다면 했을 말을 어떻게든 말했다. 낯을 가리는 히나기쿠에게는 성대한 쾌거였다.

"……."

한동안 침묵이 이어졌다. 안에 누군가가 있는 것은 틀림없었다.

자신의 인사에 부족한 점이 있었나 싶어서 히나기쿠는 걱정스러워졌다.

—히나기쿠가, 말하는 방식, 이상해서, 그런, 걸까.

히나기쿠는 기모노 소매를 꽉 잡고 고개를 숙였다.

그냥 이 자리를 떠나 버릴까. 거기까지 생각했을 때, 방에서 목소리가 들렸다.

"……언니는, 돌아왔나요?"

가냘픈 목소리였다. 섬세한 성격이 엿보이는 음성이었다. 히나기쿠는 들어가도 될지 알 수 없어서 방 앞에 서 있었다. 다른 대행자와 만나는 건 10년 만이었다.

"어, 음……."

"저는 루리예요. 여름의 대행자 루리."

루리도 방에 들일 생각은 없는지 문을 사이에 두고 대화를 이어갔다.

"히나기쿠는, 히나기쿠……예요."

"언니는 돌아왔나요?"

"아야메, 씨?"

"……네. 저에 관해 뭔가 말했나요?"

"……."

별로 좋은 말은 하지 않았었기에 잠시 간격을 두고서 말했다.

"몸, 안 좋아서, 누워 있다……고…… 했어, 요……."

무난한 선택이었다. 말하면서 히나기쿠의 손에 땀이 나기 시작했다.

—평소에, 사쿠라, 하고만, 말해, 서, 어쩌면, 좋을지, 모르겠, 어.

상대방이 자신에게 맞춰 주는 대화만 했음을 실감했다. 이쪽에서 신경 써야 할 상대, 심지어 이처럼 의문스럽게 접촉해 온 상대에게는 무섭다는 감정만 들었다.

"……그게 다예요?"

"……으으, 네."

"저 때문에 고민하고 있다든가, 그런 말은 없었어요?"

"……어어…… 고민, 은…… 말, 안 했어……요."

히나기쿠는 사이가 안 좋은 걸까, 하는 인상은 받았지만, 지금 여기서 할 말은 아닌 것 같아서 말하지 않았다. 루리의 다음 말을 기다리고 있으니 잠시 후 루리가 말했다.

"……언니는 역시 내가 어찌 되든 좋은 거구나……."

차게 식은 말이 돌아왔다.

"네? 그, 그렇지는……."

"오늘도 나한테 아무 말 없이 나갔고……. 말해줬으면 나도 같이 봄의 대행자님을 맞이했을 텐데."

"아야메, 씨가, 여름의 대행자님은, 아프시다고……."

"안 아프단 말이야."

"어?"

"건강하단 말이야. 하지만 짜증 나니까 안 나갈 거야. 안 나가서 곤란하게 만들 거야."

"……."

히나기쿠는 그제야 자신이 뭔가의 배출구로 쓰이고 있음을 깨달았다.

"언니가 날 필요로 하지 않으면 나는 살아갈 수 없는데…… 항상 나만…… 신경 쓰고…… 바보 같아……. 그딴 종자, 나도 필요 없어……."

"……그런, 가요……."

아무래도 그녀는 이야기를 들어주길 바라는 것 같았다. 둘 다 사계의 대행자. 같은 입장이기 때문일까.

만나자마자 얼굴도 보여주지 않고 할 이야기는 아닌 것 같지만, 히나기쿠는 이대로 떠나고 싶지 않았다. 무섭다고 생각했던 마음이 아주 조금 진정되었기 때문이다.

여름의 대행자는 지금 고독한 거구나, 하고 추측했다.

따로 매달릴 것이 있다면 어느 한 사람에게 고집하지 않을 터다. 그건 가로막는 문을 사이에 두고서도 알 수 있었다. 그리고 히나기쿠 자신의 경험을 통해서도 헤아릴 수 있었다.

"치사해. 나도…… 여름의 대행자로 뽑히지 않았다면…… 언니만 의지하는 생활을 하진 않았을 거야. 다르게 살 수 있었어. 하지만…… 뽑혀버렸단 말이야……. 그러니까 나한테 다정하게 대해 줘야 해. 나를 가장 지켜야 해. 안 그래요?"

뭐에 대한 것인지는 모르겠지만, 커다란 사안에 대한 분노가 전해졌다.

"……저기…… 물어봐도, 돼요?"

히나기쿠는 거기서 공감하는 말을 하지 않고 의문을 표했다.

"그렇게, 좋아, 하는데, 언니, 한테, 심술, 부리는, 거예요?"

말이 끝나기가 무섭게 문 안쪽에서 숨을 삼키는 소리가 들렸다.

"언니, 분명, 곤란해하고, 있을 거예요."

히나기쿠의 머릿속에는 자신을 위해 살고있는, 꽃의 이름을 가진 이의 웃는 얼굴이 떠올라 있었다.

『히나기쿠 님』 하고 늘 아껴 주는 여자아이가.

"그치만!"

잠시 후, 중얼거리는 잠긴 목소리가 흘러나왔다.

"그치만……! 그치만! 내가 더 괴로운걸……."

울먹이며 속삭여서 히나기쿠도 같이 슬퍼졌다.

"있죠…… 여름의 대행자님…… 심술, 부리려고, 하는 말이, 아니라…… 히나기쿠도…….”
히나기쿠가 그렇게 말을 꺼냈을 때, 복도에 발소리가 울렸다.
“루리, 방에서 나온 거야?”
아야메의 모습이 보였다. 사쿠라도 뒤이어 나타났다. 방에 돌아갔다가 히나기쿠가 없는 걸 알고 찾았을 것이다.
“……!”
그러자 히나기쿠의 코앞에서 문이 쾅 닫혔다. 히나기쿠는 깜짝 놀라서 엉덩방아를 찧었다.
“히나기쿠 님!”
“괘, 괜찮, 아.”
엉덩방아를 찧긴 했지만 아프게 넘어지진 않았기에 히나기쿠는 허둥지둥 일어났다. 부끄러운 모습을 보였다며 히나기쿠는 쑥스럽게 웃었으나 그 모습을 본 아야메의 얼굴에는 분노의 감정이 떠올라 있었다.
“루리! 카요 님에게 너무 무례하잖아! 나와!”
“저, 저기, 괜찮아요.”
“카요 님께서 먼저 만나고 싶어서 이 방에 오신 건 아니죠? 루리가 동물을 부려서 불러들였겠죠. 아닌가요?”
“그, 그렇긴, 하지만…….”
“루리! 루리! 왜 안 나오는 거야! 여름의 대행자로서 망신이야! 얘기하고 싶으면 확실하게 나와! 상황이 안 좋아지면 도망치는 건 그만둬!”
“아, 아야메, 씨…….”

히나기쿠는 문과 아야메 사이에 끼어서 어쩔 줄을 몰라 했다.

"히나기쿠 님, 어디 다치신 데는 없으십니까?"

"사쿠라, 안, 다쳤어! 저기, 잠깐, 인사, 했을, 뿐, 이야. 정말, 이야!"

히나기쿠가 필사적으로 호소하는 모습을 보고 사쿠라는 안도한 듯 고개를 끄덕였다.

"아야메 님. 제 주인은 특별히 다치지도 않으셨고, 정말로 대행자끼리 인사했을 뿐인 것 같습니다."

"하지만……!"

"히나기쿠 님은 감싸려고 하시는 게 아닐 겁니다. 루리 님은 8년 전에 대행자가 되셨고, 처음 뵙는 겁니다. 인사하고 싶은 건 당연합니다. 원래는 저희도 동석해야 하지만……."

아야메는 여전히 하고 싶은 말이 있는 것처럼 문을 노려보았지만, 한숨을 크게 한 번 쉬고서 루리에게 뭐라고 하는 걸 그만뒀다. 그리고 세 사람은 히나기쿠의 방 앞으로 돌아왔다.

"추태를 보여서 죄송합니다. 저 아이는 봄의 대행자님이 오셔도 방에서 안 나올 줄 알았기에…… 놀라기도 했고, 너무 멋대로 구는 것에 화가 나서……."

아야메의 사죄에 히나기쿠는 신경 안 쓴다고 했지만 아야메는 고개를 저었다.

"처음부터 말해야 했어요……. 가족의 부끄러운 모습을 숨기려고 했습니다."

어깨를 떨구고 어두운 목소리로 말하는 아야메는 피로해 보였다.

"제 주인, 하자쿠라 루리는 지금 파업 중이라서 벌써 석 달째……

저렇게 방에 틀어박혀 안 나오고 있습니다…….”

곤혹스러워하던 봄의 주종은 파업이란 말에 한층 혼란에 빠졌다. 아야메는 자조적으로 웃으며 계속 말했다.

“제가 결혼하면서 종자를 그만두게 됐거든요. 그것 때문에…… 주인인 동생이 파업을 벌이고 있는 겁니다…….”

봄의 대행자 일행의 여름 별궁 방문은 작은 파란과 함께 시작되었다.

편히 지내시라는 말을 듣고 방에 들어온 히나기쿠와 사쿠라는 각자 짐을 정리하고 다시 사쿠라의 방에 집합했다.

“…….”

“…….”

두 사람은 충격받은 상태였다.

“결혼.”

“파업…….”

막연한 불안을 끌어안듯 서로 쿠션을 끌어안고 입을 다물었다.

“있지…… 사쿠라, 결혼……할 예정, 있어?”

먼저 불안을 토로한 사람은 히나기쿠였다.

“네?! 어, 없습니다! 제 바람은 평생 히나기쿠 님 곁에 있는 겁니다! 결혼할 예정도 소망도 없습니다!”

사쿠라는 목이 떨어져 나갈 듯 좌우로 흔들어 부정했다.

“하지만, 하지만, 하지만…… 그럼, 만약…… 이테쵸 오라버니가 하자고 해도……?”

금기 단어였는지 사쿠라는 표정을 싹 지우고서 목소리를 깔았다.

"예? 왜 지금 그 녀석의 이름이 나오죠? 히나기쿠 님, 그 녀석과 연락하고 계십니까?"

"사, 사쿠라…… 무, 무서워……. 그치만…… 어릴 때, 사쿠라, 이테쵸 오라버니를……."

"10년 전의 감정입니다. 이미 쓰레기통에 들어가서 폐기물 처리장을 지나 소각됐어요. 제 일방적인 생각이었으니 다시는 말씀하지 말아 주세요. 히나기쿠 님, 그보다 파업하지 않으실 거죠? 뭔가 불만이 있으면 바로 말씀해주세요."

"어, 없어……."

"……그런가요. 그럼 다행입니다. 죄송합니다…… 조금 불안해져서."

"……히나기쿠, 가…… 똑같은 일, 했었으니까……?"

그 말이 나오자 히나기쿠와 사쿠라 사이에 잠시 침묵이 흘렀다.

사쿠라는 설마 히나기쿠가 그 말을 꺼낼 줄 몰랐을 것이다.

"아니, 그게……."

똑바로 바라보는 시선을 받고 사쿠라는 안절부절못했다. 저도 모르게 눈을 내리깔아 사랑하는 신의 시선으로부터 도망치고 말았다.

"히나기쿠 님은 확실히 파업 전과가 있으시지만……."

어떻게든 주인이 상처 입지 않게 말하려고 머리를 최대한 굴렸다.

"여름의 대행자님과는 사정이 다르고……."

말을 끝내고 히나기쿠를 힐끔 보자 히나기쿠는 입을 반쯤 벌리고서 굳어있었다.

"전과…… 그거, 최근에, 배운, 말이야……."

신경을 쓰긴 했지만, 『전과』라는 표현은 잘못된 선택인 것 같았다.

"……미, 미안, 해……. 히나기쿠, 는, 확실히, 죄인, 이야……."

"죄송합니다! 죄송합니다! 아닙니다! 아니에요!"

"괜찮아……. 히나기쿠, 전과자, 인걸……."

"히나기쿠 님, 잊어버리세요! 경험자! 경험자죠! 사쿠라는 국어를 못해요! 자, 잊어버리시고! 우리 과자 먹어요!"

"아냐……."

히나기쿠는 고개를 젓고서 사쿠라에게 다가와 양손으로 품듯이 사쿠라의 손을 잡았다.

"히, 히나기쿠 님……?"

갑작스러운 접근에 당황하는 종자에게 히나기쿠는 진심에서 우러나온 말을 속삭였다.

"사쿠라…… 미안, 해. 히나기쿠는, 죄인, 이지만……."

그건 과거의 다양한 일을 가리키고 있는 것 같았다.

"사쿠라를 위해서라면, 착해질 수, 있어."

두 사람 사이에 일어난 슬픈 일, 기쁜 일, 괴로웠던 일.

"착한, 사람이, 될 수 있어. 그러니까…… 버리지, 말아, 줘……."

그런 것을 전부 내포하여 말하고 있었다.

"버리지, 말아줘, 사쿠라. 사쿠라를 위해서라면, 뭐든, 할 수 있어."

그때, 사쿠라는 히나기쿠에게서 후광을 보았다.

방에 들어온 자연광이 히나기쿠의 머리카락과 피부, 그 모든 것을 덮어 반짝이고 있었다.

고요한 방에 두 사람뿐. 참회실에서 고해하듯 기도하는 봄의 신이 그곳에 있었다.

그곳에서 무력한 인간에게 애원하고 있었다.

그저, 곁에 있어 달라고.

—아아, 이분은 영원히 고독한 거야.

사쿠라는 히나기쿠가 의지해 주는 자신이 자랑스러웠으나 동시에 쓸쓸해지기도 했다.

지금까지 몇 번이나 이 신의 행동에 감동했지만 지금은 정말로 가슴에 와닿는 것이 있었다.

"버리다니요…… 히나기쿠 님."

잡히지 않은 쪽 손을, 이번에는 사쿠라가 히나기쿠의 양손에 곁들이고서 말했다.

"……그때가 있었기에, 지금 저희는 이곳에 있는 겁니다. 누구에게도 지지 않겠다고. 무슨 일이든 둘이서 극복하자고 맹세했잖아요?"

그 목소리의 온도는 따뜻했고 진실하였기에.

"응……."

히나기쿠도 안도하여 가슴을 쓸어내렸다.

각자 배정받은 방이 있었는데도, 그날은 결국 같은 침대에서 자매처럼 함께 잠들었다.

이튿날부터 두 사람은 봄을 현현할 장소를 확인하고 춤과 노래를 봉납했다.

계절 현현은 의식을 치른 곳에는 바로 봄이 찾아오지만, 주위에는 서서히 효과가 나타났다.

히나기쿠의 춤과 노래는 횟수가 늘어날수록 더욱 신비해졌다.

"서쪽으로 동쪽으로 흘러가는 눈꽃바람을 보아라."
마치 봄 자체가 그녀에게 내려와 겨울을 연모하는 것 같았다.
"가랑눈, 포슬눈, 빛깔을 바꾸며 겨울은 가노니."
사계 노래는 몇 가지 종류가 있지만, 사랑 노래를 부르게 하니 목소리가 확 트였다.
"자국눈, 가루눈, 송이눈, 서쪽으로 동쪽으로."
사쿠라는 왜 그런지 알고 있으나, 지켜보는 시선은 복잡해졌다.
"천리만리 넘어가네."
간단히 겨울을 싫어하게 된 사쿠라와 달리 그녀의 주인은 자비롭게도 본래 가질 법한 원한을 절대 말하지 않았다. 오히려 만나지 않은 만큼 마음이 커진 것처럼 보이기도 했다.
"설령 포옹하지 못하더라도 봄은 그 뒤를 쫓네."
히나기쿠가 마음에 품은 상대는 히나기쿠가 유괴당한 원인인데.
—자비로운 것도 때로는 곤란해.
"변변치, 않은, 실력, 이었지만. 봄은, 무사히, 이곳에, 있어요."
사쿠라는 외투와 담요를 한 손에 들고서, 노래와 춤을 마친 히나기쿠 곁으로 달려가 끌어안듯 둘렀다.
"수고하셨습니다. 차를 세워둔 곳까지 또 걸어가야 하니 조금 쉬었다가 가죠."
"응."
"따뜻한 호지차랑 차가운 스포츠음료, 둘 다 있습니다. 어떤 걸 드시겠어요?"
"호지차, 마시고, 싶어."

사쿠라는 가벼운 접이식 의자를 펼쳐 히나기쿠를 앉히고 보온보냉이 가능한 죽통을 짐에서 꺼내 히나기쿠에게 건넸다.

그리고 등산용 배낭에 묶어뒀던 빨간 종이우산을 펼치더니 앉아 있는 히나기쿠 옆에 섰다.

맑은 겨울날, 설산 속에서 종이우산을 쓴 두 소녀 주종. 그림 같은 풍경이었다.

"……사쿠라, 그렇게, 까지, 안 해줘도, 돼……."

혼자만 앉아 있는 것이 불편했는지, 히나기쿠는 곤란한 듯 눈썹을 내렸다.

"히나기쿠 님은 이런 예우를 받아야 할 분입니다."

"등산, 현현, 일하고, 피곤한 거, 똑같잖아."

"사쿠라는 조금도 피곤하지 않습니다."

"우산, 무거워. 내리자."

"이건 히나기쿠 님에게 어울릴 것 같아서 제가 엄선에 엄선을 거듭하여 고른 우산입니다. 대단히 질이 좋고, 종이우산치고는 의외로 가볍습니다. 그리고 자외선은 피부의 적입니다."

"그럼, 같이, 앉자."

"의자는 하나밖에 없습니다."

"사쿠라, 앉아. 히나기쿠, 사쿠라, 무릎에, 앉을게."

"네?!"

"무릎에, 앉을게. 그러면, 같이, 앉을 수 있어. 그치?"

"……그건 거절할 수 없네요."

너무나도 매력적인 유혹이었기에, 사쿠라는 무심코 종자라는 점을 내려놓고서 승낙하고 말았다. 작은 의자에 앉은 아가씨 둘. 마치 사이좋은 자매처럼 딱 붙어 앉았다. 우산은 여전히 쓰고 있었다.

—행복해.

이곳은 조용했고 쓸데없는 것이 전혀 없었다. 굳이 따지자면 눈 정도가 거슬렸다.

"히나기쿠 님, 눈을 너무 보지 마세요. 눈이 안 좋아집니다."

"하지만, 보게 돼."

어디를 가든 사랑하는 주인을 현혹하는 눈만 없다면 더 완벽한 한때인데.

"히나기쿠 님."

"응."

"……안 돼요. 눈을 쉬세요……."

사쿠라는 조금 떼쓰는 듯한 어조로 말하며 히나기쿠의 눈을 한 손으로 덮었다. 이게 아무런 의미도 없음을 알고 있어도 지금만큼은, 이 한때만큼은 주인을 자신만의 것으로 삼고 싶었다.

"미안, 해."

사과를 받아서 한숨이 나왔다. 히나기쿠의 속눈썹이 팔랑거리는 것이 손끝에서 느껴졌다. 사쿠라의 손가락 사이로 눈을 보고 있을 것이다. 기본적으로 얌전한 주인이지만, 양보할 수 없는 것은 고집스럽게 양보하지 않았다. 그걸 알면서도 끈질기게 군 자신이 바보였음을, 사쿠라는 통감했다.

무릎에 앉히기도 해서 히나기쿠의 시선은 사쿠라에게 향하지 않았다.

사쿠라는 줄곧 히나기쿠를 보고 있는데.

"……로우세이, 님, 잘 지내고, 계실까."

히나기쿠의 황수정색 눈동자는 곧 사라질 눈을 똑바로 보고 있었다.

겨울의 대행자가 가져온 계절의 잔해를.

"그런 건 어찌 되든 좋지 않습니까. 당신께서 신경 쓰실 필요는 없습니다."

저도 모르게 뾰족한 말이 나오고 말았다.

"……잘 지내고, 있을지, 살짝, 생각했을, 뿐이야."

"그것이 잘 지내면 안 되죠. 고통스러워했으면 좋겠습니다."

"그런, 말, 하지, 마…… 사쿠라, 히나기쿠는…… 정말로, 로우세이, 님, 을, 겨울을, 원망하지 않아……."

"……."

"『내』가, 좋아, 했던, 사람, 이니까…… 지금도…… 아무래도…… 신경, 쓰일, 뿐이야……."

히나기쿠는 조금 묘한 말을 했다. 하지만 사쿠라는 거기에 의문을 표하지 않고 대답했다.

"히나기쿠 님의 뜻은 아니란 건가요……?"

"……글쎄…… 사쿠라, 랑, 처음, 만났을, 때, 는, 사쿠라다, 하고, 알았지만…… 하지만, 그건, 빌린, 거니까……."

히나기쿠는 다리를 살짝 까딱거리며 말했다.

"……모르는, 사람, 의, 집에, 멋대로, 살고있는 것, 같아……."

"하지만 그곳은 히나기쿠 님의 집입니다."

"그렇긴, 하지만, 역시, 아니야……. 그래서. 『대체품』……인, 히나기쿠, 랑, 친하게, 지내, 주는, 사쿠라, 에게, 무척…… 무척, 고마워하고, 있어."

사쿠라는 주인의 불가사의한 언동에 얼굴을 슬프게 일그러뜨렸다.

무릎 위에 있는 소녀가 갑자기 불확실한 존재로 느껴졌다.

―그런 말, 하지 말아요.

간청이 입 밖으로 나오진 않았지만, 머릿속에 울려 퍼졌다.

『……이만, 돌아가도, 돼. 알아서, 죽을, 테니까.』

울려 퍼졌다.

"히나기쿠 님. 연장선상에 있다고 의사 선생님도 말하지 않았습니까."

사쿠라는 자신에게도 들려주듯 일부러 힘있게 말했다. 여기서 자신 있게 말하지 않으면 주인이 망가질 거라는 불안은 결코 드러내지 않았다.

"……응."

"대체품이 아닙니다. 당신께서도 카요 히나기쿠 님입니다."

"……."

"당신께서 그렇게 여기지 못하시더라도 사쿠라는 알 수 있습니다. 하지만 예전으로 돌아가려고 하지 않으셔도 됩니다. 사쿠라는 지금 여기 계신 새로운 히나기쿠 님도 사랑합니다. 노력하시는…… 당신을, 사랑합니다."

"……응."

거기서 깔끔하게 대화가 끝났다면 좋았겠지만, 히나기쿠가 사쿠라의 몸에 작은 머리를 살며시 기댔다.

“……그럼.”

체중을 맡기는 것은 신뢰한다는 증거다. 수없이 마음이 찢어졌지만 그래도 어떻게든 찢어진 마음을 긁어모아서 서있는 이 소녀가 보내는 신뢰는 사쿠라에게 무엇과도 바꿀 수 없는 것이었다.

그렇기에, 사쿠라는 배신하면 안 된다.

“로우세이, 님, 을…… 생각해도…… 돼……?”

배신하면 안 된다.

자신이 격려하기 위해 건넨 말 때문에 생각지도 못한 일을 부탁받았더라도.

“히나기쿠…… 만나게, 해 주고, 싶어……. 왜, 일까…… 나는, 다른 사람, 인데, 로우세이, 님을, 좋아, 하는, 마음, 은, 안 죽은, 것 같아…….”

아무리 마음이 어지럽고 심란해도 배신하면 안 된다.

“사쿠라…… 히나기쿠는…… 로우세이, 님과, 만나고 싶어……. 『그 아이』를, 만나게, 해 주고, 싶어.”

그러면 『지금 여기 있는』 히나기쿠마저 잃어버릴지도 모르니까.

—그것만큼은 절대 안 돼.

사쿠라는 무릎 위에 있는 주인이 돌아온 당시에 느꼈던 공포를 떠올렸다.

레이메이 18년, 가을 무렵.

한 소녀가, 봄의 마을을 찾아왔다.

산들의 품속에 있는 봄의 마을은 야마토의 지도에는 기재되어 있지 않았다.

사계의 대행자를 양성하는『마을』은 야마토의 각지에 존재했다.

「봄의 마을」,「여름의 마을」,「가을의 마을」,「겨울의 마을」. 모든 마을의 위치는 국가 기밀이었다.

그중 관계자 사이에서 자연이 가장 아름답다고 여겨지는 곳이「봄의 마을」이었다.

마을은, 바깥세상을 차단하는 커다란 담에 둘러싸여 있었다.

담을 지나가면, 초가집들이 보였다. 마을은 입구부터 시작되는 커다란 외길이 있는데, 그 길은 서낭숲으로 이어졌다. 숲을 빠져나가면 높직한 언덕이 있고, 언덕 위까지는 긴 돌계단이 이어져 있었으며, 옆에 심긴 계절의 꽃들과 나무들을 바라보며 올라가면 본거지에 도착할 수 있었다.

『봄』을 모시며 봄의 대행자를 육성하는『신사』는 일하는 자들이 생활하는 본전과 사계를 모시는 배례전으로 이루어져 있었다. 광대한 부지에 아낌없이 돈을 쓴 야마토 전통가옥이었다. 이 고풍스러운 봄의 마을에 찾아온 내방자는 신사 앞에 불안하게 서있었다.

소녀는, 한마디로 말하자면 남루했다.

흑발이 조금 섞인 백발은 관리되지 않은 채 허리까지 내려왔고,

옷을 살 돈이 없는지 계절이 가을에 접어들었는데도 얇은 검은색 셔츠와 청반바지를 입고 있었다.

원래는 이런 소녀가 들어갈 수 있는 곳이 아니지만, 소녀는 초대받아서 온 것이었다. 어딘가에서 차를 타고 온 소녀는 산속을 한참 걸어 겨우 이곳에 있었다.

잠시 후, 신사의 본전에서 기모노를 입은 여성이 나왔다.

『이장님께서 기다리십니다. ……갈아입을 옷은 가지고 있습니까?』

소녀는 고개를 가로저었다. 애초에 소지품이라고 할만한 것이 없었다. 배낭을 하나 가지고 있지만 뭔가 들어있지는 않았고, 칼이 거칠게 꽂혀 있을 뿐이었다.

『……그 차림으로는 만나 뵐 수 없습니다.』

『그쪽이 불렀잖아.』

『저희가 부른 것은 봄의 대행자의 종자이지…… 집 없이 떠도는 지저분한 여행자가 아닙니다.』

『이야기를 듣는 데 왜 복장을 바로 해야 하는지 모르겠는데?』

모멸하는 시선을 받아도 소녀는 지지 않고 마주 노려보았다.

『……알겠습니다. 그럼 히메다카 사쿠라 님. 이쪽으로 오시지요.』

호사스러운 가옥은 마치 성 같았다.

어딜 걸어도 아름다운 정원이 눈에 들어왔다.

사쿠라는 본전 안을 빙글빙글 돌아 응접실이라고 할 수 있는 방으로 안내되었다.

하지만 사쿠라를 부른 장본인은 바로 나타나지 않았다. 마을에는 점심 시간이 지나 도착했지만, 하늘에 저녁노을이 질 무렵에야 겨우 초청한 상대와 대면할 수 있었다.

『……왜 이렇게 사람을 기다리게 해? 할망구.』

사쿠라는 입을 열자마자 그렇게 말했다.

상대도 사쿠라의 선제공격에 조금도 주눅 들지 않고 말했다.

『말조심하려무나, 아이야.』

봄의 마을을 도맡아 관리하는 노파였다. 나이는 아마 일흔을 넘었을 것이다.

본전 한편에 있는 다다미방에서, 두 사람은 정좌하고 마주 보았다.

『히메다카 사쿠라…… 당신은 봄의 대행자 카요 히나기쿠를 수색하기 위해서라는 대의를 내세우며…… 겨울의 마을에 몸을 팔고…… 겨울한테도 버려진 후에는 세속에 떨어져서 비참한 모습으로 살아왔습니다. 그런 후안무치한 당신을 단죄하지 않고 맞이해준 것에 감사해야하지 않겠습니까.』

사쿠라는 냉랭한 말에 응수하듯 코웃음 쳤다.

『……말은 잘하네. 나는 봄의 마을에서 태어났지만 마을을 섬기진 않아. 내 주인은 오직 한 분이야. 그 주인이 사라졌다면 당연히 찾아야지. 히나기쿠 님의 수색을 조기에 중단한 너희와 같이 있어봤자 아무 도움도 안 돼. 겨울은 그나마 이용할 수 있었지. 그리고 너희가 나를 맞이한 게 아니라 너희 쪽에서 나를 찾았잖아? 안 그래?』

『……입이 상당히 험해졌군요.』

『아홉 살에 버려지면 그야 당연히 입도 험해지겠지.』

『……무슨 일이 있어도 부러지지 않는 칼을 만들기 위해 당신을 키웠습니다. 하지만 실패한 것 같군요. 이익을 얻기 위해서라면 상대가 누구든 상관하지 않는다니. 창부나 다름없습니다.』

사쿠라는 상대가 비방하든 말든 냉소를 지으며 말했다.

『창부 좋네. 주인을 위해서라면 도둑이든 창부든 되겠어. 아무튼, 원래 같았으면 보기도 싫을 존재를 왜 불러들인 거야? 지금부터 여기서 재판이라도 시작하려고?』

『…….』

『아니면 정보 교환인가? 이제 와서 재조사하는 흐름이 된 거라면 내가 가진 정보는 전부 내놓겠어.』

『재조사할 생각은 없습니다…….』

사쿠라는 예상했던 반응이었는지 조소했다.

『그렇겠지. 너희는, 히나기쿠 님이 죽는 쪽에 걸었으니까.』

공간에 균열이 간 것처럼 긴장감이 팽팽해졌다.

원래부터 안 좋았던 분위기가 최악의 방향으로 흘러가는 것을 양자 모두 피부로 느꼈다.

이장은 뭔가 하고 싶은 말이 있는 것처럼 입을 열었지만 사쿠라가 먼저 그것을 저지했다.

『대행자는 목숨을 빼앗기지 않는 한, 그리고 계절을 현현하는 신통력이 고갈되지 않는 한, 봄을 현현할 수 있어.』

—악독한 것들.

『봄을 현현할 수 없게 되면 차기 봄의 대행자가 바로 발견돼.』

—부끄러운 줄 알아라.

『그분이 사라진 지 8년이 지나고, 여전히 봄이 없으니 히나기쿠 님은 아직 살아계셔…….』

—부끄러운 줄 알아라, 부끄러운 줄 알아라, 부끄러운 줄 알아라!

『하지만, 너희는 히나기쿠 님이 죽기를 빌었어! 그래서 수색을 중단했지! 후안무치한 건 너희야! 개망나니 같으니라고!』

사쿠라는 머릿속이 펄펄 끓는 느낌을 받았다. 소리를 계속 질러대서 앉아 있는데도 숨이 찼다. 스트레스로 지병이 되어 버린 과호흡 증상이었다.

『……하아!』

입을 막고 심호흡했다. 어떻게든 발작하지 않도록 괴로운 기분을 삼켰다.

—말해줬어. 마침내 말해줬어.

사쿠라는 줄곧 이 사실을 적시해 주고 싶었다.

하지만 말했다고 속이 후련해지지 않았다. 기쁜 마음조차 들지 않았다. 허무함과, 말로 표현할 수 없는 슬픔만이 생겼다. 눈물이 날 것 같아서 입술을 깨물었다.

『……새로운 대행자가 생기길 바라다니, 잘도 그런 짓을……!』

마지막에는 쥐어짠 듯한 괴로운 목소리만 나왔다.

이장은 한동안 침묵했다.

규탄받으면 잘못했다고 인정해야 할 측이 봄의 마을인 것은 명백했다.

사쿠라의 말을 순서대로 설명하면 이러했다.

이 나라의 봄의 대행자인 카요 히나기쿠가 누군가에게 유괴당하여 사라졌다.

사계의 대행자는 해당 인물이 사망하거나, 고령이 되어 신통력을 행사할 수 없게 되면 다른 자에게 능력이 양도된다.

사계의 대행자라는 제도가 시작된 신화시대부터 이어진 혈족 중 누군가가 대상자가 되어, 초자연적으로 선출된다.

차기 대행자가 발견되지 않았다는 것은, 8년 전 봄의 대행자 카요 히나기쿠가 납치당했어도 아직 살아있다는 뜻이다.

하지만 봄의 마을은 조기에 수색을 포기했다.

역할을 다할 수 없게 되자마자 버려진 아이가, 이 세상 어딘가에 있었다.

『지금도, 이 순간에도! 죽게 내버려 두고 있으면서 잘도……!』

『……사계의 대행자로 명받은 첫 인간들의 씨를 보존하는 것…… 마을이 만들어진 존재 이유는 그것입니다.』

이장은 사쿠라를 타이르듯 천천히 이야기했다.

『……우리 봄의 마을은 지체없이 봄을 순환시키기 위해 존재합니다. 대행자가 사라졌다면 차기 대행자를 바라는 게 당연합니다. 돌아오지 않는 자에게 걸 희망도, 돈도 없습니다. 대행자가 역적에게 납치당했으니, 조만간 죽이리라고 생각했습니다.』

『이용할 수 있을 때는 신이니 뭐니 찬양하면서, 쓸모없어지자 쓰레기 취급인가…….』

『…….』

『하지만 너희의 예상은 빗나갔고, 그분은 8년이나 살아계셔! 오지 말았어야 했는데……. 너희가 뭘 원하는지는 모르겠지만, 말을 나누기만 해도 구역질이 나……!』

『기다리세요. ……사쿠라, 이야기를 들으세요.』

『이제 와서 뭐 하자는 건데! 찾지도 않을 거면서 날 부르는 게 무슨 의미가 있어?! 비웃는 거야?』

『아닙니다. 들으세요, 사쿠라.』

사쿠라는 말없이 그대로 일어났다. 이에 이장도 반응하여 만류하기 위해 사쿠라의 팔을 잡았다. 가차 없이 뿌리쳤지만, 다시 손을 잡았다.

『……이봐, 나이 먹었다고 내가 봐줄 것 같……』

『귀환했습니다!』

사쿠라는 그 말을 바로 이해할 수 없었다.

『……뭐?』

숨이, 멎었다.

『……대행자 히나기쿠는 귀환했습니다. 반년쯤 전에, 발견됐습니다. ……이건 아직 어디에도 공표되지 않았어요…….』

『……그게, 무슨, 하지만…….』

이상한 목소리가 나왔다. 믿을 수 없는 말을 듣고, 이럴 때 당장 따져 밝히고서 현기증을 느끼기라도 해야겠지만, 그런 일은 실제로 할 수 없었다.

반응은 목소리로 안 나온 대신 몸에 나타났다. 자력으로는 억제할 수 없을 만큼 손끝이 떨리고 춥지도 않은데 몸이 떨렸다.

『하지만…….』

겨우 짜낸 목소리는 연약한 소녀의 목소리 같았다.

『반년 전……? 찾았는데, 왜 공표를 안 해……? 나한테, 연락은…….』

『당신은 행방을 알 수 없었고…… 애초에 종자는 바꿀 생각이었습니다.』

사쿠라는 한층 가슴을 후벼 파는 사실을 직시하고 말을 잇지 못했다.

『……윽.』

유괴 당시 도움이 되지 않았던 종자를 경질하는 것은 당연하다면 당연하지만, 실제로 들으니 충격이 있었다.

—하지만, 그렇다면 날 부른 이유가 뭐지?

사쿠라가 생각하기에 이장은 예전에 지키지 못했던 주인과의 면회를 온정으로 허락하는 인간이 아니었다.

—뭔가 꿍꿍이가 있을 터.

그렇게 판단하고 노려보자, 사쿠라의 생각이 전해졌는지 이장은 가냘픈 목소리로 이야기했다.

『우리는 국가 치안 기구로부터 카요 히나기쿠의 신병을 맡아 회복에 힘썼지만, 상태가 좋아지질 않아요……. 이대로 가면 대행자의 기능을 하지 못하고 끝날 가능성이 있습니다. 유괴 사건으로…… 그 아이는 예전과 상당히 달라져 버렸어요……. 마음이 망가져서…… 아뇨, 『신이 되려 하고 있어요』. 그걸 저지하기 위해 새로운 종자를 계속 붙였지만, 잘되지 않았어요.』

주인의 현재 상태를 듣고 사쿠라의 얼굴은 파래졌다.

『말은, 말은 아직 하셔?』

『……유아 퇴행한 면이 있지만, 언어 능력은 기능하고 있습니다. 이대로 사람으로서의 균형이 무너지면 신에 가까워지게 돼요. ……즉.』

던져진 말은 사쿠라의 마음을 한층 더 흔들었다.

『요절하겠죠.』

사쿠라가 이제 도망치지 않음을 확인하고 손을 놓은 이장은 타이르듯 말했다.

『종자는…… 몸을 지키는 것보다도 마음을 지킴으로써 대행자를 사람으로 머물게 하기 위해 존재합니다. 사계의 대행자는…… 그들이 부정하더라도 현인신이고…… 우리와는 다른 생물입니다. 사람의 마음을 잃으면 자연스럽게 신이 되어 버려요……. 그러면 돌아올 수 없죠. 히메다카 사쿠라, 원래는…… 당신이 돌아오길 원하지 않았어요……. 하지만 그분을 어떻게든 할 수 있는 건 역시 당신밖에 없습니다.』

『……잘도…… 그런…… 소리를…….』

사쿠라의 머릿속에 다양한 말이 떠올랐다.

—『이제 와서』, 『너희 때문에』, 『죽을 거면 네가 죽어』, 『왜, 더 빨리』, 『그럼 왜 나를 내쫓았지』, 『버렸으면서』, 『도와주지 않았어』.

『……당신은 부정하겠지만, 저도 살아 돌아와준 그분을 어떻게든 해드리고 싶어요. 아무쪼록, 히나기쿠 님을 구해주세요.』

—『거짓말하지 마』, 『금방 죽을 거라고 생각했잖아』, 『하지만 안 죽었어』, 『그분은 너희에게 버려져서 몇 년이나 살았어』, 『지금 당장 똑같은 짓을 해주고 싶어』, 『너희한테는 도구여도』, 『나한테는, 나한테는』.

『안내하겠습니다. 지금은 배례전 한편에서 지내고 계십니다.』

—『나한테는, 세상에서 가장 소중한 아이였어』.

머릿속 말은 저주처럼 소용돌이치며 사라지지 않았지만, 사쿠라는 더 이상 말하지 않았다.

한마디라도 꺼내면 참지 못하고 눈앞에 있는 이장을 때릴 것 같았다. 아무리 미워도 지금은 사라졌던 주인과 자신을 이어주는 유일한 인간이었다. 일단은 얌전히 있어야 했다. 그걸 알기에 이를 악물었다.

—하지만 절대 용서하지 않을 거야.

복수심만큼은 가슴에 새기며 이장이 안내하는 배례전으로 묵묵히 따라갔다.

배례전에 도착하자 이장은 모습을 감췄다.

자신은 없는 편이 좋을 거라고, 사람이 올 거라는 말은 해뒀다면서.

사쿠라는『들어가겠습니다』라고 선언하고서 안으로 들어갔다. 배례전에는 사계의 봄상이 늘어서 있었고, 그 가운데에 안쪽으로 가는 길이 있었다. 마치 이야기 속에 들어온 것처럼 여러 장지문을 열고 나아갔다.

가는 길에 있는 다다미방 곳곳에 말린 꽃이 달려 있었고, 안쪽으로 갈수록 점점 이상한 광경이 되었다. 정해진 종류는 없는 것 같았다. 안개꽃, 장미, 라벤더, 천일홍, 스타티스 등 다양한 꽃다발이 벽에 걸려 있었고 고개를 드니 천장에도 꽃들이 걸려 있었다. 이래서야 방 안이 아니라 꽃 속이다. 이윽고 다다미방이라는 것조차 인식할 수 없을 만큼 꽃과 초목에 좀먹힌 방에 다다랐다. 조심조심 몇몇 방을 돌아봤지만, 어디에도 사람은 보이지 않았다. 왜 격리되어 있는 걸까.

아마 이곳에 있을 마지막 방 앞에서, 사쿠라는 문득 발밑으로 시선을 떨어뜨렸다.

『……?』

바람에 날린 꽃잎이 장지문 틈을 빠져나와 사쿠라의 발치에 굴러왔다. 연분홍색 복숭아 모양. 벚꽃 꽃잎이었다.

—정말로, 있구나.

지금은 가을이다. 단풍과 은행이 마을을 감싸고 있었다. 벚꽃이 필 리가 없었다. 존재하는 것 자체가 이상했다.

—봄의 대행자의 힘이야. 냄새가, 달라.

가을과는 다른 향이 이리 오라고 했다. 아련하면서도 금세 깨버리는 꿈같은 계절의 향기. 봄의 향기였다. 사쿠라는 다가가서 장지문을 잡았다. 문을 열자, 벚꽃 꽃잎이 또 여러 개 날렸다.

꽃잎이 팔랑팔랑하고, 춤추듯, 빙글빙글.

문 너머의 세계를 본 순간, 한숨이 흘러나왔다.

인상적인 그 모습은 한눈에 사람을 복종시켰고. 매료의 힘은 여왕 같았다.

오감 전체를 송두리째 빼앗겼다. 시간을 멈출 만큼 아름다웠다.

"흔들렸네, 흔들렸네, 벚꽃이.

떨어졌네, 떨어졌네, 벚꽃이.

향기를 휘감고서. 자, 갑시다.

봄이 지나간다, 눈을 감아라. 누구를 위해 그리 아름다운가.

누구를 위해, 누구를 위해, 봄이 지나간다, 지나가세요."

하얀 기모노를 입은 소녀가 툇마루에 앉아 노래하고 있었다. 정원에는 성인 남성만 한 작은 벚나무가 자라 있었다. 대행자의 힘이라고 하기엔 약하지만, 확실하게 봄을 현현해 내고 있었다.

『지나가세요, 지나가세요…….』

소녀는 노래하던 도중에 입을 다물었다. 그리고 사쿠라 쪽을 돌아보았다. 그 눈은 사쿠라를 아는 사람이라고 인식하지 못했고, 그대로 몸을 틀더니 맨발로 정원에 내려갔다. 소녀는 명백하게 도망칠 태세를 취하고 있었다.

『히나기쿠 님!』

사쿠라는 비명을 지르듯 외쳤다.

『히나기쿠 님! 사쿠라입니다! 당신의…… 당신의 사쿠라입니다!』

우뚝, 소녀의 움직임이 멈췄다. 사쿠라는 다음 말이 얼른 안 나왔다.

지금 저곳에 자신의 주인이 있다. 사쿠라가 지키지 못했던 봄의 신이 살아있었다.

그 사실만으로도 숨을 쉴 수 없을 만큼 괴로웠다.

『히메다카 사쿠라입나다……!』

—숨을 들이쉬고 자신을 증명해.

『지켜 드리지 못해서 죄송합니다……!』

—너의 신은 눈앞에 있어.

『줄곧…… 줄곧…….』

—눈앞에 있어.

『줄곧 찾아다녔습니다……! 히나기쿠 님……!』

어느새 사쿠라는 털썩 무릎 꿇고서 울고 있었다.

『……윽.』

사실은 바닥에 머리를 박고 사죄할 생각이었다. 하지만 울음만 나올 뿐, 무릎에도 손에도 힘이 들어가지 않았다.

『……흐으…… 큭…… 으, 으으…….』

그저 바닥을 때리며 울고 있는 꼴이 되어 버렸다. 어떻게든 자세를 바로잡아야 한다고 생각하여 떨리는 손을 필사적으로 움직이고 이마를 바닥에 댔다. 하지만 그 자세는 곧장 무너졌다.

『사쿠, 라.』

마치 기계인형이 말한 것 같은 목소리가 들렸기 때문이다.

저도 모르게 고개를 들고 말았다.

『……사, 쿠……라?』

사쿠라의 신은 소리 없이 눈앞에 와서 사쿠라를 내려다보고 있었다. 넋이 나간 채 눈물을 줄줄 흘리는 사쿠라의 얼굴을, 머리카락을, 입술을, 소녀는 조심조심 손끝으로 만졌다.

『정, 말, 로, 사……쿠, 라……?』

『히, 히나기쿠 님……!』

『머, 리, 왜, 이래……? 예, 쁜, 까만, 색, 이었, 는데, 지금, 하얘.』

『히나기쿠 님, 히나기쿠 님, 히나기쿠 님……!』

사쿠라는 떨리는 손을 뻗었다.

『……히나기쿠 님, 뵙고 싶었습니다……. 줄곧, 줄곧, 사쿠라는 히나기쿠 님을 찾고 있었습니다.』

참지 못하고 히나기쿠의 다리에 매달리고 말았다.

『…….』

히나기쿠는 매달리는 사쿠라를 위로하듯 머리를 쓰다듬어줬다.

음률이 어긋난 이상한 말투로 계속 말했다.

『히나기쿠 님……! 히나기쿠 님…….』

『사, 쿠라, 히, 나, 기쿠, 찾았, 어?』

『찾아다녔습니다……! 줄곧……!』

『줄곧, 찾, 아, 다녔, 어……?』

『줄곧 찾아다녔습니다…… 줄곧……! 찾지 않은 날이 없습니다……! 히나기쿠 님……!』

그 말을 듣고 히나기쿠는 몽롱했던 표정을 조금 애달프게 일그러뜨렸다.

『그랬구나…… 히나, 기쿠, 를…… 찾아, 다, 녔, 구나……. 미안해…….』

『아뇨, 아뇨…… 종자이면서 주인을 지키지 못한 것을 깊이 사죄드립니다……. 노여움이 가라앉지 않으신다면 부디 어떤 벌이라도 내려 주시길…….』

『……아, 냐. 아니, 야. 히나기, 쿠, 는.』

『네, 히나기쿠 님.』

어떤 말이든 받아들이자고 생각하며 주인의 얼굴을 바라보았지만.

『이미, 죽어 버렸, 어.』

비처럼 차갑게 내려온 말은 예상치 못한 말이었다.

『……네? 죽었……다니요?』

『……원래 있던, 히나, 기쿠, 는, 죽었어. 지금 있는, 히나기쿠, 다른 사람.』

『……히나기쿠 님?』

심장이 좋지 못한 소리를 냈다.

사쿠라는 자기도 모르게 멍청히 웃고 말았다. 눈앞에 있는 사람은 성장해서 더 아름다워져 있었다.

너무나도 아련한 모습이지만 확실히 자신의 주인이었다. 잘못 볼 리가 없다. 어딜 어떻게 봐도 사쿠라가 줄곧 바래 마지않았던 봄의 대행자였다. 벚꽃 현현이 그 사실을 나타내고 있었다.

『다른 사람……이라니…… 히나기쿠 님, 죄송합니다. 사쿠라는…… 이해가…….』

『예전, 히나기쿠, 는. 견디지, 못하고, 도중에, 사라져 버려서…… 지금은【히나기쿠】가, 대신, 살아. 찾는, 히나기쿠가, 아니야…….』

『……확실히, 이전과는 말하는 방식도 상당히 달라지셨지만…… 하지만…….』

『하지만, 아니야. 다른 사람들, 한테도, 아니라고, 했는데…….』

『…….』

사쿠라는 자신이 쉽게 상상할 수 있는 일이 아닌 뭔가가 일어나고 있다고 느꼈다. 정작 그 원인인 히나기쿠는 난처한 듯 눈썹을 내리고서 사쿠라를 보고 있었다.

『갑자기 나타난 이 곤란한 소녀를 어떻게 달랠까』같은 표정을 짓고 있었다.

사쿠라는 매달렸던 손을 저도 모르게 뗐다.

『……미안, 해.』

온도가 낮은 목소리가 다시 내려왔다.

『……미안, 해, 사쿠라…… 그러니까, 돌아가도, 돼.』

에두른 거절의 목소리가 들려서 가슴이 미어졌다.

『누군가, 신경, 써서, 보낸, 거지? 괜찮다고…… 했는, 데.』

확실히 이분은 이전과 뭔가 다를지도 모른다.

『다들, 【그 아이】가, 죽기를, 기다렸던, 거…… 알아.』

말하는 방식이 다르다. 표정이 다르다.

『그럼, 그렇게, 해 줄 거야. 조만간, 여기 있는 【히나기쿠】도, 죽을, 거니까, 내버려, 둬.』

모습만 똑같고 내면은 다른 소녀가 말하고 있는 것 같았다.

『그리고, 다음 사람, 을, 섬겨. 돌아가도, 돼. 고마, 워, 사쿠라.』

소름이 돋았다. 생각했던 재회와는 전혀 다른 사태가 전개되고 있었다.

『…….』

사쿠라에게는 여기서 좌절하고 퇴장하는 선택지가 제시되어 있다.

히나기쿠가 말한 대로 이곳을 떠나서 이제 봄의 대행자 따위는 잊고 사는 것이다.

그런 선택지가 머릿속에 떠올랐다.

—안 돼.

내면의 자신이 즉각 부정했다.

—안 돼.

줄곧 한 소녀를 고집하며 그 사람만을 위해 살아왔다. 무사히 생존해 있으니까, 자신을 환영하지 않으니까, 새로운 인생을 산다는 선택지가 있었다.

—그딴 인생, 필요 없어.

히나기쿠가 말한 대로 돌아가면 된다. 아직 10대이니, 얼마든지 만회할 수 있다.

평범한 사람들처럼 올바르고 틀리지 않은 삶을 살 기회가 여기에 있었다. 마지막 기회일지도 모른다. 계절이 있든 없든 그런 건 어찌되든 좋다고, 내 인생과 상관없다고 말해버리면 된다. 10년 전에 목숨 걸고 자신을 구해준 소녀 따위, 버리면 된다. 상대방도 필요 없다고 한다.

—그게.

그렇게, 운명이 속삭이고 있었다.

—그게 어쨌는데.

그렇게, 운명이 속삭이고 있는데, 사쿠라는 운명을 받아들이지 않았다.

—그까짓 게 뭔데. 올바름 따위 필요 없어.

히나기쿠가 없는 인생을 한 번이라도 상상한 자신을 거절했다.

히나기쿠 이외의 친구를 많이 만들고, 학교에도 다니고, 누군가와 사랑에 빠져서, 결혼하고, 어쩌면 아이를 가지고. 소소하지만 평온하게 살면 된다고.

—시끄러워.

계속 속삭이는 운명을 향해 사쿠라는.

『아뇨…….』

—시끄럽다고 개자식아.

사쿠라는 적의를 드러냈다.

—시끄러워, 죽어, 사라져버려.

머릿속에서 주인을 배반하는 생각을 한 자신을 죽였다.

몇 번이고, 몇 번이고 죽였다. 때려죽였다. 차로 쳐 죽였다. 목을 졸라 죽였다. 찔러 죽였다. 가둬 죽였다. 책살했다. 사살했다. 독살했다. 압살했다. 참살했다. 주살했다. 액살했다. 물어 죽였다. 후벼파 죽였다.

죽이고, 죽이고, 다 죽여서, 충성심이 있는 자만을 남겼다.

『아뇨, 돌아갈 곳은 하나입니다.』

그리하여 지금의 히메다카 사쿠라가 완성되었다.

—잡음은 전부 죽어. 뭐라는 거야.

주인이 살아있었다. 자신이 필요 없다고 한다. 하지만 그게 뭐 어쨌다는 것인가.

—이분 곁에 있을 권리 말고는 전부 필요 없어.

『무슨 일이 있어도 사쿠라는 당신의 종복. 당신 곁에 도달할 겁니다.』

그게 무슨 대수냐며 사쿠라는 다시 한번 자신의 마음에 새기듯 생각했다.

『오랜 부재를 용서해 주십시오. 히메다카 사쿠라, 지금 당신 곁으로 달려왔습니다.』

그렇게 말했을 때, 히나기쿠는 믿을 수 없는 것을 보는 보고 있었다.

—히나기쿠 님의 신뢰를 잃는 것만큼은 절대로 안 돼.

현재 사쿠라는 온몸을 좀먹는 불안감을 느끼고 있었다.

주인이 바랄 만한 말을 하면 된다. 만족시켜야 한다는 건 알고 있다. 그녀는 이제 증오의 골짜기에 있지 않았다. 하지만 사쿠라도 어쩌지 못할 괴로움을 품고 있었다.

열아홉 살의 아가씨가 짊어지기에는 너무나 큰 짐이었다. 본인은 너무 떠안아서 움직이지 못한다는 것도 몰랐다.

"하지만 당신께서 유괴당한 건 겨울 탓입니다……."

구차하게 그렇게만 말했다.

—그럼 안 되는데, 말해버리게 돼.

사쿠라는 그 말이 히나기쿠에게 통하지 않을 것을 알고 있었다.

"……아니, 야. 죄, 저지른, 건, 역적, 이야."

사쿠라의 인생에서 고통에서 벗어나기 위해 필요한 것이, 히나기쿠에게는 이제 필요가 없었다.

"그 녀석들은 버렸습니다. 그 녀석들 때문에 인생이 망가졌는데도 감싸시는 겁니까……?"

히나기쿠는 살면서 심한 배신을 당했다. 그런데도 그걸 극복했다.

사쿠라는 아직 그럴 수 없었다. 줄곧 못 할지도 모른다.

"다른 사람이라면…… 아뇨, 저희가 믿을 수 있는 아군 따위는 없습니다."

아니, 못 하는 게 아니라.

"그렇지, 않아."

하고 싶지 않았다.

"아뇨, 없습니다."

하고 싶지 않았다. 미워하지 않으면, 사쿠라는 이제 기능할 수 없다.

"어째서, 사쿠라가, 그런 말, 해?"

히나기쿠는 사쿠라에게 기대는 걸 그만두고 몸을 틀어 돌아보았다. 두 사람의 시선이 마침내 얽혔다. 사쿠라가 원했던 시선이었다. 시선을 준 주인의 황수정색 눈동자는 애달프게 흔들리고 있었다.

"로우세이, 님, 이테쵸, 오라버니, 나쁜 사람, 으로, 만들면, 마음, 편해지니까……?"

—신이시여.

"그 마음, 이해, 해. 사쿠라의, 마음. 히나기쿠도, 그랬, 어. 괴로워."

—나의 신이시여.

"하지만, 그거, 자기가, 멋대로, 나쁜 사람, 만들고 있을, 뿐이야."

—당신의 그 순진무구하면서도.

"그거, 사쿠라가, 가르쳐, 줬어."

—하늘과 땅도 두루 살피는 듯한 눈으로 모든 것을 받아들이는 그런 부분이.

"가르쳐준, 사쿠라가, 어째서, 그런 말, 해……? 사실은, 알고, 있지……? 그날, 두 사람, 이, 지켜 주려고, 했던, 거……."

—저를 몹시 상처 입힙니다.

"누군가를, 나쁜 사람, 으로, 만들면, 사쿠라가, 계속, 괴로워."

히나기쿠의 말은 청아한 기도 그 자체였다.

"……바뀌지, 않아도, 히나기쿠, 는, 사쿠라, 를, 좋아하지만……."

기도 그 자체. 사쿠라에게, 반짝반짝 빛나며 괴롭지 않은 길을 보여줬다.

"하지만, 괴로워하지, 않았으면, 좋겠, 어."

그러나 사쿠라는 증오를 버리고 싶지 않았다. 지금 버리면 분명.

"……히나기쿠 님."

분명, 약해진다.

—저는 몇 년이나 당신을 찾았습니다.

약해진다.

—봄이 버려도, 겨울이 버려도, 당신을 찾았습니다.

약해지면 칼이 될 수 없다.

—제게는 분노가 필요했습니다.

칼이 되지 못하면 사랑하는 소녀를 지킬 수 없다.

—증오가 필요했습니다, 히나기쿠 님. 당신은 모르시겠죠.

사랑하는 주인을 지킬 수 없다.

—당신은 모르시겠죠. 증오 없이는.

지키지 못하면.

—살 수 없는 인간도 있습니다.

지키지 못하면, 히나기쿠도 사쿠라도 죽어버리니까.

"……."

사쿠라는 마음을 정리하듯 숨을 내쉬었다.

"말씀하신 대로 할 수 있게 노력은, 하겠습니다."

"정말?"

"네. 노력은, 하겠습니다……. 그러니…… 히나기쿠 님."

"응?"

"좋아한다고, 한 번 더 말해 주시겠어요? 노력할 힘을 얻고 싶어요."

말하고 나서 참 어리석은 부탁이라고, 사쿠라는 생각했다.

—어리석어. 한심해. 알고 있어.

이래서야 마치 어린아이의 투정이다. 미워하는 상대가 아무 고생도 하지 않고 주인의 호의를 받는 게 싫어서 자신에게도 그 호의를 달라고 떼를 쓰고 있었다. 그녀는 자신의 엄마도 아니고 애인도 아닌데.

"거짓말이어도 좋습니다……."

주인과 종자. 신과 신. 여자와 여자. 남자와 여자. 전부 다른 조합이라 경쟁하는 건 바보 같은 일임을 사쿠라도 알고 있었다. 로우세이와 히나기쿠의 관계성과 사쿠라와 히나기쿠의 관계성은 다르다.

미워하더라도, 주인의 마음을 붙들어서 자신만 보도록 하는 건 어리석었다.

—죄송합니다.

그래도 갖고 싶다. 이 소녀가 주는 애정을.

—뭔가의 대신으로 삼고 있어.

부정적인 감정을 양식 삼아 지금까지 살아온 사쿠라에게 필요한 것은 히나기쿠 자체였다. 살아갈 희망은 이 소녀밖에 없었다.

—당신은 당신대로 괴로운데, 죄송합니다.

그래서, 시선을 받고 싶었다. 관심을 갈구했다. 그리고 애원하는 것이다. 나도 사랑해 달라고.

"……왜, 또, 그런 말, 해……. 거짓말, 하지, 않아……."

경쟁하지 않아도, 신은 충분히 애정을 베풀어 주고 있는데 괴로웠다.

"사쿠라, 좋아해."

줄곧 원하던 말이, 거짓되지 않은 울림으로 사쿠라의 귀에 닿았다.

—다행이야. 당신이 나를 사랑해 줄 때마다.

"좋아, 해. 상냥한, 부분, 도, 쉽게 화내는, 부분, 도."

—뭔가를 용서받는 기분이 들어.

"좋아해, 정말, 좋아."

—그래서 면죄부처럼 바라게 돼.

"괜찮, 아. 사쿠라."

10년 전부터 아프다고 호소하는 마음을 치유할 수 있는 건 히나기쿠뿐이었다.

"……히나기쿠 님."

사쿠라는 보고 싶지 않은 진실은 안 보기로 했다.

"히나기쿠 님, 저도 좋아합니다."

조금만 더 모든 걸 미워하고 싶다. 사쿠라는 종이우산을 놓았다. 땅에 내던졌다. 대신 자신을 마주 보아준 주인을 끌어안았다. 설원 속, 자신들에게 반사되는 빛에 저항하듯 히나기쿠를 껴안았다. 그러자 히나기쿠는 품속에서 웃었다. 『아파』라고 말했다. 사쿠라는 황급히 히나기쿠를 안았던 힘을 풀었다.

"히나기쿠 님……."

"괜찮아, 괜찮, 으니, 까……."

"네……."

히나기쿠가 달래듯 속삭였다. 사쿠라가 아무리 추태를 부려도 히나기쿠는 그녀를 놓지 않을 거라는 마음이 말로 전해졌다.

—죄송합니다, 히나기쿠 님.

아홉 살이었던 사쿠라가 지금까지 살아올 수 있었던 것은, 사실은 버리는 편이 나은 감정과 후회와 집착 덕분이었다.

—죄송합니다. 좀 더 평범하게.

그게 없으면 살 수 없었다. 살아갈 수 없었다.

—평범하게, 당신을 좋아할 수 있었다면.

이 『좋아하는 마음』이 비틀려 있다는 것 정도는 사쿠라도 알고 있었다.

"평생 곁에서 듣고 싶습니다. 가장 가까이에서, 떨어지지 않고."

사쿠라의 애정은, 조금 비틀렸으나, 누구보다도 갸륵하며.

"……응, 몇 번이든, 말할, 게. 사쿠라, 히나기쿠는, 사쿠라, 를, 좋아, 하니까……. 사쿠라를 책망하는 거, 아니야……. 기다려줘서, 고마워하고, 있어……. 잊지, 마……. 좋아, 해."

이런 방식이 아니면 기능하지 못한다.

"네. 사쿠라도 좋아합니다……. 반드시, 평생 지키겠습니다……."

그래서 지금만큼은 증오도 의존도 필요하여 놓을 수 없다.

"괜찮, 아."

전부 알고 있는 히나기쿠는 아낌없이 사쿠라에게 말과 시선을 줬다.

"사쿠라, 좋아해."

"……네."

"아주아주, 좋아해."

"네, 히나기쿠 님."

좋아한다고 말하는 소녀와 애정을 갈구하는 소녀 사이에 있는 것은 사랑이라는 감정이 아니다.

"그러니까, 괜찮, 아."

"……네, 히나기쿠 님."

사랑은 아니지만, 사랑보다 격렬하고, 사랑보다 순수하며.

"사쿠라는 당신이 있으면 괜찮습니다."

역시 조금 망가져 있었지만, 두 사람 사이에서는 정상적인 감정이었다.

히나기쿠가 좋아한다고 50번쯤 말하자, 사쿠라도 원래대로 웃을 수 있었다.

여름 별궁에서 체재하고 며칠이 지났다.

계속해서 봄을 현현한 히나기쿠는 예정했던 일정대로 무사히 이요에서의 책무를 다했다.

두 사람이 찾아왔을 때는 아직 눈이 쌓여 쌀쌀했던 경치가 조금씩 따뜻해지고 있었다. 겨울에서 봄으로 옷을 갈아입고 있었다.

현현을 마친 히나기쿠는 며칠 쉬고 나서 테이슈로 가야 했다.

"……히나기쿠 님, 괜찮으십니까?"

히나기쿠는 신통력을 연일 사용하여 피로가 축적됐는지 방에 돌아오자마자 열이 났다.

"……응……. 열이, 좀, 날 뿐이야."

이불에서 얼굴을 살짝 내밀고 연약하게 대답하는 주인의 모습을 본 사쿠라는 가슴이 아팠다. 지난번에 현현을 하고 나서 눈 속에서 너무 오래 떠들었다. 그게 원인일지도 모른다고 생각하니 슬펐다.

히나기쿠는 그 생각을 알아차렸는지 그날 때문이 아니라며 바로 덧붙여 줬다.

"……아무튼 열을 내리죠. 차를 가져오겠습니다. 저녁은 따로 준비하는 게 좋겠네요. 제가 주방을 빌려서 만들어 오겠습니다. 죽을 만들면 될까요?"

"달걀, 들어간, 거, 먹고 싶다고, 하면, 곤란, 할까……?"

"열이 나셨을 때도, 아닐 때도, 아무쪼록 사쿠라에게 원하는 걸 말씀해주세요."

사쿠라는 히나기쿠의 이마에 붙인 냉각 시트의 위치를 꼼꼼히 고치고서 주방으로 향했다.

히나기쿠를 경호하기 위해 이 건물의 구조는 이미 머릿속에 넣어뒀기에 헤매지 않고 도착했다.

여름 별궁은 서양 저택의 구조로 만들어져서 방 하나하나가 넓었다.

손님이 왔을 때를 위한 건지 냉장고도 주방에 두 대가 있었는데, 담당자가 한 명도 안 보여서 사쿠라는 멋대로 냉장고를 열어도 될지 한동안 고민했다.

"무슨 일이신가요? 히메다카 님."

뒤에서 불러서 돌아보니 아야메가 있었다.

나갔다 왔는지, 아가씨 분위기가 나는 품질 좋은 원피스를 입고 있었다.

"아아, 아야메 님, 냉장고에 있는 재료를 써도 될까요? 히나기쿠 님이 열이 나셔서…… 저녁은 따로 만들어 드리려고 하는데요."

"어머, 그거 걱정이네요……. 물론이죠. 주방에 있는 건 마음껏 쓰셔도 돼요. 요리사도 지금 재료를 사러 나갔으니까요."

"감사합니다. 그럼 사양하지 않고 쓰겠습니다."

사쿠라가 냉장고를 열고 식자재와 조미료를 척척 꺼내는 모습을 아야메는 흥미롭게 바라보았다.

"……저기, 뭔가 하실 말씀이라도?"

"아뇨, 히메다카 님은 요리를 하실 줄 아는구나 싶어서……."

"죽 정도야 누구나 만들 수 있죠."

"……부끄러운 이야기지만, 저는 만들어 본 적이 없어요."

"네?"

얼빠진 목소리가 나오고 말았다.

"지금까지 전부 다른 사람들이 해줘서……."

대행자와 종자는 기본적으로 어릴 때부터 계절 현현을 위해 각지를 돌아다닌다. 그리고 동행하는 어른이 식사를 준비하기에 요리할 기회가 없었을 만도 했다.

"결혼하는데…… 문제겠죠. 상대방에게 전부 만들어 달라고 할 수도 없고……. 남편이 감기 걸렸을 때를 대비해 죽 정도는 만들 수 있어야 할 텐데……."

이 친절한 종자에게 뭐라고 말하기도 뭐해서, 사쿠라는 머뭇머뭇 같이 만들어 보겠느냐고 제안했다. 아야메가 기뻐하며 고개를 연신 끄덕거렸기에 아가씨 둘이서 사이좋게 주방에 서게 되었다. 하지만 아무리 정성 들여 만들어도 고작 죽이라서 자연스럽게 냄비를 지켜보는 형태가 되었다.

한동안 둘이서 조용히 냄비를 보고 있었지만, 침묵이 길어지자 사쿠라가 입을 열었다.

"……저기, 파업……에 관해 물어봐도 될까요?"

전부터 물어보고 싶었던 일이다. 아야메는 눈썹을 내리고서 애잔한 목소리로 말했다.

"아아…… 부끄러운 얘기예요. 주인이 파업을 하다니……."

"아뇨, 그게……."

"간단한 일이에요. 동생은 어릴 때부터 저를 자기 소유물이라고 생각하는 구석이 있거든요."

둘이서 지낸 다양한 나날이 머릿속에 떠올랐을 것이다. 아야메는 자신들의 과거를 떠올리듯 이야기했다.

"대행자는 『신』 취급을 받아서 학교에도 안 다니고, 정말로 닫힌 세계에서 자라요. ……종자에 대한 의존심이 강하죠. 제가 결혼해서 종자를 그만두는 것도, 자기 장난감을 다른 사람에게 뺏겼다고 느끼는 거예요……. 너는 내 건데, 하고."

사쿠라는 그 감각을 이해할 수 있었다. 하지만 그게 대행자 특유의 성질은 아니라고도 생각했다.

—그건 우리도 그렇지 않나? 그래서 당신도 그렇게 고민하는 것

아닌가?

종자도 자신을『대행자의 것』이라고 믿는 구석이 있었다.

유대가 깊어질수록 그 생각은 강해진다. 주인과 떨어지면 몸이 뜯기는 듯한 아픔마저 찾아온다. 자매이고 사이가 좋지 않아도, 여름의 주종에게 그 감정이 없을 것 같지는 않았다. 사쿠라는 아야메의 모습을 보며 이야기를 계속했다.

"……하지만 마을이 용케 허락했네요. 종자는 신변을 경호하는 의미도 있지만, 굳이 따지자면『완전히 신이 되지 않도록』하는 존재라고 할까…… 대행자의 정신 안정을 위해 있잖아요."

"여름 특유의 관습이죠. 유년기에는 가족이 보좌하고, 결혼할 나이가 되면 짝이 될 자가 평생 보좌하게 해요. 그래서 이번에 혼인하는 건 저 혼자가 아니에요."

"그렇다면 여름의 대행자님도 혼인을……?"

사쿠라에게는 충격적인 내용이었지만, 아야메는 별일 아니라는 것처럼 고개를 끄덕였다.

"이미 대면은 끝냈어요. 내년부터는 동생의…… 루리의 남편이 되기 위해 뽑힌 자가 함께 다니겠죠. 혈족의 피가 짙은 명가의 아들로, 조금 연상이지만 성격이 착하고 큰 그릇을 가진 사람이에요. 루리도 상대를 싫어하진 않지만……."

"……루리 님은…… 나이가……."

"열여덟 살이에요. 좋은 시기죠. 언니한테서 독립시켜서 다른 사람도 보게 해야 해요. ……나이를 먹을수록 식견이 넓어져서 이런 혼인 형태에 대한 거부감도 커지니까요."

"……."

아야메가 담담히 말하는 것이 이상할 정도로 잔혹한 이야기였다.

—받아들이고 있는 걸까.

주인에 관한 일 말고는 무심한 사쿠라도 이런 혼인은 너무 구시대적이라고 생각했다. 사계에 봉사하는 자들의 세계 자체가 세간과는 흐름이 다르긴 하지만, 사쿠라는 당신도 그렇게 생각하냐고 묻고 싶어졌다. 하지만 아야메가 어느새 양손을 움켜쥐고 있는 것이 보여서 그 말을 하지 못했다.

—역시 본의는 아닌가.

계절을 위해 목숨 바쳐 살고있는 혈족은 세계를 위해 뭔가를 희생한다.

아야메뿐만 아니라 사쿠라도 그랬고, 대행자도 그랬다. 자신을 억지로 납득시키고서 살아가야 하는 부분이 있었다.

"……여름도 조금씩 바뀌고는 있어요. 옛날에 종자는 결혼조차 허락받지 못했죠. 대행자의 혼인 상대도 한정적이었어요. 저와 루리의 대에서…… 더 좋게 만들면, 다음 아이가 편해질 거예요……."

"훌륭하시네요……."

"……그런 건설적인 생각은 루리도 이해하고 있는 것 같아요. 하지만 이해는 해도 용납할 수 없는 거겠죠. 자신을 좋아해주는 사람이 종자가 되더라도…… 역시 루리에게는…… 어릴 때부터 함께한 상대여야 한다는 마음이……."

"……."

"죄송합니다. 부끄럽게도 이것저것 얘기해 버렸네요……. 같은 종자라서…… 저도 모르게……."

"아닙니다."

"봄 쪽에는 이런 고민이 없겠죠……."

"저희는……."

사쿠라는 한 가족의 불상사를 들여다 볼 마음이 없었지만, 이렇게나 내부 사정을 들어 놓고서 이쪽은 아무 말도 안 하는 것은 공평하지 않다고 생각했다.

불안을 토로하고 고민을 털어놓음으로써 사람의 마음은 조금 가벼워지는 법이다.

"……실은, 저희 쪽도 파업이 발생한 적이 있습니다."

"네?!"

예상했던 반응을 그대로 보여서 사쿠라는 쓴웃음을 지었다.

"저희는 히나기쿠 님이…… 그, 유괴당했다가 돌아오신 후에 한동안 방에 틀어박혀 계셔서……. 인간 불신과 심적 외상 후 스트레스 장애 등 이것저것 있었거든요……."

아아, 하는 소리가 아야메의 입에서 흘러나왔다.

"공식적으로 발표된 정보와 다른 건가요……. 그럼 『봄 귀환』은……."

"정확히는 2년 전입니다. 발견되시고 2년 동안 마음을 치유해서…… 겨우, 인 거죠."

조용한 주방에 한동안 두 사람의 숨소리와 보글보글 끓는 냄비 소리만 울렸다. 잠시 후, 아야메가 먼저 입을 열었다.

"……그, 자료는 일단 읽었는데…… 그렇게 참혹했나요……?"

"……정확히 뭘 말씀하시는 걸까요?"

"겨울의 마을이 습격받아 봄의 대행자님이 납치당한 그 사건이요."

"……그랬죠. 참혹했어요. 저는 당사자라서 조사도 받았고…… 사건의 개요를 정리한 걸 몇 번이나 읽었기에 머리에 박혀 있어요."

아야메가 바라보았기에 사쿠라는 냄비를 섞으며 마치 이야기를 자아내는 시인처럼 말하기 시작했다.

"겨울의 마을 습격 사건은 레이메이 10년, 2월 1일에 일어났어요."

마치 천일 야화를 노래하는 듯한 시작이었다.

"마침 『사계 신고식』을 위해 겨울의 마을을 찾았을 때였어요. 오후 세 시경, 반 사계청 계열의 과격파 집단이 겨울의 마을을 습격했고…… 지하 수로로 침입한 과격파는 겨울의 마을의 직원에게 총을 발포. 중경상자가 다수 나왔어요……."

냄비가 보글보글 소리를 냈다.

"소동을 알아차린 겨울의 대행자 칸츠바키 로우세이…… 당시 열 살, 종자 칸게츠 이테쵸 열아홉 살, 제 주인…… 봄의 대행자 카요 히나기쿠 님 여섯 살, 그리고 저…… 당시 아홉 살이었던 히메다카 사쿠라는 겨울의 마을 본전에서 대피했어요……."

불온한 말들까지 끓여버릴 듯한 냄비 소리는 기억의 문을 두드리는 노크 소리 같았다.

그저 설명하는 것이지만 말하다 보니 싫어도 생각났다.

"저희 네 명은 겨울의 마을에서 벗어났으나, 마을 주위를 덮은 서낭숲에서 과격파에게 따라잡혀 항쟁하게 되었고…… 겨울의 종자, 칸게츠 이테쵸가 히나기쿠 님을 감싸고서…… 중상…… 저도 총격을 맞아 중상……."

똑똑, 똑똑. 기억의 문을 두드렸다.

"히나기쿠 님이 그 자리에서 몸을 현현하여 거대한 벚나무를 출현시켜서 저희 셋을 보호해 주시지 않았다면 일찌감치 죽었겠죠."

똑똑, 똑똑, 똑똑.

"그분이 과격파와 교섭했어요. 자신의 신병을 대신 넘길 테니 철수하라고……."

똑똑, 똑똑, 똑똑, 똑똑, 똑똑.

두드리고 두드려서 사쿠라의 기억의 문이 강제로 열렸다.

"교섭 결과, 히나기쿠 님은 유괴당했고 저희는 살아났어요."

똑똑, 똑똑, 똑똑, 똑똑, 똑똑, 똑똑.

"그 후…… 범인 측이 국가 치안 기구로 전화를 걸었어요."

똑똑, 똑똑, 똑똑, 똑똑, 똑똑, 똑똑, 똑똑.

"사계의 대행자의 능력 제한 및 확대 사용을 요구해 왔어요."

똑똑, 똑똑, 똑똑, 똑똑, 똑똑, 똑똑, 똑똑, 똑똑.

"국가 치안 기구는 즉각 대책 본부를 설립하여 범인인 과격파와 금전을 포함해 교섭을 시작했어요. 사계청과 국가 치안 기구, 야마토 정부는 제안을 거부했고……."

똑똑, 똑똑, 똑똑, 똑똑, 똑똑, 똑똑, 똑똑똑, 똑똑.

"교섭 조건을 재검토했지만, 어느 날 연락이 두절되어서……."

똑똑, 똑똑, 똑똑, 똑똑똑, 똑똑, 똑똑, 똑똑, 똑똑, 똑똑.

"이후, 완전히 대상을 잃고 해결에 이르지 못하여."

똑똑, 똑똑, 똑똑, 똑똑똑, 똑똑, 똑똑, 똑똑, 똑똑, 똑똑, 똑똑, 똑똑, 똑똑, 똑똑똑, 똑똑, 똑똑, 똑똑, 똑똑, 똑똑.

"제 주인, 카요 히나기쿠 님의 생존은, 차기 대행자가 탄생하지 않고 봄이 오지 않는 것으로 확인하게 되었어요

도와줘 도와줘 도와줘 도와줘 도와줘 도와줘 도와줘 도와줘 도와줘
똑똑, 똑똑, 똑똑, 똑똑, 똑똑, 똑똑, 똑똑, 똑똑, 똑똑.

똑똑, 똑똑, 똑똑, 똑똑, 똑똑, 똑똑, 똑똑, 똑똑, 똑똑, 똑똑, 똑똑,
똑똑, 똑똑, 똑똑, 똑똑, 똑똑, 똑똑, 똑똑, 똑똑, 똑똑, 똑똑, 똑똑,
똑똑, 똑똑, 똑똑, 똑똑, 똑똑, 똑똑, 똑똑, 똑똑, 똑똑, 똑똑, 똑똑,
똑똑, 똑똑, 똑똑, 똑똑, 똑똑, 똑똑, 똑똑, 똑똑, 똑똑, 똑똑, 똑똑,
똑똑, 똑똑, 똑똑, 똑똑, 똑똑, 똑똑, 똑똑, 똑똑, 똑똑, 똑똑, 똑똑,
똑똑, 똑똑, 똑똑, 똑똑, 똑똑, 똑똑, 똑똑, 똑똑, 똑똑, 똑똑, 똑똑,
똑똑, 똑똑, 똑똑, 똑똑, 똑똑, 똑똑, 똑똑, 똑똑, 똑똑, 똑똑, 똑똑,
똑똑, 똑똑, 똑똑, 똑똑, 똑똑, 똑똑, 똑똑, 똑똑, 똑똑, 똑똑, 똑똑,
똑똑, 똑똑, 똑똑, 똑똑, 똑똑, 똑똑, 똑똑, 똑똑, 똑똑, 똑똑, 똑똑,
똑똑, 똑똑, 똑똑, 똑똑, 똑똑, 똑똑, 똑똑, 똑똑, 똑똑, 똑똑, 똑똑,
똑똑, 똑똑, 똑똑, 똑똑, 똑똑, 똑똑, 똑똑, 똑똑, 똑똑, 똑똑, 똑똑,
똑똑, 똑똑, 똑똑, 똑똑, 똑똑, 똑똑, 똑똑, 똑똑, 똑똑, 똑똑, 똑똑,
똑똑, 똑똑, 똑똑, 똑똑, 똑똑, 똑똑, 똑똑, 똑똑, 똑똑, 똑똑, 똑똑,
똑똑, 똑똑, 똑똑, 똑똑, 똑똑, 똑똑, 똑똑, 똑똑, 똑똑, 똑똑, 똑똑,
똑똑, 똑똑, 똑똑, 똑똑, 똑똑, 똑똑, 똑똑, 똑똑, 똑똑, 똑똑, 똑똑,
똑똑, 똑똑, 똑똑, 똑똑, 똑똑, 똑똑, 똑똑, 똑똑, 똑똑, 똑똑, 똑똑,
똑똑, 똑똑, 똑똑, 똑똑, 똑똑, 똑똑, 똑똑, 똑똑, 똑똑, 똑똑, 똑똑,
똑똑, 똑똑, 똑똑, 똑똑, 똑똑, 똑똑, 똑똑, 똑똑, 똑똑, 똑똑, 똑똑,
똑똑, 똑똑, 똑똑, 똑똑, 똑똑, 똑똑, 똑똑, 똑똑, 똑똑, 똑똑, 똑똑,
똑똑, 똑똑, 똑똑, 똑똑, 똑똑, 똑똑, 똑똑, 똑똑, 똑똑, 똑똑, 똑똑,
똑똑, 똑똑, 똑똑, 똑똑, 똑똑, 똑똑, 똑똑, 똑똑, 똑똑, 똑똑, 똑똑,
똑똑, 똑똑, 똑똑, 똑똑, 똑똑, 똑똑, 똑똑, 똑똑, 똑똑, 똑똑, 똑똑,
똑똑, 똑똑, 똑똑, 똑똑, 똑똑, 똑똑, 똑똑, 똑똑, 똑똑, 똑똑, 똑똑.

떠올리고 싶지 않아. 과거 따위, 죽어줘.

—전부, 전부, 전부 엉망이었다.

사계 신고식은 처음으로 대행자의 힘을 받은 자가 겨울의 대행자와 한 달간 함께 생활하는 행사다.

시조인 겨울과 밀월을 보내는 신들의 생활을 구현했다. 그렇게 함으로써 대행자로 인정받았다. 신참 대행자는 사계 신고식 후에 세계로 나갔다.

이 기간에 겨울의 마을이 습격받는 것은 수없이 상정되어 훈련도 했지만, 막상 일이 벌어지자 전부 무용지물이었다.

피난 경로는 적에게 파악되었고, 자동차도 쓸 수 없었다. 겨우겨우 도망친 곳은 농성할 곳도 없는 서낭숲이었다. 다른 경비원과 떨어져 대행자를 지키는 것은 아홉 살이었던 나와 이테쵸뿐.

울고 있는 히나기쿠 님의 손을 잡고서 이테쵸, 로우세이와 함께 도망쳤지만 바로 잡혔다.

—전부, 전부, 전부 엉망이었다.

엉망이었다. 엉망이었다, 엉망이었다, 엉망이었다, 전부 엉망이었다.

이테쵸가 히나기쿠 님을 감싸고 총을 몇 발이나 맞았다.

공방 끝에 로우세이가 얼음벽을 만들어 수호했지만, 불안정한 상황에서 만든 얼음은 약해서 금방 깨졌다. 어떻게든 히나기쿠 님을 지켜야 하는데.

—전부, 전부, 전부 엉망이었다.

자신에게는 초현실적인 힘 따위 없었다. 그런 힘이 있다면 좋았을 텐데.

있다면 모두를 지킬 수 있는데.

—전부, 전부, 전부 엉망이었다.

어쩌면 그분에게 그 생각이 전해진 걸지도 모른다.

『이테쵸 오라버니, 로우세이 님과 사쿠라를 부탁드려요.』

그분은 여섯 살이었다. 영리하고 총명한 아이였지만, 아직 여섯 살이었다.

『사쿠라, 괜찮아. 분명 살 수 있어…….』

이 사건이 어째서 일어났는지, 무엇을 주면 수습될지 알았던 걸지도 모른다. 하지만, 여섯 살이었다.

『로우세이 님…….』

봄의 대행자의 종자일 뿐인 나를 도구가 아니라 친구로 대해 주셨다.

『같이 놀아 주셔서 고마워요.』

보호받아야 할 존재였다. 지켜야 할 존재였다. 목숨을 내던져서라도 그랬어야 했다.

『얼음꽃을 주셔서 고마워요.』

그런데 전부, 전부, 전부.

『무척 친절하게 대해 주셔서 고마워요, 로우세이 님.』

그날은 전부 엉망이었다.

사쿠라는 어느새 끓어 넘치고 있는 냄비의 불을 황급히 껐다.

"히메다카 님과 겨울의 분들을…… 히나기쿠 님이 지키신 거군요."

"아, 네……."

"아직 봄 현현 능력이 안정되지 않은 유년기에, 심지어 머릿속이 혼란스러운 긴급 사태에 그걸 해내다니 대단하네요……. 어지간한 정신력 없이는……."

사쿠라는 고개를 끄덕여 동의했다.

"굉장한 분입니다. 그분이 그렇게 해주셨기에 저는 지금 살아있습니다. 생명의 은인이에요."

사쿠라는 과거의 광경을 떠올리듯 속삭였다.

"흩날리는 벚꽃 속에서 보이지 않게 되는 그분의 작은 등…… 그때의 광경을 평생 잊을 수 없습니다. 히나기쿠 님은 역적으로부터 저희를 지키기 위해, 그때 처음으로 봄을 현현했습니다. 원래는 마땅한 날에 의식을 치르고, 모두에게 축하받고, 앞으로 줄곧 계속될 봄이었는데……."

—지금도 떠올릴 수 있다.

"노랫소리와 함께 벚나무들이 순식간에 땅에서 자라 저희를 덮었어요……. 연분홍색 꽃잎과 가지가 시야를 가리는 가운데, 저는 울었어요. 필사적으로 가지를 헤쳤지만 소용없었죠. 말하는 소리가 들렸어요……. 아직…… 여섯 살인 여자아이가……."

—그 미치도록 아름답고.

"그쪽으로 갈 테니, 이제 다른 사람은 해치지 말라고 부탁하는 목소리가 들려서……."

—너무나도 절망적인 순간을.

"……그때의 소리를, 색을, 모든 것을…… 저는 잊을 수가 없습니다."

사건의 당사자인 사쿠라가 담담히 이야기하는 모습은 아야메의 동정심을 불러일으켰다.

그렇게 조금 거리를 두고 이야기하지 않으면 말하는 것조차 괴로울 것이다.

"힘드셨겠네요……."

"……."

사쿠라는 애매하게 웃을 뿐, 긍정도 부정도 하지 않았다.

아야메에게도 결코 남의 일이 아니었다. 10년 전에 습격받은 것이 히나기쿠와 로우세이였을 뿐, 여름의 대행자가 똑같은 일을 겪지 않으리라는 보장은 없었다.

"저기…… 질문이 하나 있는데……."

무슨 질문이냐고 묻는 사쿠라에게 아야메는 말했다.

"겨울의 마을을 습격한 역적은 어느 쪽이었나요?"

사쿠라는 아야메의 질문을 이해하지 못하고 고개를 갸웃했다.

"어느 쪽이냐니……."

"역적의 종류 말이에요. ……여름과 무관한 일이라고도 할 수 없기에 참고삼아……."

"종류…… 아아, 개혁파냐 근절파냐를 묻는 건가요."

아야메는 납득했다는 표정을 짓는 사쿠라에게 고개를 끄덕였다.

"네. 사계의 대행자에게 이념을 강요하고 해치는 자를 통틀어 『역적』이라고 부르지만 실제로는 둘로 나뉘어요. 사계에게 받은 이능을 사리사욕에 이용하려고 접근하는 자들…… 그런 이능이 있는데 왜 인간을 위해 안 쓰냐며 주로 국가나 사계청에 무력으로 호소하죠. 이게 흔히 말하는 『개혁파』인데…… 개중에는 사람들을 위해 이 계절은 필요 없다며 특정 계절을 거부하는 집단도 있어요. 이쪽이 『근절파』죠. 사건 후에 정부와 교섭했다면 개혁파일 것 같은데, 이렇게 이해해도 될까요?"

사쿠라는 조금 고민하듯 끙 소리를 냈다.

"……약간 사정이 복잡해서, 정부와 교섭한 건 개혁파 역적이에요. 하지만…… 겨울의 마을을 습격한 자들은 근절파였어요. 귀환하신 히나기쿠 님께 들어보니 내부에서 파벌싸움이 있었다고 해요. 아마 개혁파와 근절파가 공동으로 벌인 테러였겠죠. 도중에 공중분해 된 것 같지만……. 혈족이 사는 마을을 습격하는 것 자체가 역적들에게는 커다란 의미를 갖고, 근래 최대 규모의 테러였다는 건 변함없어요."

아야메는 그 말을 듣고, 다시 마음이 가라앉았다.

—그 테러가 일어나지 않았다면 히나기쿠 님이 인생을 10년이나 잃는 일은 없었을 텐데.

10년. 글자로 적으면 무게가 잘 느껴지지 않지만, 겪은 사람은 영원한 지옥 같았을 것이다.

두 사람이 말한 것처럼 역적이 내세우는 사상은 크게 두 종류로 나뉘었다.

개혁파는 사계의 대행자를 다루는 현재의 방식을 문제 삼아 국영기관 또는 야마토 정부에 호소하기 위해 활동한다. 근절파는 그저 특정 계절의 존재는 잘못됐다며 대행자를 사냥한다. 다음 대행자가 나타나면 또 노린다. 개혁파는 시대 변화와 함께 호소하는 내용도

달라졌으나, 근절파는 그렇지 않았다. 조상 대대로 전해져 내려온 원한이나 종교적 사상 때문이기에 바뀌지 않았다.

계절에 따라 좌우되는 생명은 확실히 있다. 그때, 마을에 병자가 있어서 겨울 현현을 거부했는데도 받아들여 주지 않아 가족이 죽었다. 그때, 여름 가뭄이 심하지 않았다면 살았을 생명이 있었다. 아득한 옛날부터 이어진 그런 원망이 전통처럼 계승되어 그들의 자손들이 계절을 사냥했다.

"농민이나 병자가 있는 마을은 특히나 겨울 현현을 거부하니까…… 겨울이 습격 장소로 선택된 거겠죠. 히나기쿠 님은 휘말려서 유괴당한 것이나 마찬가지예요……."

"그리고 히나기쿠 님은 긴 감금 생활 끝에…… 마음이 병들어 버린 거군요……. 그렇다면 요양이 필요했을 테고, 봄 현현을 거부할 만도 해요. 당장은 일할 수 없어요."

"그게 다가 아니에요……."

사쿠라는 열이 조금 빠진 냄비에서 죽을 퍼 그릇에 담으며 말했다.

뇌리에는 역겨운 고향의 모습이 떠올라 있었다.

"봄의 마을은, 히나기쿠 님이 유괴당하고 석 달 만에 수사에서 손을 뗐어요."

그 음성에는 명확하게 증오가 담겨 있었다.

"……네?"

곤혹스러워하는 아야메의 목소리가 울렸다. 단순히 말을 바로 이해할 수 없어서 당황한 것 같았다.

"하지만…… 하지만, 봄의 대행자님이 없으면 야마토의 봄이 돌아오지 않는데…… 부모라고도 할 수 있는 봄의 마을이 그렇게 조기에 수색을 중단하는 건 이상하잖아요……?"

사쿠라는 고개를 끄덕였다. 하지만 그 이후, 차갑게 부정했다.

"……네, 하지만 지금 있는 대행자가 죽으면 바로 새로운 대행자가 나타나잖아요."

말하면서 자신이 상처받았다. 사랑하는 주인이 그런 취급을 받은 것. 돕지 못한 것. 아무리 시간이 지나도 그 사실이 그녀를 상처입혔다.

예전에 자신이 당한 일을 떠올리듯 목소리는 냉랭해져 갔다.

"세상은 그렇게 만들어져 있어요."

노래하듯이 경쾌하게 말했지만.

"이 동화 같은 세계가, 사실은 체계적으로 이루어져 있어서 저는 이 세계가 싫어요."

목소리에 담긴 감정은 절대 영도.

"기능이 저하된 기계는 바로 대체품이 만들어져요. 그때 가장 적합하다고 여겨지는…… 젊고 피가 짙은 자에게 자연스레 양도돼요. 자동으로. 태곳적부터 사계의 대행자는 그렇게 만들어지고 있어요."

눈동자에는 엄청난 증오가 담겨 있었다.

"……."

아야메는 히메다카 사쿠라를 구성하는 것이 무엇인지 이때 마침내 알았다. 과보호라고도 할 수 있는 봄의 대행자를 대하는 그녀의 헌신은 분명 이 경험을 토대로 만들어진 것이다.

"데이터 이전이 끝나면 옛것은 폐기되죠. 제가 아는 겨울의 대행자는 예전에 자신들을 『가축』이라고 했어요. 언제든 대체될 수 있고, 자유는 없고, 사육되고 있을 뿐이라고. 처음 들었을 때 참 냉소적인 아이라고 생각했지만…… 정말로 그걸 실감하는 일이 있었기에 그렇게 말했다는 걸 깨달았어요. 겨울도 엄격한 마을이니까……. 아무튼 그래서…… 봄의 마을 상층부는 히나기쿠 님을 버린 거예요. 머지않아 죽을 거라고…… 죽으면 자신들의 혈족 중에서 이능이 발현되는 자가 『뽑히』니까. 혈족은 어디에 있든 관리되고 있으니 찾을 수 있어요. 그래서 거기에 걸었어요. 그게 더 편하니까."

"그런…… 그럴, 수가."

사쿠라가 지금 하는 말은 아야메의 얼굴을 창백하게 만들기 충분한 사실이었다.

동업자에게 이런 이야기를 들으면 생각하게 될 것이다.

『내가 똑같은 일을 당한다면?』

답을 알 수 없는 물음은 해결되지 않은 채 머릿속에 머물렀다.

"마을이 그런 결정을 내릴 리 없다고 생각하시나요? 여름은 안 그럴지도 모르죠. 하지만 봄은 그랬어요. 저도 기가 막혀서 마을에 기대하지 않기로 했어요. 혼자 찾는 게 낫다고 결정했죠. 결국…… 8년간 그분은 발견되지 않았고, 유괴당한 채 살았어요."

"그런……."

두 사람은 처음 봤을 때부터 마치 절친한 친구처럼 사이좋은 모습을 보여 줬다.

특히 히나기쿠를 향한 사쿠라의 열렬함은 강렬했다. 그녀가 주인을 잃고, 소속된 기관으로부터 배신당하여 얼마나 절망적인 세월을 보냈을지는 상상하기 어렵지 않았다.

"……."

아야메는 저도 모르게 손으로 입을 가리고 말았다. 죽에서 피어오르는 증기가, 지금 이 평화로운 일상이 왠지 매우 불확실하게 느껴지기 시작했다.

"히메다카 님은 어떻게 재회하게 되신 건가요……?"

"……저는 조금 나중에 재회하게 됐어요. 손쓸 수 없을 만큼 타인을 거부하던 히나기쿠 님의 이야기 상대로 삼으려고 마을에서 저를 불렀죠. 봄의 마을은 히나기쿠 님의 귀환을 한동안 숨기고서 종자도 새로운 사람으로 바꾸려고 한 것 같지만, 잘되지 않았어요. 그래서 히나기쿠 님을 배출한 카요 가문이 조치를 취해 제가 준비된 거예요."

"……손쓸 수 없을 만큼 타인을 거부했다고요……?"

"히나기쿠 님은 모든 사정을 알고 계셨어요. 자신이 석 달 만에 버려진 것, 다들 오랫동안 자신이 죽기를 기다렸다는 것을. 국가 치안 기구의 관계자가 묻는 대로 말한 거겠죠. 그 이후로 파업이 벌어졌어요. 봄을 현현하는 걸 거부하셨죠."

사쿠라의 뇌리에 뭘 하든 울며 타인을 거부하던 히나기쿠의 모습이 떠올랐다.

"자신이 버려졌다는 걸 알고 마음이 병드는 건 당연해요……."

"네……. 하지만 저는 어떻게 해서든 히나기쿠 님이 봄을 현현하시도록 만들어야 했어요. 봄을 현현하지 않는 봄의 대행자는 마을에 필요 없으니, 늘 살해당할 위험이 있으니까요. 저도 히나기쿠 님이 무리하시는 건 원치 않아요. 평범한 사람처럼 여생을 보내셨으면 했어요. 하지만 허락되지 않아요. 사계의 대행자는…… 본인들은 아니라고 하지만 역시 현인신이고, 세계의 톱니바퀴예요. 기능하지 않으면 마을 내 강경파에 의해 갈아 치워져요."

사쿠라는 히나기쿠가 그동안 어떤 상태였는지 조금만 이야기했다.

만든 요리는 던져 버리고, 자기 피부를 마구 긁어서 피투성이 상태로 욕실에서 나오고, 뭘 하든 날뛰었다고. 그리고 밤이 되면 낮의 모습과는 정반대로 조용히 울었다. 완전히 마음이 망가져 있었다고 이야기했다.

—그런 모습, 상상이 안 가.

아야메는 아무리 떠올려 보려고 해도 사쿠라가 말하는 『망가진』 봄의 대행자를 상상할 수 없었다.

가련히, 조용히, 종자의 곁에서 다정하게 미소 짓는 모습밖에 몰랐다.

"카요 가문과 관련 집안들이 옹호파가 되어 수호해줬지만 위태로운 균형이었어요. 히나기쿠 님께 당신의 안전이 위험해질 가능성을 몇 번이나 설명했지만, 히나기쿠 님은 납득하지 않으셨어요……. 히나기쿠 님과 마을의 요구 사이에 끼어서 어쩌지도 못하는 나날이 이어졌지만, 최종적으로 히나기쿠 님은 봄의 대행자로 복귀해 주셨어요. 그 시기를 둘이서 극복했기에 지금 저희의 유대가 있는 거예요."

"……."

아야메는 말문이 막힌 모습이었다. 잠시 후 나직이 중얼거렸다.

"왠지 저희가 바보 같다는 생각이 드네요……. 저희 자매는 두 분처럼 못 만나게 된 것도 아니고…… 결혼하면 떨어지게 되겠지만…… 연락은 할 수 있고…….”

“바보 같은 일은 아니에요.”

“아뇨, 바보 같아요. 더 힘들었던 분이 있는데 쓸쓸하다는 둥 슬프다는 둥…… 그런 말을 하는 건 바보예요…….”

그런 아야메에게 사쿠라는 아까와는 달리 부드러운 음성으로 말했다.

“아야메 님. 이건…… 지금 대행자의 파업을 겪고 있는 아야메 님이라서 드리는 말씀인데…….”

“네…….”

“대행자에게는, 종자가 필요해요. 받쳐주는 사람이 없으면, 대행자는 무너져 버려요.”

“…….”

“그야 누구나 그렇긴 하지만…… 사계의 대행자는 그게 현저한 분들이라고 저는 생각해요. 어떤 계절이든 내면은 매우 섬세하며, 자신을 지탱해주는 자에게 집착하고, 집착하기에 목숨 던져 지키려고까지 해요.”

“……해당하는 부분이 많네요…….”

“그분들은 마음으로 계절을 현현해요. 그래서 마음이 무너지면 계절도 무너져요. 겨울이 좋은 예잖아요. 히나기쿠 님이 사라진 후, 야마토의 겨울은 지독해졌어요. 봄의 상실을 메꾸듯 길고 혹독한 겨울이 이어져서 남국인 류구조차 눈밭으로 만들었어요. 자기 때문에 눈앞에서 봄이 사라진 죄는…… 무거우니까…….”

"……."

아야메는 어쩌면 좋을지 모르겠다는 얼굴로 말했다.

"……저를…… 꾸짖고 싶으신 건가요……?"

사쿠라는 고개를 가로저었다.

"아니요. 알아주셨으면 하는 거예요."

"……알아줬으면 한다고요?"

"네. 아야메 님은 여름의 대행자님이 그저 떼를 쓰고 있다는 것처럼 말씀하시지만, 그렇지 않아요. 정말로 아야메 님이 버팀목인 거예요. 그래서 괴로운 거예요. 좋아하는 남자가 따로 있어도 지금까지 지탱해 준 사람은 아야메 님이고, 그런 아야메 님이 사라지면 버틸 수 없어서 마음이 무너져 있는 거예요. 그 고통을 투정이라고 인식하면, 분명 아무리 시간이 지나도 해결되지 않아요."

"……."

마치 자기 일처럼 대행자에 관해 말하는 봄의 종자에게 뭔가 느끼는 바가 있었는지, 눈앞의 여성은 한동안 침묵한 후에 고개를 끄덕였다.

"……히메다카 님, 고맙습니다."

그리고 부드럽게 미소 지었다.

"히메다카 님 같은 분이…… 대행자를 이해해주는 사람이 있다고 생각하니 마음이 조금 편해졌어요."

사쿠라는 묘한 말에 고개를 갸웃했다.

"……그렇습니까? 조금 설교 같아진 것 같은데……."

"그렇지 않아요."

"아야메 님은 여름의 종자로서 고민이 있을 텐데…… 봄의 종자인 제가 할 말은 아니었을지도 모르겠습니다."

"아뇨, 필요한 말이었어요. ……아마 줄곧 그 말을 듣고 싶었던 것 같아요."

아야메는 사쿠라 쪽으로 손을 내밀더니 어째선지 그녀의 옷자락을 살짝 잡았다.

사쿠라는 그때 처음으로 아야메의 얼굴을 빤히 바라보았다.

안경을 쓴 청초한 미인. 비유하자면 달과 같은 사람. 그런 첫인상을 가지고 있었지만, 지금은 조금 달랐다. 안경 안쪽에 있는 눈은 투명한 황갈색. 피부는 창백하지만 반짝거려서 밝은 인상이었다.

"설령 이제 바꿀 수 있는 건 아무것도 없어도……."

사쿠라를 바라보는 아야메는 햇빛을 휘감고 있었다.

어째서 처음에 달 같다고 생각한 걸까.

눈앞의 아가씨는 이렇게나 화사하고 빛나는 웃음을 짓고 있는데.

"계속 좋아하게 해줬으면 싶었어요……. 정말 좋아하니까."

"……저기."

"히메다카 님?"

"아, 아뇨…… 아무것도 아닙니다."

사쿠라는 지금 느낀 위화감을 말하지 않고 애매하게 말을 흐렸다.

이야기를 끝냈을 즈음에 죽은 조금 식어 있었지만, 히나기쿠가 먹기에는 좋은 온도였다.

그날 오후 아홉 시경.

점심때 죽을 먹고 나서 혼자 누워있던 히나기쿠는 밤중에 번쩍 눈을 떴다.

"……."

이마를 만져봤다. 열은 많이 내린 것 같았다. 커튼이 쳐져 있지만, 그렇다고 해도 방 안이 어두웠다. 얼마나 오래 잔 건가 싶어서 시계를 찾았으나 보이지 않았다. 밖에서 이슬비 내리는 소리가 들렸다.

—사쿠라한테, 열, 내렸다고, 말해야 해.

나른한 몸을 일으켜 방을 나가려고 했다. 그러자 마침 그때, 어딘가에서 쾅 하고 커다란 소리가 났다. 히나기쿠는 처음에 뭔가가 폭발한 건가 싶었다. 그만큼 큰 소리였다.

"히나기쿠 님!"

"루리!"

동시에 1층 거실에서 날카로운 여성의 목소리가 울렸다. 사쿠라와 아야메가 객실로 올라오는 계단을 뛰어 올라왔다. 각 주인의 방은 같은 층에 있지만, 복도의 끝과 끝이었다.

"아야메 님! 저는 히나기쿠 님을 지키겠습니다!"

"네! 저도 루리를 경호하겠어요!"

두 사람은 위층 복도에서 헤어져 자신의 주인 곁으로 달려갔다. 사쿠라가 문을 부술 기세로 열자 히나기쿠가 쏜살같이 사쿠라 곁으로 달려왔다.

"사쿠, 라."

히나기쿠의 목소리는 불안으로 떨리고 있었다. 사쿠라는 주인을 타이르며 진정시켰다.

"괜찮습니다. 사쿠라가 있습니다."

"응."

"굉장한 소리가 났어요. 지진인지, 폭발인지……."

"불꽃, 놀이, 는, 아니겠지……?"

"그런 행사가 있다는 얘기는 못 들었습니다. 그리고 평범한 불꽃놀이라면 아야메 님도 루리 님을 보호하러 가지 않으셨겠죠."

비상시에 어떻게 움직여야 하는지는 수없이 연습했다. 히나기쿠는 사쿠라 뒤에 숨었다. 사쿠라는 잘했다는 듯 고개를 끄덕였고, 허리에 찬 칼을 잡고 만일에 대비해 뽑을 준비를 했다.

"역적이 습격했을 가능성도 있지만……."

거기까지 말했을 때, 갑자기 시야가 암전했다.

여름 별궁의 다양한 곳에서 비명이 터져 나왔다. 아무래도 이 건물 자체가 정전된 것 같았다. 새와 개, 고양이가 우는 소리와 계단을 뛰어오르는 소리가 들렸다. 한밤중에 정글에라도 들어온 것 같은 심정이었다. 어둠 속에서 아우, 아우, 하고 늑대처럼 우는 개의 하울링이 들렸다. 동물들은 여름의 대행자의 권속이다. 주인의 안부를 확인하러 갔을지도 모른다.

"사, 쿠, 라!"

어둠 속의 하울링때문에 불안감이 점점 커져서 히나기쿠가 사쿠라의 등에 달라붙었다.

사쿠라는 말보다 먼저 손을 뒤로 보내서 히나기쿠의 손을 잡았다.

"괜찮습니다. 히나기쿠 님…… 반드시 지키겠습니다."

"으, 응……."

한 번 손을 쥐었다가 다시 바로 놨다. 사쿠라는 주위를 둘러보았다.

창밖을 보니 야간에 상시로 켜져 있어야 할 가로등도 꺼진 상태였다. 여름 별궁은 다른 별장들과 떨어져 있기에 큰길로 나갈 때까지 일정한 간격으로 가로등이 설치되어 있었다. 그게 꺼져 있는 것을 보면 저택의 전력뿐만 아니라 이 주변 지대가 전부 정전됐을 가능성이 있었다.

상의 주머니에서 휴대전화를 꺼내 전파를 확인했으나 통화권 이탈 표시가 떠 있었다.

"……조금 전의 땅울림…… 자연적인 현상이라고 생각하십니까?"

"신통력, 치유하는, 영맥, 은…… 평소랑, 똑같, 아. 아닐, 거야……. 지진, 이라면, 아무리, 가느다란, 영맥, 이어도, 술렁거려. 이렇게, 확실, 한, 곳에서, 안 그러는, 거, 이상해……."

"그렇군요……."

—이분이 그렇게 말씀하신다면 인위적인 재해일 가능성이 커.

"알겠습니다. 경계 수준을 높이겠습니다."

"……응."

일단 같이 뛰쳐나온 아야메를 찾으려고 두 사람을 복도로 나갔다. 그러자 복도 안쪽에서 뭔가가 꿈틀거리는 기척이 느껴졌다. 여름의 대행자의 방과는 반대쪽에서.

—짐승인가?

여름 별궁은 작은 동물들이 마음대로 돌아다녔다.

처음에는 동물인가 싶었지만, 숨소리가 들려서 그것이 『인간』임을 알았다.

그것도 남자의 숨소리임을.

"전원 요격 태세! 역적이 나타났다!!"

사쿠라는 고함을 질렀다. 여름 별궁의 다른 사람들에게 알리기 위해서였다. 사쿠라가 외친 후, 곧장 복도의 다른 쪽에서 비명과 총성이 들렸다. 침입자들이 이제 숨어 있기를 그만두고 공격을 개시한 것이다. 꿈틀거리던 그림자가 돌진해 왔다. 아직 사쿠라는 어둠에 눈이 익지 않았기에 상대가 어떤 무기를 들고 있는지도 알 수 없었다.

"개자식이!"

하지만 히나기쿠를 반드시 지켜야 했다.

사쿠라는 다가오는 그림자와의 거리를 어떻게든 판단하여 우선 칼집을 휘두르고 발차기를 날렸다. 운 좋게 상대의 몸에 맞았고, 한 번 맞히니까 거리가 파악되었다.

—단단해. 무장하고 있어.

움츠러들지 않고 발차기와 칼집 공격을 번갈아 가했다. 칼집에 날붙이가 부딪치는 소리가 났다. 남자는 정확하게 단검으로 사쿠라의 공격을 받아넘기고 있었다. 매우 깔끔하게 피하는 걸 보면 암시 장치를 장비했을 가능성이 컸다. 키와 체중은 명백하게 상대가 위다. 여러 번 발차기를 날렸지만, 공격을 저지할 뿐 대미지가 축적되지는 않았다. 머지않아 사쿠라의 공격에 익숙해질 것이다. 그러면 열세에 몰릴 것이 눈에 보였다.

—머리를 노릴 수밖에 없어.

사쿠라는 상대를 재기 불능으로 만들기 위해 몸을 비틀어 안면에 발차기를 날렸지만, 적은 기다렸다는 듯 다리를 잡았다. 한쪽 다리가 고정되어 균형이 무너졌다. 뼈가 압박되는 소리가 들렸다. 악력에 뼈가 부러질 것 같았다. 분명 잠시 후에는 다리를 찔릴 것이다.

—질 것 같아?!

아픔에 신음하면서도, 상대가 다리를 고정한 것을 이용하여 반대쪽 다리에 혼신의 힘을 담아 안면을 걷어찼다. 사쿠라의 곡예 같은 움직임에 적의 힘도 약해졌다. 다리가 풀려나며 몸은 내던져지듯 바닥에 떨어졌지만 칼은 쥐고 있었다. 지금까지는 일부러 칼집에서 칼을 뽑지 않았다.

이건 흉기다. 휘두르면 누군가의 수명을 줄이게 된다. 아무리 사계의 대행자의 호위관이어도 타인의 목숨을 쉽게 뺏을 수는 없었다. 마구잡이로 뽑는 것은 금지되어 있었다.

—죽여.

하지만 이제 그런 말을 할 때가 아니었다. 적이 어디 소속이든, 무엇이든, 사쿠라의 뒤에는 히나기쿠가 있다.

—죽여.

사쿠라를 믿고서 봄을 피우는 여행에 나서 준 히나기쿠가 있다. 수상한 자를 한 발짝도 접근시켜서는 안 된다.

—죽기 전에 죽여!

바닥에 떨어진 충격으로 칼집이 벗겨져서 도신이 보였다. 벚꽃 같은 칼날 무늬와 빛깔을 가진 도신은 마치 각오를 다지라는 것처럼 어둠 속에서 사쿠라를 유혹하고 있었다.

—죽여!

사쿠라는 반쯤 자동으로 칼을 휘둘렀다.

"아, 아아, 아아아아아아!"

—벴다!

확실하게 살을 벤 감촉이 칼을 통해 전해졌다. 남자의 비명은 고막을 찢을 듯한 음량이었다. 칼은 다리를 절단하지 않고 박히는 데 그쳤고, 칼을 뽑으니 또 비명이 터져 나왔다. 뜨뜻미지근한 피가 손과 얼굴에 튀었지만 그 온도는 금세 식었다.

"……죽기 싫으면 오지 마!"

사쿠라는 누군가의 생명이 빠져나가는 것을 느끼며 소리질렀다.

진심으로 나온 말이었다.

"……죽기 싫으면, 오지 마……!"

이후 제압하는 건 그렇게 어렵지 않았다.

나자빠져 다리를 부여잡은 남자의 이마를 칼자루로 쳐서 기절시켰다.

"……하아……하아……."

거친 숨을 내쉬며 상대가 완전히 침묵한 것을 확인하고, 사쿠라는 얼굴에 튄 피를 닦는 것도 잊고서 돌아보았다.

"히나기쿠 님! 무사하십니까!"

"……사쿠라!"

히나기쿠가 종자의 이름을 부르며 달려왔다. 그러자 다른 이의 발소리도 났다.

사쿠라는 땀 때문에 미끄러지는 칼을 고쳐 잡았지만, 소리의 주인은 도중에 발을 멈췄다.

"여름 별궁을 관리하는 여름의 마을의 아오야마입니다!"

이름을 밝히는 여성의 목소리를 듣고 공격하려던 것을 멈췄다.

처음 방문했을 때 관리자의 이름과 얼굴, 목소리를 기억해 둔 사쿠라는 혼란스러운 머리로 담당자의 모습을 떠올렸다.

"봄의 대행자님! 무사하십니까!"

아무래도 안부를 확인하러 온 것 같았다. 어두워서 잘 보이지 않았던 눈도 많이 익어서 누가 누구인지 판별할 수 있었다.

"역적 한 명을 기절시켰지만 더 있을지도 몰라!"

"1층에 적은 없습니다! 바깥은 교전 중인 것 같습니다! 일단 두 분을 지키겠습니다. 포박하셨습니까?"

"아직!"

"제가 그리로 가겠습니다! 총을 휴대하고 있지만 손을 들고 접근하겠습니다. 역적의 내통자가 아님을 확인해 주세요. 아시겠죠?"

여름 별궁의 관리자는 휴대전화의 불빛으로 바닥을 비추며 다가왔다. 그제야 사쿠라는 자신들 외에 가장 습격받을 만한 상대의 안부를 확인하지 않았음을 깨달았다. 싸우는 중에는 눈치채지 못했지만 개들이 루리의 방 쪽에서 짖고 있었다.

"아야메 님! 루리 님! 무사하십니까?!"

사쿠라는 그 자리에 머물면서 방이 있는 곳을 향해 외쳤다. 대답은 바로 돌아왔다.

"아야메입니다! 둘 다 무사합니다! 원호하지 못해 죄송합니다! 방에 역적이 한 명 나타났지만 처리했습니다!"

보이지는 않지만 무사한 것 같은 아야메의 목소리를 듣고 사쿠라는 안도했다.

“다행이다. 동물들이 달려갔기에 도와줄 것 같긴 했지만…….”

“도움이 되나? 작은 소형견밖에 없었을 텐데…….”

“루리 님께서 명령하시면 새도, 강아지도, 새끼 고양이도, 벌레조차 성인을 물어 죽이는 힘을 가집니다. 여름의 대행자의 능력은『생명 사역』…… 저분의 권속이 되기만 해도 생명체는 큰 힘을 받습니다.”

소형견이 흉악한 짐승이 되는 모습을 상상하고 사쿠라는 조금 오싹해졌다.

그래서 이렇게 많은 동물을 키우는 게 허락되는 것이다.

“그렇군. 걱정할 필요는 없을 것 같지만…… 이쪽은 됐어. 다리를 벴으니 어차피 못 움직여. 여름의 대행자님의 방을 보러 가.”

“알겠습니다.”

사쿠라는 주위를 둘러보았다. 거실 쪽은 안전을 확인 중인지 휴대전화를 든 자들이 분주하게 돌아다니고 있었다. 전부 여름 별궁 사람들이었다. 잠시 후 현관문이 열리는 소리가 났지만 아까 그 사람처럼 신원을 밝혔다. 밖에서 감시하던 사계청의 봄 직원이었다.

1층에 있던 자들이 즉각 포위하여 신분을 확인하기 시작했다. 사쿠라는 그 동향을 주의 깊게 바라보았다.

“사쿠, 라.”

“…….”

“사쿠, 라!”

두 번 이름을 불리고서, 사쿠라는 퍼뜩 정신을 차렸다.

“아, 네.”

"……사쿠라."

히나기쿠의 목소리에는 불안이 담겨 있었다.

"히나기쿠 님, 괜찮습니다."

"아냐, 사쿠라, 피……."

그 말을 듣고 사쿠라는 자신의 이마와 턱에서 피가 떨어지고 있음을 깨달았다.

"아아, 아마 역적의 피일……."

거기까지 말했을 때, 히나기쿠가 다짜고짜 기모노 소매로 피를 닦았다.

"히나기쿠 님."

『그거 100만짜리 옷입니다』라고 주의를 주고 싶었지만, 주인의 떨리는 손길을 느끼고 그 말을 할 수 없었다.

주인이 자신을 걱정해서 하는 일을 타박하고 싶지 않았다. 무엇보다 지금 가장 무서운 사람은 이 아가씨다. 마음을 더 떨리게 만들고 싶지 않았다.

"……안, 다쳤어?"

"아마 괜찮을 겁니다. 지금 아드레날린이 분비되고 있어서 잘 모르겠습니다."

"아드, 아드나렐, 린?"

"흥분 물질이라고 할까요. 이게 분비되면 다쳐도 별로 안 아프다고 할까. 아, 안 되겠네요. 지금 정말로 흥분해서 말이 제대로 안 나옵니다."

"사, 사쿠, 라."

히나기쿠는 사쿠라에게 매달리듯 안겼다. 그리고 쥐어짠 듯한 목소리로 말했다.

"다치, 면, 안 돼……."

사쿠라는 그 말에 가슴이 꽉 죄어들었다. 칼을 들지 않은 쪽 손으로 등을 살며시 안았다.

"괜찮습니다. 히나기쿠 님."

히나기쿠는 고개를 저었다. 그런 걸 말하는 게 아니라고 호소했다.

"괜찮, 아도, 싫어. 다치지, 마. 사쿠라, 떨고, 있어."

지금 자신이 처한 상황보다도 사쿠라의 목숨이 위험한 것이 히나기쿠는 훨씬 더 무서운 것 같았다. 그 마음이 전해져서 사쿠라는 살짝 웃었다. 억지로 웃었다.

"네, 떨고 있습니다. 하지만 히나기쿠 님, 보셨지요? 사쿠라는 10년 전과 다릅니다. ……히나기쿠 님과 떨어져 있는 동안, 다양한 이에게 가르침을 청했습니다. 재회하면 이번에야말로 지킬 수 있도록 단련을 했습니다. 지독한 생활이었지만, 지금은 도움이 되고 있습니다."

"……응…… 하지, 만."

그래도 안 된다고 주장하는 히나기쿠에게 사쿠라는 조금 강경한 목소리로 말했다.

"여자니까, 친구……니까 안 된다는 말씀은 하지 말아 주세요."

주인의 다정함은 사쿠라가 살아가는 원동력이다. 하지만 지금은 그걸 봉인해줬으면 했다.

"잘 싸웠다고 칭찬해 주시면, 사쿠라의 노력은 보답받습니다."

사쿠라는 히나기쿠를 위해 사는『칼』이며 호위관이다.

10년 전에 돕지 못했던 주인을 마침내 지킬 수 있는 상황 속에 있었다.

다른 누구에게도 이 역할을 넘기고 싶지 않았다.

이 신에게 바칠 수 있는 것이 있다면 뭐든 바치겠다. 그것이 자신의 청춘이나 목숨이어도, 사쿠라는 상관없었다.

“히나기쿠 님…… 지켜달라고 말해 주세요.”

주인을 지키는 것이야말로 호위관의 숙원.

“전투는 더 이어질지도 모릅니다. 사쿠라에게 노력할 힘을 주세요.”

지키지 못하고서 무엇을 하겠는가. 그게 히메다카 사쿠라의 긍지였다.

“…….”

히나기쿠는 그 말을 듣고 입을 다물었다.

말하지 않아도『사실은 그러지 않았으면 좋겠다』,『칭찬하면 무리하는 것 아닐까』라는 걱정이 느껴졌다.

“사쿠, 라…….”

하지만, 히나기쿠는 자신만을 생각해 주는 이 호위관이.

자신을 위해서만 사는『생명』이 바라는 것을, 주인으로서 이 자리에서 줘야 한다고 생각을 고쳤다. 그래서 상을 줬다.

“……고마, 워. 굉장, 해. 사쿠라…… 히나기쿠를, 지켜줘…….”

떨면서도, 말했다.

사실은 소중한 친구에게 자신만 지키라고 말하고 싶지 않은데.

그렇게 말하고, 히나기쿠의 눈에서 눈물이 뚝 떨어졌다.

"성은이 망극합니다."

사쿠라는 오열하는 히나기쿠를 한층 더 세게 끌어안았다.

그러는 동안 밖에서 감시하던 사계청의 봄 직원이 손전등을 들고 저택에 들어왔다. 면식이 있는 자였기에 아까만큼 경계하지는 않았고, 사쿠라는 쓰러져 있는 남자를 구속하라고 지시했다.

"히메다카 님, 일단 말씀드리고 싶은 일이 있습니다."

사계청 직원이 작은 목소리로 말했다.

"밖에서 일부를 놓쳤습니다. 죄송합니다. 처리하지 못한 자들이 저택에 침입하여 이런 결과가 되었습니다……."

"……지나간 일을 말해봤자 소용없어. 사상자는?"

"저희 쪽에서는 나오지 않았습니다. 저희와 겨울의 마을 측 경호원이 대응해서 처리를 마쳤습니다."

그때까지 사쿠라에게 붙어서 고개를 숙이고 있었던 히나기쿠가 겨울이란 말을 듣고 얼굴을 들었다.

"……겨울이, 왜……."

사쿠라도 놀란 목소리를 냈다.

—이테쵸.

예전에 뒤쫓았던 넓은 등이 뇌리에 떠올랐다. 가슴이 따끔거렸다.

"저희도 그들이 있는 건 처음 알았습니다. 아무래도 겨울의 주종…… 칸츠바키 로우세이 님과 칸게츠 이테쵸 님의 요청으로 두 분의 동향을 지켜보고 있었던 것 같습니다. 신분 확인은 끝냈습니다."

사쿠라는 누가 그들을 보냈을지 쉽게 상상이 갔다. 자신들 때문에 유괴당한 봄의 대행자를 몰래 지키고 싶었을 것이다. 그걸 위해 겨울 주종의 경호 인원을 줄여서 봄 현현 여행을 감시시킨 것이다.

"……칫."

—나 혼자만으로는 부족하다는 건가? 아니면 속죄하고 싶은 건가?

다양한 감정이 밀려들었지만 사쿠라는 그 감정들을 꿀꺽 삼켰다. 걱정하던 사태가 발생했다. 도와준다고 하니 이용하는 편이 낫다.

"……알겠어. 쓸 수 있는 건 쓰지. 겨울의 마을 측은 이대로 우리와 여름을 경호하게 해."

"알겠습니다."

"가능하면 뉴스 정보를 알고 싶어. 전화는?"

"전파가 잡히지 않습니다. 다른 사람의 단말도 안 되더군요. 전기 관련 것들이 완전히 먹통입니다. 히메다카 님, 히나기쿠 님과 함께 거실로 가 주십시오. 피난 경로를 확보하고 있습니다. 안전이 확인될 때까지 넓은 곳에 모두 모여 있기로 하죠."

사쿠라는 고개를 끄덕이고서 히나기쿠를 데리고 거실로 갔다.

불안한 마음을 알아차린 것인지 토끼와 새끼 고양이, 강아지가 모여들었다. 히나기쿠가 한 마리씩 정성스레 쓰다듬는 모습을 보고 사쿠라의 마음은 조금 진정되었지만, 여전히 긴장은 풀리지 않았다.

잠시 후, 아야메가 캠핑 랜턴을 한 손에 들고 2층에서 내려왔다.

미인이기에, 그 모습은 마치 귀신 같았다.

"……."

거실에 모인 사람들을 둘러보며 주위를 확인하고 있었다.

어둠 속에서 나타난 칠흑 같은 머리를 가진 이는 눈이 마주치면 바로 새침하게 시선을 돌렸다. 불빛을 받은 얼굴은 어딘가 토라진 것처럼 보였다.

아무 말 없이 사람들만 관찰하는 그녀의 발치로 기다렸다는 듯 동물들이 모여들었다.

"……."

말없이 동물들을 거느린 그 모습 때문일까. 사쿠라는 평소와는 뭔가 다른 초연한 모습에 위화감을 느꼈다. 그 위화감을 말로 꺼내기 전, 답이 먼저 모습을 드러냈다.

아야메라고 생각했던 인물 뒤에서 똑같이 생겼지만 복장만 다른 아가씨가 나타났기 때문이다.

히나기쿠와 사쿠라는 숨을 삼켰다.

"루리, 먼저 가지 말라고 했잖아."

"……아야메는 시끄러워."

안경을 쓴 청초한 미인이 두 명이, 서로 이야기하는 모습은 보는 이를 혼란에 빠뜨렸다.

"여름의, 대행자, 님……?"

히나기쿠의 말을 듣고 사쿠라도 겨우 납득했다.

아야메는 『동생』이라고만 했는데 이쪽이 멋대로 착각했던 것이다.

확실히 이것도 동생이리라.

원피스를 입은 쪽의 쌍둥이 『아야메』가 입을 열었다.

"새들이 말하고 있어. 큰 폭발이 있었대."

여름의 신이 예언하듯 나직이 중얼거렸다.

잠시 후, 여름 별궁의 관리자가 가져온 비상용 라디오로 바깥의 정보를 확인할 수 있었다. 떨어진 곳에 있는 발전소에서 폭발이 일어난 것 같았다. 폭발의 원인은 확실하지 않지만 부상자도 나왔다고 했다. 발전소 기능이 손상된 것은 일부라고 했으나 주변 일대는 캄캄한 어둠에 휩싸여 있었다. 당분간은 전력이 복구되지 않을 것이다.

"신호기도 꺼진 것 같습니다. 여기서 나갈지, 아침까지 농성할지…… 판단해야겠죠."

사쿠라의 말에 아야메는 고개를 끄덕이고 루리에게 말했다.

"루리, 주위 상황이 어떤지 알 수 있을까?"

"……."

하지만 루리는 고개를 팽 돌렸다.

"루리……! 이럴 때 정도는 삐지지 말고 대답해!"

기본적으로 온화한 아야메가 삽시간에 얼굴을 분노로 물들였다.

"삐진 거 아니야……!"

"삐졌잖아! 석 달간 줄곧!"

"그치만……!"

루리는 어깨를 부들거리며 쥐어짠 듯한 목소리로 말했다.

"……말 안 해줬잖아……."

"뭐……?"

반문한 것이 더욱 신경을 건드렸는지 루리는 울상이 되어 소리쳤다.

"남자친구 있다는 거 말 안 해줬잖아!"

루리는 마치 이 세상의 슬픔을 전부 떠안은 것처럼 격렬한 몸짓을 섞어가며 호소했다.

"……."

그 자리에 있던 자들은 모두 당황했다.

갑작스러운 정전, 노린 것 같은 역적의 습격. 긴박한 상황이었다.

그럴 때 한다는 말이 『남자친구 있다는 거 말 안 해줬잖아!』였다.

"……그거, 지금 할 말인가요?"

사쿠라가 지적하자 아야메는 창피한 나머지 양손으로 얼굴을 덮었다.

루리는 여전히 분개한 모습으로 말했다.

"나한테는 커다란 문제야! 갑자기 결혼한다고 하면 화내는 게 당연하잖아!"

"……루리!"

"언니는 내 종자야! 그보다 남자친구랑 언제 만난 거야? 왜 숨긴 거야! 쌍둥이인데 비밀 같은 거 없어야지! 나는 줄곧 보고했는데!"

"……너한테 가르쳐주면 방해할 게 뻔하니까 그렇지! 그보다 그만해. 지금은 그런 말을 할 때가 아니니까!"

"그럼 언제 하면 되는데!"

"지금 말고 나중에!"

자매 싸움이 격화돼서 사쿠라의 시선이 갈 곳을 잃었다. 히나기쿠는 어떻게든 상황을 수습하고 싶었는지 양팔을 펼치고 두 사람 사이에 섰다.

"싸우면, 안 돼, 요. 모두, 친하게, 지내요."

—히나기쿠 님, 역시 대단하십니다.

사쿠라는 주인의 행동에 감동했다.

자신보다 어린 봄의 신이 달래자 루리는 마침내 부끄러워하는 모습을 보였다.

"……죄송합니다. 부끄럽네요……. 루리, 지금 우리는 봄의 대행자님을 맡고 있어! 너의 이능이 도움이 되는 순간이니까 지금 상황이 어떤지 정도는 파악하게 해줘! 안 그러면 지킬 수 없어!"

아야메가 어깨를 찰싹 때리자 루리는 팔짱을 끼고서 못마땅한 모습으로 말했다.

"……다른 역적이 당장 습격해 올 것 같지는 않아. ……하지만 반경 100m 이내에 한 시간 전부터 정차 중인 차가 있는 모양이니까 경계하는 편이 좋겠어. 이 근처에 사는 새가 가르쳐줬어. 그리고 지금은 도로도 자동차 사고가 잇따라 일어나고 있어서 안 나가는 편이 좋대."

"알 수, 있는, 건가요……?"

히나기쿠가 놀란 모습으로 묻자 루리는 손을 조금 높이 들었다. 그 동작만으로 거실을 날아다니던 새들을 전부 주위로 불러들였다.

"다들 말하고 있고, 가르쳐줘. 친구니까."

그렇게 말하는 루리의 몸에서는 여름의 신록 냄새가 났다.

"정차 중이었던 차는 접근하자 달아났습니다. 다른 외부 침입자가 있으면 대응할 테니 여러분은 아무쪼록 안에서 쉬시기 바랍니다."

"……잘 부탁하지."

사쿠라는 현관에서 사계청의 봄 직원과 이야기한 뒤, 문을 닫고 잠갔다.

—결국 혼자서는 무리인가.

조금 한숨이 나왔다. 「자신 혼자 주인을 지킬 수 있다면 좋을 텐데」라는 생각을 하고 말았다.

여름 별궁에 체재하는 자들은 밖으로 피난하지 않고 대기하기로 했다. 대규모 정전이 일어난 데다가 교통사고가 다발 중인 밤중에 차로 이동하는 것도 위험하다는 의견이 나왔기 때문이다.

국가 치안 기구의 지원도 있어서, 별궁 일대는 급히 달려온 국가 치안 기구원이 지키고 있었다. 움직이더라도 어둠 속에서 습격받을 걱정이 없는 아침에나 움직일 것이다. 다행히 침입자를 경계하는 것 외에 곤란한 점은 전등과 난방이 없다는 것 정도였다. 당장 생명이 위험한 상황은 아니라는 것이 다행이라면 다행이었다.

"다용도실에 양초와 랜턴이 아직 있을 거예요. 가져오죠."

"야식을 만들까요. 밥을 지어둬서 다행이에요……."

"히메다카 님에게 젖은 수건을 드리세요. 적어도 얼굴은 닦으셔야죠."

아야메는 여름 별궁에서 일하는 자들과 함께 바쁘게 움직였다. 손님인 히나기쿠와 사쿠라가 할 수 있는 일은 거실에서 동물들과 가만히 있는 것 정도밖에 없었다. 돕겠다고 했지만, 할 수 있는 일은 한정적이었다. 잘 모르는 사람이 움직이는 것도 좋지 않을 듯해서 얌전히 따르고 있었다.

"……."

사쿠라는 마찬가지로 가만히 있는 아가씨를 훔쳐보았다.

—주방에서 만난 사람은 확실히 이쪽이었어.

혼란스러운 머리를 정리했다. 히나기쿠와 사쿠라를 데리러 역까지 와줬던 사람은 정장 차림의 청초한 미인인 아야메였다. 하지만 주방에서 대화한 건 원피스를 입은 아야메였다.

"루리 님."

사쿠라가 부르자 루리가 고개를 번쩍 들었다.

"네, 히메다카 님! 무슨 일인가요?"

사쿠라는 씩씩하게 대답해준 그녀를 몇 초 만에 파악했다. 비단실 같은 긴 흑발과 안경을 쓴 점은 아야메와 같았다. 하지만 그 외에는 모든 것이 달랐다. 날씬한 몸을 감싼 것은 아가씨 분위기를 풍기는 A라인 원피스. 순백색 천의 레이스와 작은 꽃, 연두색 리본이 달린 여름의 대행자다운 복장이었다. 머리는 부분적으로 묶었고, 사랑스러운 머리핀으로 장식했다. 여름의 대행자의 자질인지 이렇게 입고도 추워하지 않았다. 아야메가 입으라고 준 카디건은 결국 입지 않고 어깨에 걸치고 있었다.

—틀림없어. 딱 봐도『태양』같은 이 느낌은.

말을 걸어 준 것이 기쁜지 루리는 미소 짓고 있었다. 사쿠라는 그런 그녀에게 말했다.

"……주방에서 뵀을 때는 아야메 님인 척하셨던 거죠……?"

"……."

"그렇죠?"

빤히 바라보자 루리의 미소는 순식간에 시들었다.

"미안. 속일 생각은 없었는데, 봄의 종자는 어떤 사람인지 알고 싶어서……."

이때까지 꾸며서 보여줬던 부분은 이 순간 전부 벗겨졌다고 할 수 있었다.

지금 눈앞에 있는, 토라진 것처럼 입을 삐죽 내밀고 있는 이가 바로 여름의 대행자, 하자쿠라 루리인 것이다.

"변장……은 아니네요. 아야메 님 흉내를 내신 건가요?"

루리는 별일 아니라는 것처럼 고개를 끄덕였다.

"아야메 흉내는 특기야. 밖에 혼자 나가고 싶을 때 자주 해. 숙련된 기술이지."

"그거, 숙련되면 안 되는 기술이잖아요."

사쿠라가 지적하자 루리는 헤헤헤 웃었다. 아무래도 상당히 숙련된 배우인 것 같았다.

"그렇게라도 안 하면 오락 같은 건 즐길 수 없는걸. 대행자는 뭘 하든 감시가 붙어. 하지만 꽃다운 나이고, 쇼핑 같은 것도 하고 싶잖아……."

동정할 부분도 있지만, 사쿠라는 자기 주인도 아닌데 머리가 아파졌다.

—내 주인이 히나기쿠 님이라 다행이야.

아야메의 고생이 엿보였다.

"무슨…… 얘기, 예요?"

사쿠라 뒤에서 히나기쿠가 쭈뼛쭈뼛 말했다.

"아야메인 척하며 히메다카 님을 속인 얘기예요, 봄의 대행자님. 지금 사과했으니까 용서해 주세요."

"……."

히나기쿠가 잘 모르겠다는 표정을 지어서 사쿠라도 잘 모르겠다는 얼굴로 고개를 끄덕였다.

"……봄의 종자는 어떤 사람인지 궁금했지만…… 틀어박혀있는 입장이라 나가고 싶지 않았기에 아야메인 척했어. 불쾌한 녀석이었으면 아야메 모습으로 민폐 끼칠 생각이었는데……."

"네?!"

항의하려고 했지만 사쿠라보다 먼저 히나기쿠가 몸을 내밀고 말했다.

"사쿠라! 착한, 아이! 야!"

온 세상에 선언하는 듯한 그 말에 사쿠라뿐만 아니라 루리도 깜짝 놀랐다.

"히, 히나기쿠 님…… 사쿠라는 히나기쿠 님에게만 착한 아이라서…… 대외적으로는 그렇게 착하지 않지만…… 그래도 기쁩니다."

"아냐. 나한테도 좋은 종자였어. 부러워……. 봄의 대행자님의 기사님이구나."

사쿠라는 주인에게 칭찬받고, 여름의 대행자에게도 칭찬받아 어쩌면 좋을지 알 수 없어서 얼굴을 붉혔다. 지금이 캄캄해서 다행이라고 진심으로 생각했다. 그리고 쑥스러워하면서도 루리의 목소리가 어두워진 것을 놓치지 않았다. 아무래도 마음이 서로 어긋나 있는 것 같은 자매는 말다툼을 벌인 뒤로도 화해할 기미가 없었고, 지금도 사쿠라와 이야기하면서 시선은 아야메를 쫓고 있었다.

—언니를 좋아하는 건 분명하겠지.

그리고 그 마음은 아야메가 받아줄 수 있는 크기가 아니다.

그래서 넘치고 넘쳐서, 받아주지 않아서 화내고 있었다. 그건 굉장히 자기중심적인 감정이긴 하지만, 루리의 성장 환경을 생각하면 단칼에 잘라 낼 수도 없었다.

—대행자에게 종자는 떼어낼래야 떼어낼 수 없는 사이야.

둘도 없이 소중한 사람이 도중에 없어진다고 하면, 여름의 대행자가 아니어도 한바탕 파란이 일어날 것이다.

—하지만 너무 참견해선 안 돼.

두 사람이 가족이라서 더 성가셨다. 심지어 이런 사태까지 벌어졌다.

사쿠라가 어쩌면 좋을지 생각하고 있으니, 히나기쿠가 결심한 모습으로 입을 열었다.

"……여름의 대행자님…… 잠시, 이야기, 해도, 될까, 요?"

"네, 어차피 할 일도 없고……."

"내일 되면, 히나기쿠, 떠나, 요."

"아, 네……. 테이슈를 봄으로 만들어야 하니까요. 그리고 이런 일도 있었고……."

루리는 조금 아쉬워하며 말했다.

"……싫다. 우리도 마을로 보내질 거야……. 또 마을 사람들한테 잔소리 듣는 나날이야……. 그딴 마을에 돌아가기 싫어……."

고향일 터인 『마을』에 복잡한 감정을 품는 것은 아무래도 대행자 공통인 것 같았다. 어깨를 떨구는 루리에게 히나기쿠는 계속 말했다.

"여름의 대행자님, 마을, 돌아가, 면, 또, 혼자, 방에, 틀어박힐, 거예, 요?"

"……모르겠어."

"아야메, 씨, 랑, 화해, 안 할, 거예요?"

질문하는 히나기쿠의 모습이 너무나도 진지했기에 루리는 장난치지도 못했다.

"……."

생각해도 답이 안 나오는지 결국 답하지 않았다. 루리는 대화에서 도망치듯 고개를 돌리려고 했지만 히나기쿠는 빠르게 말했다.

"히나기쿠, 도. 방에, 틀어박힌, 적, 있어요."

이야기를 들어 달라고 호소하듯 말을 덧붙였다.

"사쿠라가 매일, 문, 두드려, 줬어, 요. 아야메, 씨, 처럼……."

갑자기 자기 이름이 나와서 사쿠라는 자세를 바로 했다.

—히나기쿠 님, 뭘 하시려고?

소극적인 그녀가 루리에게 적극적으로 말하는 것은 반드시 전하고 싶은 바가 있기 때문이리라. 사쿠라는 아까 벌였던 전투와는 다른 긴장을 느끼며 이야기의 행방을 지켜보았다.

"……어어…… 그거, 히메다카 님에게 살짝 들었어요……."

"우리는, 대행자. ……하지만, 사람, 이에요. 힘든 일, 생기면, 도망치고, 싶어요."

"……도망."

"하지만, 도망, 이랑, 거절은, 달라, 요. 계속 그러면, 안 좋은 일, 일어나요."

그 말은 마치 예언 같았다.

"히나기쿠, 자신이, 그거, 아니까, 여름의 대행자, 님, 이대로, 두는 거, 불안, 해요."

미래를 내다본 현자가 운명에 농락당하는 젊은이를 타이르는 듯한 예언이었다.

—히나기쿠 님.

사쿠라는 주인이 무슨 일을 말하려고 하는지 마침내 알았다.

—당신께서 그 일을 말씀하시는 건가요.

알았지만, 한층 더 걱정되었다.

—직접 그 일을 말하시는 건 스스로 상처 입으러 가는 것과 같아요.

사쿠라의 눈에 보이는 두 소녀는 어둠 속에서 촛불의 빛 받고 있었다.

히나기쿠는 진지한 얼굴이었다. 루리는 눈썹을 내리고서 얼굴을 찡그리고 있었다. 설교를 듣고 있다고 느끼고 있을 것이다. 평소의 히나기쿠라면 그 얼굴을 보고 그만 말했을지도 모른다.

하지만, 오늘 이 자리에 있는 카요 히나기쿠는 달랐다.

"히나기쿠, 는, 그렇게, 사쿠라, 상처입혀서, 확실하게, 벌을, 받았어요. 어느 날, 갑자기, 사쿠라, 문, 안 두드리게, 돼서, 히나기쿠, 깜짝, 놀랐어요. 아아, 사쿠라, 마침내, 히나기쿠를, 포기했구나, 생각, 했어, 요."

그 말은, 몹시 휑하게 울렸다. 차가운 눈의 세계에 울리는 듯한, 아무도 없는 방에 울리는 듯한 소리였다. 조용한 방에 너무나도 쓸쓸히 울렸기에, 그 자리에 있던 자들이 자연스럽게 이야기를 들으려는 듯 동작을 멈추고 말았다.

"……."

조금 전까지 바쁘게 돌아다녔던 아야메도 의아한 얼굴로 손전등을 든 채 멈춰 섰다.

"히나기쿠 님, 그건 히나기쿠 님의 잘못이 아닙니다."

사쿠라가 끼어들었지만 히나기쿠는 상관하지 않고 루리에게만 이야기하듯 계속 말했다.

"히나기쿠, 돌아와서, 봄의 대행자, 하기, 싫었, 어요. 이 세계, 싫다고, 생각, 했어요. 여름의 대행자, 님, 도, 그런 적, 없나요? 어째서, 이런, 세계에, 봄, 불러야, 해……? 같은 생각. 오늘도, 습격, 받아서, 정말, 싫어, 요……."

그 질문도 대답도, 대행자에게는 금기였다.

사계의 힘을 맡은 신들이 해선 안 될 말이었다.

"……응, 싫어…… 이딴 생활."

"그렇, 죠……."

하지만 두 사람이기에 할 수 있는 말이기도 했다.

생활도, 시간도, 장래도 전부 계절을 순환시키기 위해 쓰인다. 그걸 위해 살아있고, 책임은 중대하여 도망칠 수 없다.

"히나기쿠…… 역적, 에게, 습격, 받았는데, 마을은…… 안 도와줬어요. 버려졌어요……. 그게 너무, 괴로워서, 보복, 하듯이, 거부했어요. 봄, 안 주겠다고."

사계의 대행자로서 최악의 불행을 맛본 히나기쿠가 말하니 어떤 말도 무게가 달랐다.

"……당연해. 나였어도 그랬을 거야."

루리는 고개를 끄덕여 그 말에 동의했다. 하지만 히나기쿠는 고개를 저었다.

"하지만. 그러면, 안 돼요. 봄을 부르는 거, 의무, 예요."

어눌하지만 그래도 열심히 말을 자아냈다.

"쌀, 만드는 사람, 밭, 가는, 사람, 꽃, 키우는 사람…… 벌레, 연구, 하거나, 동물, 연구, 하거나, 관광, 일로, 먹고사는, 사람도, 있어요. 봄으로, 태양, 대지, 하늘, 많은 것이, 바뀌어, 요. 사람만을, 위한 게 아니라. 동물의, 생활, 안녕, 도, 대지의, 호흡도, 계절, 영향받아, 요……. 히나기쿠는…… 죄인, 이었어요."

자신이 어떤 과실을 저질렀는지 질책하며 말했다.

"히나기쿠, 못된, 아이, 예요. 하지만, 사쿠라, 만큼은…… 그렇게, 떼쓰는, 히나기쿠를, 버리지 않았, 어요. 히나기쿠, 가, 유괴, 당했을…… 때도, 사쿠라, 만큼, 은, 찾아다녀, 줬어요. 재회, 했을 때, 사쿠라, 모습, 엉망이라, 얼마나, 힘들게, 찾아다녔는지, 알 수, 있었어요. 사쿠라, 의, 인생, 히나기쿠가, 뺏었, 어요. 그러니까, 히나기쿠도, 조금씩, 사쿠라, 만큼은, 믿자고…… 생각했어요."

"……히메다카 씨는 대행자를 생각하는 좋은 종자니까."

"응. 하지만, 히나기쿠는, 아니었어, 요."

"……."

"……고집부리는, 시간, 너무 길어서…… 계속, 거절해서, 히나기쿠가, 사쿠라의, 노력, 망쳤어요. 히나기쿠가, 봄, 안 불러서, 사쿠라, 봄의 마을에서, 쫓겨나, 버렸어."

"히나기쿠 님……."

사쿠라가 안색을 살피듯 히나기쿠의 이름을 불렀다. 히나기쿠는 사쿠라를 보고 미소 지었다. 그리고 사쿠라의 손을 잡더니 다시 이야기하기 시작했다. 서로의 손을 잡는 것은 이제 의사소통이나 마찬가지였다.

“전부, 히나기쿠, 탓이었어요. 사쿠라로는, 역부족이라고, 마을이, 생각하게 만들었어.”

히나기쿠가 제지하듯 손을 잡았기에 사쿠라는 안절부절못하며 들을 수밖에 없었다.

“부족한, 것은, 히나기쿠, 인데. 사쿠라가, 책임, 졌어요. 이제, 새로운, 종자, 올 거라고, 해서…… 히나기쿠, 그제야, 자신이, 바보라는 거, 알았어요.”

이 체험담은 루리가 현재 종자와 문제를 겪고 있기에 가슴에 박히는 이야기였다. 히나기쿠는 그다지 말이 많은 아가씨가 아니다. 내향적인 부분이 있었다. 그런 소녀가 필사적으로 이야기하고 있었다. 누구를 위해서냐면.

“이, 세계, 에, 히나기쿠를, 정말로 소중히 여겨 주는, 사람, 적어요. 그런, 사람, 곤란하게 만드는, 바보였어요.”

고집부리며 언니를 거절하는 루리를 위해서였다.

“…….”

그래서 자기중심적인 그녀로서는 드물게도 조용히 듣고 있었다.

“바보, 였어요. 히나기쿠가, 바보, 라서, 없어진다는 게, 너무 아프고, 괴로워서, 히나기쿠, 울었어요.”

히나기쿠는 과거를 생각하듯 눈을 내리깔았다.

“추운, 겨울날이었어요. 눈물도, 얼 만큼, 추웠어, 요.”

“……그래서 봄의 대행자님은 어떻게 했나요?”

비밀스러운 이야기를 하듯 루리가 작은 목소리로 묻자 히나기쿠는 애잔하게 미소 짓고서 말했다.

"히나기쿠…… 사쿠라, 만큼은…… 세계가, 싫어, 도, 믿을 수 없어, 도…… 믿었, 어요……. 분명, 어딘가에서, 기다리고, 있을 거라고, 생각했어요."

음유시인이 이야기를 자아내는 듯한 모습으로 이야기했다.

"그래서, 마을 사람, 모두가, 히나기쿠, 붙잡아도, 무시하고, 찾으러, 갔어, 요. 정신없이, 봄을 일으켜서. 발목, 잡는 사람, 매화나무에 가두고, 뒤에서 구속하는, 사람, 벚꽃, 휘날려, 시야 방해해서…… 앞뒤, 가리지, 않았어요. 그저, 하염없이…… 사쿠라, 를, 찾아, 마을을 뛰쳐나갔어요……."

그녀의 목소리가 자아내는 음 하나하나가 그곳에 있는 모두의 머릿속에 어떤 그림을 그렸다.

절망한 봄의 소녀신이 울면서 단 한 명의 종자를 원하는 모습이었다. 소녀신은 그때까지 사람들에게 주기를 거부했던 기적의 힘을 오로지 한 아가씨를 쫓기 위해 사용했다.

"하지만, 그랬더니……."

숨이 찼을 것이다. 틀어박혀 생활했다. 심장도 다리도 갑작스러운 움직임을 버티지 못했을 것이 틀림없다.

하지만 달렸다. 거기서 달리지 않으면 평생 후회할 것을 알았으니까.

"그랬더니, 마을을 나와서, 긴긴, 돌계단, 내려가면, 바로 나오는, 문 너머에서, 목소리가, 들렸어요……."

그 이후의 이야기는 사쿠라의 이야기이기도 했다.

"울고 있는, 여자아이의, 목소리가."

히나기쿠의 말을 들으니 사쿠라의 머릿속에 과거의 광경이 떠올랐다.

19년의 인생 중에서도 특히나 선명한 기억이었다. 언제든 떠올릴 수 있었다.

"아아, 히나기쿠의, 사쿠라가, 울고 있어. 사쿠라의, 눈물, 멈춰야 해."

—그때 삼켰던 눈물이 얼마나 짰는지.

"그렇게 생각하니, 까. 히나기쿠, 이제 그것 말고는, 전부, 어찌 되든, 좋아져서."

—끌어안았던 신의 몸이 얼마나 작았는지.

"그래서, 이제, 망설이지 않고, 사쿠라에게, 가는 길에만, 봄을, 깔았어요."

—언제든 떠올릴 수 있다. 그 겨울날이 얼마나 아름다웠는지.

마을 사람이 사쿠라를 억지로 쫓아낸 날은 야마토의 겨울 중에서도 극히 추웠던 날이었다.

여전히 봄의 대행자가 힘을 발휘하지 않아 야마토의 겨울은 극단적으로 길어져 있었다.

산림 속에 숨겨진 봄의 마을도 예외는 아니어서 모든 것을 얼릴 듯한 추위에 휩싸여 있었다.

마을로 가는 유일한 길이 있는 문은 비정하게도 빗장이 걸려 꿈쩍도 하지 않았다.

사람들이 멋대로 싼 짐을 문밖으로 던졌다. 사쿠라 자신도 십여 명에게 잡혀서 개나 고양이를 내다 버리듯이 쫓겨났다. 쫓아낸 사람들의 차가운 옆모습이 눈에 선했다.

『히나기쿠, 님…….』

눈물이 끊임없이 차올랐다. 이제부터라고 생각하던 참이었다.

긴 시간을 들여서 마침내 신뢰를 쟁취했다.

목숨을 건진 은혜를 이제부터 갚을 수 있다. 그렇게 생각했는데.

『히나, 기쿠, 님…….』

그랬는데, 곁에 있을 권리를 박탈당했다.

『누가 좀, 열어 주세요……. 열어줘…….』

문을 두드리는 손에서 피가 났다. 몇 번이고 두드린 탓에 땅에도 피가 떨어졌고, 문도 빨갛게 젖었다.

그래도 두드리는 걸 그만둘 수 없었다.

『히나기쿠 님…….』

—저 복마전에서, 누가 히나기쿠 님을 지켜 드리겠어.

이권과 사욕, 눈앞의 이익만 생각하는 봄의 마을 사람들 중에 『봄의 대행자 히나기쿠』가 아니라 『유괴당했다가 돌아온 카요 히나기쿠』를 봐줄 사람은 한 명도 없었다.

—없다는 걸 알면, 분명 우실 거야.

『열어줘, 열어줘……. 열어줘…….』

—그분은 울보고, 겁보고.

『열어줘…… 열어줘어…….』

—하지만 누구보다 상냥하고.

『……제발, 아무것도 필요 없으니까.』

—하지만 망가져 버려서.

『그저, 곁에……. 열어줘어…….』

—이제, 돌아오지 않아.

『……히나기쿠 님…….』

—이제, 이전과는 다르지만. 하지만.

『……제발, 열어줘…….』

—아무리 바뀌셨다 해도, 그분은 나의 신이야.

마치 어린아이처럼 목이 쉬도록 울었다. 손이 곱아들더니 머지않아 아픔도 느껴지지 않았다. 누군가가 문을 열어 줄 기미는 없었다. 그래도 떠나지 못하고 계속 울부짖었다.

얼마나 그러고 있었는지 모르겠다. 하지만 갑자기 까마귀가 크게 우는 소리가 겨울 하늘에 울렸다. 무언가를 알리듯 머리 위에서 선회했다.

『…….』

까마귀 다음에는 여우가 나무들 사이로 달려갔다. 주위에 이변이 일어나기 시작한 것을 느꼈다.

『히나기쿠 님……!』

봄 냄새가 나며 갑자기 기온이 따뜻해졌다.

문에 삐죽삐죽하게 달려있던 고드름에서 무서운 기세로 물방울이 떨어졌다.

『……히나기쿠, 님…… 히나기쿠 님!』

그래서 두드렸다. 문짝을 계속 두드렸다.

『여기예요!』

자신의 주인에게 존재를 증명해야 했다.

『히나기쿠 님! 사쿠라는 여기 있어요! 히나기쿠 님!』

봄이 오고 있음을 알았다. 눈송이 속에 벚꽃이 섞여 있었다. 따각따각, 발걸음 소리가 들렸다. 그 긴 돌계단을 봄의 신이 뛰어 내려오고 있음을 알았다.

노래하고 있었다. 울며 노래하고 있었다.

으스름달밤, 검 같은 예리함 감추고.

어두운 밤은 희뿌예져 흔들리네.

그리움 참고서 봄잔치 현란하게.

산과 들이여, 등꽃으로 장식하라. 대지여, 유채꽃으로 물들라.

영원히 피는 꽃은 없으니.
아아, 그리운 겨울의 님이여.
달처럼 그 뒤를 영원히 쫓으리.

『히나기쿠 님!』

마지막으로 크게 외치고, 문의 빗장이 벗겨질 때까지의 시간이 영원처럼 길게 느껴졌다.

열린 문 앞에는 종자에게 오는 길에만 훌륭하게 봄이 만들어져 있어서 저도 모르게 웃고 말았다.

—봄 현현, 해내셨잖아요.

그렇게나 거부했던 봄을, 고작 종자 한 명을 쫓기 위해, 이 신은 아주 쉽게 이 자리에 소환했다.

『……히나기쿠 님…….』

—맞아. 항상 그래.

이 소녀신은, 항상 누군가를 돕기 위해서라면 망설이지 않고 힘을 쓴다.

사랑하는 자를 위해 꽃을 피운다.

『사쿠라, 버리지, 마.』

사랑하는 신은 머리도 옷차림도 엉망이었고, 자신과 마찬가지로 울고 있었다.

분명 많이 찾았을 것이다. 평소에 뛰지 않아서 그런지 숨을 헐떡거리고 있었다.

그리고 어린아이처럼 엉엉 울며 사쿠라에게 매달렸다.

『버리지, 마. 사쿠라, 가, 없으면, 더는 일어설 수, 없어.』

이제 그럴 수밖에 없다는 것처럼 매달렸다. 사쿠라는 손에서 피가 나고 있었기에 포옹하길 망설였다. 하지만 망설임은 잠깐이었다. 이 신을 피투성이로 만들어도 좋다. 그런 것보다도 이 마음을 받아주고 싶었기에 손을 뻗어서 껴안았다. 둘이서 부둥켜안으니 마침내 둘 다 숨을 쉴 수 있었다. 이 세상은 히나기쿠와 사쿠라에게 너무나도 숨 막히는 곳이다.
『더는, 일어설 수, 없어.』
이제, 두 사람은 서로가 없으면 살아갈 수 없었다.
『저도 그렇습니다. 히나기쿠 님이 없으면, 살아있을 의미가…… 없어요.』
그것이 이 비정한 세계에 대항할 유일한 수단.
『같이, 있어줘, 부탁이야……. 뭐든, 할, 테니까.』
『곁에 있어 주세요. 뭐든 하겠습니다. 당신을 위해 아직 아무것도 못 했어요…….』
자신들을 공격하는 자들을 향한 저항이었다.
히나기쿠와 사쿠라는 그때부터 둘이서 하나와 같았다.
『사쿠라를, 지킬 테니까. 히나기쿠가, 지킬, 테니까.』
『아뇨, 제가 지키겠습니다……. 당신께서 아홉 살이었던 저를 지켜 주신 것처럼…….』
『사쿠라…… 이 세계가, 무서, 워……. 어떡해야, 해? 모르겠어……. 무서워도…… 살아, 있어……. 더, 살아야…… 해……. 어떡해야, 해……? 있지, 이제…… 사쿠라랑, 있는 거 말고는, 모르, 겠어.』
『히나기쿠 님…….』
『아직, 살아있어. 어떡해야 해……? 도와줘……. 사쿠라, 말고는, 도와주는, 사람, 없어……. 부탁이야……. 무서, 워……. 사는 게, 무서워…….』
『사쿠라가 지키겠습니다. 무서운 것으로부터 반드시 히나기쿠 님을 지키겠어요…….』

영원히 잊을 수 없는 겨울날의 추억이다.

"그런, 일이…… 있고, 나서, 히나기쿠…… 바뀌었어, 요."

대규모 정전이 일어난 밤에, 봄의 신은 자기보다 연상인 여름의 신에게 다정히 이야기했다.

그런 히나기쿠를 보고 있는 사쿠라의 시야는 일렁거리고 있었다.

—바보야, 울지 마.

나즈나 때도 시야가 일렁거렸었다. 실은 자신이 엄청난 울보임을 통감했다. 계속 강하게 있고 싶은데 이 신과 함께 있으면 속수무책으로 소녀가 되어 버렸다.

—울어봤자 아무도 지켜주지 않고, 과거는 바뀌지 않아.

두 사람 사이에 있었던 일이 가슴을 치고 가며 눈물샘을 자극했다.

"바뀌었더니, 전보다, 더…… 사쿠라와 친해질 수, 있었어요. 당장……은, 힘들, 어도…… 여름의 대행자님, 에게…… 세상에서 제일, 좋아하는, 사람……이, 언니라면……."

마지막 말은 가장 다정하게 속삭였다.

"심술…… 부리면, 안 돼, 요……."

루리는 이제 히나기쿠를 보고 있지 않았다. 머리를 숙이고서 눈물방울만 뚝뚝 흘리며 작게 고개를 끄덕이고 있었다. 몇 번씩 끄덕거리고서 옷소매로 얼굴을 닦았다.

"정말로, 만날 수, 없게 되는 일, 세상에는, 있어요……."

그러니까 후회하지 않도록, 좋아하는 사람에게는 상냥하게 대하라고 히나기쿠는 마지막으로 중얼거렸다.

그날은 다들 거실로 이불을 가져와서 모여 잤는데, 루리는 아야메 옆에서 어린아이처럼 몸을 말고 잤다.

대규모 정전이 일어난 밤이 지난 다음 날. 봄의 대행자 일행은 여름 별궁을 뒤로하게 되었다.

정전은 아직 복구되지 않았지만, 교통 기능은 수신호 등으로 운영되고 있다고 했다. 사계청 직원을 포함하여 히나기쿠는 한시라도 빨리 이 지역을 벗어나야 한다고 결정이 내려졌다. 여름 별궁 사람들도 점심쯤에는 다른 지역으로 이동하는 것 같았다. 히나기쿠가 새벽에 떠날 채비를 하고 있으니 새, 고양이, 강아지, 토끼, 다양한 동물들이 현관 밖으로 나와 이별을 아쉬워했다. 물론 여름의 대행자 자매도.

"히나기쿠 님, 사계 회의 때까지 못 만나니까 연락처를 가르쳐 주세요."

쌍둥이 동생 루리가 히나기쿠의 손을 잡고 붕붕 흔들며 말했다. 하룻밤 지나면서 루리와 히나기쿠는 서로를 이름으로 부르게 되었다.

"루리, 님, 히나기쿠, 휴대전화, 못, 써요."

히나기쿠는 반동으로 흔들리면서도 어떻게든 대답했다.

"네? 설마 종자님한테 경제적 학대를 받고 있는 거예요? 안 가지고 있어요?"

믿을 수 없다는 눈으로 사쿠라를 노려보았다.

"……실례되는 소리네요! 아닙니다. 제 주인은 문자 입력이 서툴러서…… 지금 연습 중이세요……. 휴대전화는 있습니다."

"아, 그럼 일단 사쿠라 님의 번호를 가르쳐 주세요. 그리고 사쿠라 님이 히나기쿠 님의 번호도 알려주면 되겠네."

"알겠습니다."

히나기쿠는 경쾌하게 대화하는 두 사람을 멍하니 보았다.

—그러고 보니, 두 사람, 한 살밖에, 차이, 안 나는구나.

사쿠라는 딱히 기뻐 보이지 않았지만, 히나기쿠는 자신의 종자에게 친구가 생겨서 기뻐졌다.

아야메도 똑같은 생각을 했는지 미소 짓고 있다가 서로 눈이 마주쳤다. 자매는 쌍둥이다. 똑같이 열여덟 살이고, 똑같이 생겼을 텐데 어째선지 아야메가 조금 더 연상으로 보여서 신기했다.

"카요 님…… 여행길 무사하시길 기도하겠습니다. 다음에 만나는 건 사계 회의 때겠네요. 제 임기는 올해까지이니 그때도 재적해 있을 겁니다. 또 건강한 모습을 보여주세요."

히나기쿠는 아야메의 상냥한 웃음을 흉내 내듯 자신도 살포시 미소 지었다.

"네. 아야메, 씨도, 루리, 님과, 건강, 하세요."

나긋나긋한 여자들이 생글거리고 있는 가운데, 루리와 사쿠라가 전화번호 교환을 끝냈는지 숙이고 있던 고개를 들었다.

"다 됐네요. 저는 이모티콘 같은 건 안 쓰니까 그런 건 기대하지 마세요."

"왜? 안 가지고 있어? 그럼 이모티콘 선물해줄게."

"아뇨, 필요 없어요. 잠깐, 필요 없다니까요. 보내지 마세요."

"보냈어. 히나기쿠 님은 휴대전화 마스터하면 저랑 연락해요."

히나기쿠는 자신 없는지 고개를 기울이며 말했다.

"……할 수, 있으려나……. 히나기쿠, 이것저것, 여섯 살, 때에, 멈춰 있어서……."

"여유예요. 반드시 할 수 있어요."

"지금, 초등학교, 교재로, 히라가나, 한자, 배우고 있는, 사람, 도, 할 수 있어요……?"

"학력은 상관없어요. 애초에 대행자는 학력 같은 거 상관없잖아요. 사쿠라 님, 반드시 히나기쿠 님에게 휴대전화 쓰는 법을 가르쳐 주세요. 아, 제가 하는 게임도 같이 했으면 좋겠어요! 같이 대전해요!"

"그렇구나……. 아, 히나기쿠, 게임은 할 수 있어, 요! 버튼, 누르는 거, 는, 잘해요!"

"진짜요?!"

"히나기쿠 님은 리듬을 타는 음악 계열 게임을 잘하십니다. 히나기쿠 님이 하시는 게임을 나중에 알려드리겠습니다."

더 이야기를 나누고 싶었지만, 사계청의 봄 직원이 슬슬 가야 한다고 말했다.

어제 습격 사건도 있었기에 히나기쿠와 사쿠라도 안전한 숙소에 도착할 때까지는 얌전히 그들에게 호송받기로 했다. 사계청의 겨울 직원도 자신들의 차로 출발할 준비를 하고 있었다.

"……저기, 히나기쿠 님. 테이슈를 끝내면 에니시죠? 에니시에는 겨울의 마을이 있는데…… 겨울의 대행자님과 만날 거예요?"

루리는 마지막으로 과감하게 물었다. 아야메인 척하면서 사정은 들었다.

궁금했을 것이다.

"어, 음…… 하지만, 로우세이, 님, 한테…… 편지, 안 왔, 으니까…… 아마도, 사계 회의 때나…… 뵐 수, 있을 거예요……."

"네~?! 그 사람, 10년 전에 도움을 받아 놓고서 히나기쿠 님한테 편지도 안 보냈어요?"

"……."

히나기쿠는 입을 다물어 버렸다. 사쿠라도 반응은 했지만, 입은 열지 않았다.

"최악이잖아."

"아, 아니……."

"그럼 예의가 없다고 할게요. 그 사람, 되게 무뚝뚝하고 무섭고 인상이 안 좋단 말이죠."

"그렇지는……."

"그치만 10년 전뿐만 아니라 겨울은 수색을…… 그 왜, 5년 만에……."

도중까지 가만히 있던 사쿠라가 안색을 바꿨다.

"루리 님, 그쯤 하시는 게……."

로우세이를 욕하는 건 듣고 싶지만, 히나기쿠가 슬퍼할 화제는 피하고 싶었다.

하지만 다행히도 히나기쿠는 불쾌해하는 것 같지 않았다.

"……겨울, 은, 대규모, 수사가, 없어졌을, 뿐, 분명하게 수색, 계속해, 줬다고, 국가, 치안, 기구 사람한테, 나중에, 들었어, 요……. 원망하지, 않아, 요……."

"흐응…… 그럼 히나기쿠 님은 겨울의 대행자님을 안 싫어하는구나."

"응……."

루리는 떠보듯이 히나기쿠를 바라보았다.

"……혹시, 오히려 만나고 싶어요……?"

"어, 어어……."

히나기쿠는 쩔쩔맸다. 기모노 소매로 입가를 가리고, 눈을 내리뜨고서 속눈썹을 떨었다.

"그건……."

봄의 요정처럼 생긴 아가씨가 곤란해했다.

대행자끼리 친목을 다지는 것은 전혀 문제 되는 일이 아니다. 하지만 그게 만약 사랑이라면 귀찮아진다. 그 감정이 공무에 지장을 줄 뿐만 아니라, 겨울과 봄, 쌍방의 마을에서 각각 연애 관계로 참견할 것이 뻔했다. 그건 현시점에도 예상할 수 있는 일이다.

적당한 상대를 골라서 연애하는 편이 훨씬 쉽고 평온한 시간을 보낼 수 있다.

히나기쿠는 봄의 대행자로 복귀했다. 호감을 표현하는 것 자체가 의미를 가지며 영향을 준다.

그리고 무엇보다, 분명 누구도 이 사랑을 기뻐하지 않는다. 너무나도 아파질 사랑이다.

주위 사람들을 위해서도, 자신을 위해서도 히나기쿠는 그런 마음을 버리는 편이 낫다. 하지만.

"네……. 뵙고, 싶어요."

마치 용서를 구하는 듯한 음성으로 그렇게 속삭였다.

그 감정은 이제 닳아버렸을 터인 『다른 히나기쿠』의 연모만이 아닌 것 같았다.

"……뵙고, 싶어요…… 무척……."

애절한 마음을 말하는 히나기쿠는 괴로워 보였다.

"줄곧…… 『나』는, 만나고 싶었, 으니까……."

어린 히나기쿠는 사랑을 했었다. 그 연심이 10년의 버팀목이었다면, 아무리 어리석다는 소리를 듣더라도 《카요 히나기쿠》는 이루고 싶을 것이다. 생각하는 마음만큼은 제한할 수 없다.

"사쿠라 님…… 잠깐만요."

"아, 네. 왜 그러시나요."

"……문제예요. 이거, 괜찮은 거예요? 이런 갸륵한 소녀를…… 그딴 우중충한 남자한테."

"우중충…… 그거 로우세이를 말하는 건가요?"

"맞아요. 칸츠바키 로우세이. 우중충한 블리자드맨."

항상 어둡고, 말수가 적고, 장마철 같은 남자라서 그렇게 부르는 것 같았다.

"좋지는 않죠……. 하지만…… 적어도 겨울의 대행자 본인이…… 의례적인 인사가 아니라 전화나 방문 등으로 성의 있게 연락해 오지 않는 한, 만나게 하고 싶지는 않아요."

그 말을 듣고 히나기쿠는 풀이 죽은 강아지처럼 시무룩한 표정을 지었다. 보다 못한 아야메가 끼어들었다.

"카요 님…… 제삼자의 의견이지만, 분명 겨울의 대행자님은 어떻게 이야기하면 좋을지 몰라서 그러시는 걸 거예요."

"……아야메, 씨……."

"봄이 복귀했다는 알림은 갑작스러웠어요. 그리고 바로 현현을 시작하셨으니까 여정을 방해하지 않도록 지금은 지켜보고 계신 거겠죠. 제가 그 입장이었다면…… 전보는 곧장 보냈겠지만, 만나는 건 시기를 가늠했을 거예요."

히나기쿠가 기대하는 눈으로 사쿠라를 보았다. 사쿠라는 말하기 싫다는 얼굴로 『말씀드리지는 않았지만 편지는 왔습니다. 하지만 그 녀석의 말이 아니라 그저 인사 편지였습니다』라고 대답했다. 히나기쿠의 얼굴이 기쁨으로 물들었다. 아야메는 다정하게 타이르듯 말했다.

"히나기쿠 님을 신경 안 쓰실 리가 없어요. 겨울의 호위를 내준 게 그 증거예요. 보통은 자기 쪽 호위를 다른 계절에 보내지 않으니까요. 특히 겨울은 역적에게 습격을 많이 받으니…… 억지를 부리고, 경호원들도 설득해야만 할 수 있는 일이에요."

아야메의 말은 지극히 타당하고 정확했다. 히나기쿠는 기운을 되찾은 것처럼 고개를 끄덕거렸다. 루리는 확연하게 동의하지 않는다는 표정을 지었지만, 마지못해 수긍했다.

"뭐, 히나기쿠 님이 좋다면야 괜찮지만……. 뭔가 안 좋은 일 당하면 나한테 말해요. 사쿠라 님도. 여름은 봄에게 곤란한 일이 생기면 도울 거예요. 대행자의 이름을 걸고 약속하겠어요."

아무래도 최종적으로 그 말을 하고 싶었던 모양이다. 히나기쿠는 눈썹을 내리고서 미소 지었다. 사쿠라는 허리를 숙여 깊이 인사했다.

루리는 두 사람이 차에 탄 뒤로도 창문으로 다가와 계속 말했다.

"산을 빠져나갈 때까지 새들에게 감시하라고 할 테니까 걱정하지 마세요."

"고마워, 요."

"그리고 식비가 들겠지만, 봄 쪽 분들만 괜찮다면 다음에 제가 엄선한 경비견을 그쪽으로 파견할게요. 엄청나게 강한 도베르만 어때요?"

"검토해 보겠습니다."

"그리고, 그리고!"

시간이 지나도 헤어지지 못했기에, 결국 아야메가 뒤에서 루리를 제압했다.

"죄송합니다. 루리는 제가 어떻게든 할 테니 가세요."

"……싫어! 더 얘기하고 싶어……!"

아야메도 무술 소양은 있는 것 같았다. 루리가 아무리 발버둥 쳐도 아야메는 꿈쩍도 하지 않았고, 어서 가라고 눈으로 호소했다. 사쿠라는 쓴웃음을 지으며 고개를 끄덕였다.

"또, 만나요!"

히나기쿠가 손을 흔들자 마침내 루리도 체념하고 고개를 숙였다.

"……사계 회의에서 또 만나요!"

"응! 또, 만나요!"

히나기쿠와 루리는 서로 몇 번이고 또 보자고 말했다.

그건 여름 별궁에서 자동차가 완전히 안 보이게 될 때까지 계속됐다.

"……."

이제 배웅할 사람이 없어도, 두 자매는 그 장소에서 떠날 마음이

들지 않았다.

아야메는 진작 루리를 놔줬는데, 루리가 갑자기 아야메에게 안겼다. 외로움을 달래듯 등에 팔을 꼭 둘렀다. 이 여름의 대행자에게 엄격함과 상냥함을 준『봄』과의 만남은 매우 의미있는 만남이었을 것이다.

"마침내 나를 멀리하지 않는 친구가 생겼는데……."

말하면서 아야메에게 달라붙었다.

"……언니 너무너무 싫다고 하지 않았어?"

아야메는 조금 심술궂게 말했다.

"……싸울 때 한 말은 무효야."

루리는 토라진 목소리로 대답했다.

"그래? 나는 진지하게 말했었어. 축복해줬으면 좋겠다고."

"……."

"나도 루리의 결혼을 축하하고 싶은걸."

아야메도 그제야 루리의 등에 팔을 둘렀다.

마치 엄마가 아이를 달래듯이, 우는 아기를 다독이듯이 등을 토닥거렸다. 익숙한 손짓이었다. 분명 몇 번이나 그래왔을 것이다. 완전히 똑같이 생겼고, 똑같은 성별이지만 여름의 대행자로 뽑히고 만 동생. 그녀를 보좌하기 위해 아야메는 무엇이든 바쳐왔다.

"날 필요로 해주는 건 기뻐. 루리를 보좌하는 건 사명처럼 느꼈으니까……."

루리는 항의하듯 낮은 목소리로 말했다.

"그럼 최소한 조금만 더……."

"하지만, 역시 지금 이대로는 안 돼."

"……언니가……?"
"나는 요령이 좋으니까 괜찮아."
"내 어떤 부분이 문제인데……."
아야메는 평소처럼 어떤 부분이 문제인지 말하려고 했지만, 문득 봄 햇살처럼 상냥하게 이야기하던 신의 모습이 생각났다.
"루리의 외로움이 점점 커진다는 걸 알 수 있어."
여름처럼 치열하게 격려하고 질타하는 것이 아니라.
"성장할수록, 나로서는 메꿀 수 없는 루리의 외로움이 늘어나고 있어."
그저 거기 있는 것을 비추는 말을 골랐다. 기도를 담아.
"대행자로서 여러 가지 중압이 있어서 힘들지……?"
"……힘들어."
"그렇겠지. 너는 여름의 대행자가 되길 원치 않았어. 그걸 알고, 그래도 노력하는 모습을 봐왔기에 알아. 하지만 아마도…… 너의 외로움은 내가 메꿔줄 수 없어. 가족이 아닌 타인이 긍정해줘야 비로소 조금이나마 편해질 거야. 그런 고독도 있어. 너는 남들보다 그게 더 커."
아야메가 지적한 부분을, 루리는 바로 어젯밤 체험했다. 사람은 자신과는 다른 인생을 사는 사람으로부터 가족에게서는 얻을 수 없는 무언가를 얻는다.
"분명 그런 걸 「인정받는다」라고 하는 걸 거야."
자신이 어떤 존재인지, 자신은 어때야 하는지.
그런 생각의 길을 다른 관점을 통해 얻고 다시 걸을 수 있다.
적어도 아야메는 그렇게 생각했다. 쌍둥이 사이에서는 얻을 수 없었던 감정을 다른 데서 얻었기에 그렇게 이해했다. 루리는 작게 신음했다.

"그렇게, 어려운 소리를 해도 모르겠어."

"거짓말. 알잖아. 너는 바보인 척할 뿐이지, 정말 바보가 아니야."

"……."

아무런 말도 하지 않는 것은 자신도 지적받은 부분을 알기 때문이다.

"바보인 척하는 건 그만둬. 너는 노력하면 자립할 수 있어."

"……나는 언니랑 달라. 자립할 수 있더라도, 아직 어린걸. 상대방을 좋아해도 아직 결혼 같은 건 하기 싫어……. 그보다 친구를 갖고 싶고…… 그보다도……."

아야메의 정장 셔츠는 어느새 어깨 부분이 촉촉하게 젖어 있었다.

"그보다도, 언니랑 계속 같이 있고 싶어……. 여름 따위, 어찌 되든 좋아. 언니가 여름꽃을 보는 게 좋다고 해서…… 하고 있을 뿐이란 말이야……."

루리의 눈물이 뚝뚝 떨어졌다.

"나는 세계를 위해서 일 안 해. 언니가, 여름을 보여달라고……하니까……."

"루리, 미안해……."

"줄곧, 그랬단 말이야. 그것 말고는, 의욕을, 얻을 수 없었어……."

"루리, 루리."

"남자친구가 있어도 좋아. 결혼, 해도, 좋으니까…… 옆에 있어줘……."

"……루리, 미안해."

"내년도, 내후년도, 할머니가 되어서도…… 나한테, 여름을 보여 달라고 말해줘……."

마지막으로 중얼거린 말은 아야메의 마음을 깊이 찔렀다.

"……."

—마치 투정부리는 아이의 의욕을 북돋듯이 줄곧 말해왔다.

『여름을 보여줘.』

『루리, 여름을 보여줘.』

『루리가 주는 여름이 좋아.』

그렇게 몇 번이나 그녀를 이끌어 왔다. 마법의 말이었다. 두 사람에게 필요한 의식이었다. 그러지 않으면, 루리는 『현인신』으로서 기능하지 않았다.

—아아, 사계의 신이시여.

신들이 분명 잘못 고른 것이다. 적어도 아야메는 그렇게 생각했다.

—어째서 동생을 고르셨나요. 적합하지 않아요.

"언니, 싫어…… 언니를 위해서가 아니라면 신 같은 거 하고 싶지 않아……."

—이 아이는 어리광쟁이고, 책임감이 없고, 자기주장도 강하고.

"어째서 바뀌어 버리는 거야? 지금까지는 나만의 언니였는데."

—그저 『언니』를 좋아할 뿐인 아이였어요.

"나도 노력하고 싶어……. 하지만."

—선택받지 않았다면 구속당하지 않고 좀 더 자유롭게 살 수 있었을 텐데.

"하지만…… 언니가, 있으니까……."

신에게 선택받은 아이는 특별하다.

"언니가, 없으면……."

특별히 불쌍하여 지켜 주는 사람이 필요했다.

"노력할, 의미가, 없어."

어쩌면 속죄하려고 그랬던 걸지도 모른다.

똑같이 생겼는데, 자신은 신이 되지 않아도 됐다.

마을에 사는 자라면 누구나 신이 될 가능성을 가지고 있지만, 선택받은 사람은 동생이었다.

선택받지 않았다면 분명 다른 미래가 있었을 거라고 확실하게 말할 수 있는 아이인데.

—마을의 악단에 들어갔을지도 몰라. 노래를 잘 부르니까.

—평생을 바칠 만한 취미에 몰두했을지도 몰라.

—사람과 이야기하길 좋아하니까, 그걸 살리는 일은 얼마든지 있어.

하지만 세계는 거부권을 주지 않았다.

루리에게 그런 미래는 없다. 하지만 결혼해서 종자를 그만두는 아야메에게는 아직 미래가 열려있었다.

—미안해, 루리.

물론 종자가 되는 길을 택한 아야메도 다양한 것을 감내해야 했다.

청춘은 루리에게 바쳤다. 그렇게 말해도 좋다. 하지만 앞으로 조금, 조금만 더 참으면 여름의 신의 종자가 아니게 된다. 해방된다. 더는 힘내지 않아도 된다. 자신의 인생이 시작된다.

"루리."

마침내 끝. 기뻐해도 될 터다. 가족이라고 해서 거리낄 필요는 없다.

—하지만 이상해. 막상 자유가 굴러 들어오니까, 어째서.

"올해로 마지막이야. 마을이 정했어. 내년부터는 나한테 여름을 선물하지 마. 강해지는 거야."

—어째서 이렇게나 혼란스러울까.

"……네가 아니었다면 좋았을 거야."

—이 신에게서 벗어나고 싶었다.

"내가 대신 되어 줄 수 있었다면 좋았을 거야."

—동생을 좋아하지 않았다.

"네가 아니었다면 좋았을 거야."

—동생이 싫었다.

"네가 아니었다면, 나는, 분명……."

—하지만, 동생을 사랑했다.

"……더 다정한 언니가, 될 수 있었을지도 몰라……."

아야메의 한쪽 눈에서 물방울이 떨어졌다. 이 눈물에 거짓은 없다.

"루리, 미안해. 언니가 대신해 줄 수 있었다면 좋았을 텐데……."

누군가가 세상 어딘가에서 울고 있어도, 계절은 순환한다.

철새가 여름 별궁의 산들을 지나갔다.

봄을 현현한 산들은, 눈 속에 군데군데 벚꽃을 피워냈다.

제 4 장

가을의 대행자

이와이즈키 나데시코

봄이 무르익은 세계에서, 어린 여자아이 모습을 한 가을의 신이 놀고 있었다.

나이는 일고여덟 살 정도이리라.

천사 같은 얼굴, 투명한 느낌을 주는 하얀 피부, 호두색 곱슬머리, 온갖 파란색을 모아서 만든 것 같은 물망초색 눈을 가지고 있었다.

카나리아색 기모노를 입고, 은행잎이 장식된 황갈색 하오리를 걸쳤다. 머리에 쓴 클래식한 베레모는 재치있는 리본과 장식으로 꾸며져 있었다. 가을의 색 중에 포인트 컬러로 쓰인 파란색은 그녀의 보기 드문 눈동자를 의식한 것이리라. 엄선된 장식을 보면 사람들에게 얼마나 사랑받고 있는지 알 수 있었다. 누가 봐도 사랑스럽다고 표현할 그녀는 지금 실내에서 소풍 흉내, 소위 말하는 피크닉 중이었다.

장소는 츠쿠시. 가을의 휴양소인 가을 별궁.

유리 천장과 하얀 벽, 나무 바닥으로 만들어진 우아한 썬룸에 있었다.

밖은 쾌청했다. 원래 같았으면 밖에 나가도 좋은 날씨인데, 굳이 실내에서 소풍 바구니를 펼쳐놓고 있었다. 뭔가 이유가 있을 것이다. 외출할 수 없다면 적어도 밖이 보이는 곳에서 기분만이라도 내라는 어른의 배려가 방의 분위기에서도 얼핏 보였다.

한창 뛰어놀 때인 아이를 가둬두는 것은 가엾다고도 할 수 있지만, 본인은 이 놀이를 즐기고 있는 것 같았다. 관리되면서도 자신의 세계에서 기쁨을 잘 찾아내는 것이리라.

외출용 복장은 기분을 내기 위해. 러그 위에는 배낭과 장난감, 인형이 흩어져 있었다. 그것들로 한바탕 놀고 싫증이 난 경과가 보였다.

지금 그녀는 그림 그리는 데 빠져 있었다. 썬룸에서 팔랑팔랑 떨어지는 꽃잎을 보고 단풍잎 같은 손으로 크레파스를 쥐고 하염없이 벚꽃 꽃잎을 그리고 있었다.

야마토에 10년 만에 찾아온 봄. 이 신도 처음으로 봄을 안 아이들 중 한 명이었다. 내리는 꽃잎을 보며 천진난만한 목소리로 『한 장, 두 장』 하고 세는 모습은 미소가 절로 났다. 돌보미인 것 같은 여성이 나무 테이블에 차를 준비하며 웃는 얼굴로 그 모습을 지켜보고 있었다. 그야말로 상냥하고 따뜻한 봄의 한때였다.

"린도우, 린도우."

아이가 문득 생각났다는 것처럼 뒤돌더니 누군가의 이름을 불렀다.

썬룸의 평화로운 세계에서 조금 떨어진 곳, 양지와 동떨어진 그림자에 녹아들듯 칼을 찬 남성이 한 명 서있었다.

나이는 20대 초반일까. 갈색 피부와 흰자위가 반짝거리는 삼백안, 젊고 늠름한 얼굴. 좌우 비대칭으로 세팅한 머리는 가을의 노란 국화색이라 햇볕에 탄 피부와 잘 어울렸다. 탄탄한 체구를 감싼 것은 회색 셔츠와 검은 베스트. 황갈색 스카프타이를 묶고, 잘 닦은 가죽 구두를 신은 모습은 위풍당당했다.

딱 봐도 자신감 넘치는 남자임을 알 수 있었는데, 그것도 납득이 가는 외모였다.

"무슨 일인가요? 나데시코."

일견 화려하고 가벼운 남자처럼 보이지만, 부름에 답한 목소리는 지극히 온화했다. 나데시코를 예뻐한다는 것을 알 수 있는 부드러운 목소리가 조용한 썬룸에 다정하게 울렸다.

"저건 벚꽃이지?"

"네, 저건 벚꽃입니다. ……한자로 쓰면……."

『린도우』라고 불린 남자가 다가가 무지노트의 새 페이지에 크레파스로 글자를 적었다.

"이렇게 씁니다. 봄에 피는 꽃이죠. 나데시코는 처음 보겠네요. 예쁘죠?"

"응, 정말 예뻐……. 있지, 내 이름…… 나데시코(패랭이꽃)는 가을꽃이지?"

"네, 린도우(용담)도 그렇습니다."

"봄의 대행자님의 이름은……."

"히나기쿠(데이지) 님이라고 합니다."

"똑같이 꽃 이름이야!"

"……사계 혈족은 대체로 계절을 나타내는 말로 이름을 지어서 꽃 이름이 많습니다."

"하지만 여름의 대행자님은 꽃 이름이 아니야. 겨울의 대행자님도 꽃 이름이 아니야."

린도우는 주인이 무슨 말을 하고 싶은지 알 수 없어서 무표정하게 지켜보았다.

"똑같아! 처음으로 나랑 똑같아!"

"그게 기쁘셨나요?"

"응!"

잠시 간격을 두고서 퉁명스럽게도 보이는 린도우가 살짝 미소 지었다.

"잘됐습니다."

나데시코는 자애로운 눈길을 받고 넋이 나간 듯 바라보다가 똑같이 활짝 웃어줬다. 그리고 린도우에게 양손을 뻗었다. 린도우는 아무 말 없이 자신도 손을 뻗어 나데시코를 안아 들었다.

마치 나이 차이 나는 오빠와 동생처럼 정다운 모습이었다.

"린도우, 린도우."

"왜 부르시나요? 나데시코."

귓가에서 이름을 부르자 나데시코는 뺨을 장밋빛으로 물들이며 미소 지었다.

"린도우는 나데시코의 왕자님이야."

"……야마토의 왕족 지배는 옛날 옛적에 끝났습니다만?"

나데시코는 기분이 좋았는데 냉정한 대답이 돌아와서 그게 아니라며 입술을 삐죽 내밀었다.

린도우는 알면서 말했을 것이다. 작은 주인이 예상대로 반응하는 것이 재미있어서 웃음소리를 흘렸다.

"있지, 멋지다고 말하고 싶었던 거야."

"제가 말입니까?"

"응, 린도우는 나데시코의 왕자님인걸."

"굳이 따지자면 기사가 좋을 것 같습니다, 공주님."

"나데시코는 공주님?"

"물론이죠. 저의 가을은 제게 가장 소중한 공주님입니다."

나데시코는 그 말이 기뻤는지 린도우에게 한층 꼭 안기더니 뺨에

뽀뽀까지 했다.

가을의 주종은 한동안 기사와 공주님 놀이를 계속했다.

"아자미 님, 경비부에서 부릅니다."

그러자 돌보미가 말했다. 자세히 보니 그녀의 귀에는 이어폰 마이크가 달려 있었다.

"……린도우, 가는 거야?"

"죄송합니다, 나데시코. 금방 돌아오겠습니다."

"1초도 날 잊으면 안 돼."

"네, 매초 당신만을 생각하고 있습니다. 저는 자리를 뜨지만 이곳은 방탄유리로 만들어졌고, 계속 감시하고 있습니다. 교대로 경비부의 호위가 들어올 테니 계속해서 오후 시간을 즐겨 주세요."

"린도우가 먹을 과자, 남겨둘게. 사과 타르트!"

"감사합니다, 나데시코."

"이쪽은 맡겨 주십시오, 아자미 님. 자, 나데시코 님, 차가 준비됐어요."

린도우는 나데시코에게 등을 돌리자마자 조금 전까지 짓고 있었던 미소를 지우고 속삭였다.

"경비부에 전한다. 『페어리』 곁을 이탈. 지금 가겠다."

베스트 주머니에 단 소형 마이크에서 짧은 응답이 들렸다. 린도우는 나데시코 쪽을 한 번 돌아보고서 방을 뒤로했다.

가을 별궁은 얼핏 보면 근대 건축양식을 따른 개방적인 구조지만, 내부는 그렇지 않았다.

썬룸은 전면 방탄유리. 방에서 한 발짝 나오면 콘크리트 벽으로 된 복도가 나온다.

몇 미터마다 감시 카메라가 설치되어 있고, 그것들을 전부 지하에 있는 경비부라는 곳에서 모니터링했다.

방을 나와 경비부에 들어가니 흰 가운을 입은 아담한 여성이 린도우를 맞이했다. 린도우보다는 나이가 많을 것이다. 20대 후반쯤일까. 예쁘게 염색한 금색 머리를 포니테일로 묶고 있었다. 가운 아래 입은 원피스는 빨간색이었다. 구두도 빨간색, 안경테도 빨간색. 좋아하는 색깔이 뭔지 알기 쉬운 인물이었다.

"아아, 왔구나. 사계 회의에 낼 경비 계획, 완성했어. 이제 네가 읽고 제출만 하면 돼. 곧 마감이니까 지금 읽어줘."

"알았어."

"그나저나 아자미, 『페어리』의 기분은 좀 어때?"

여성이 묻자 린도우는 한숨을 쉬고 대답했다.

"……문제없어. 썬룸에 데리고 가니 안색이 좋아졌어."

"다행이야, 다행이야. 걱정했거든."

"떼를 쓸 때는 적당히 햇빛을 쐬게 하고 좋아하는 과자를 먹게 하면 기분이 좋아져. 야…… 나가츠키, 여기서 카레 먹지 마. 내 옷에 냄새 배."

린도우는 선룸에 있었을 때와는 전혀 다른 모습이었다.

"카레 아니야. 카레 우동이야."

나가츠키라고 불린 여성은 이에 특별히 놀라지도 않고 웃으며 대답했다.

주인 앞에서는 내숭 떠는 것처럼 상냥한 남자. 안 보이는 곳에서는 피곤에 찌들어 욕하는 남자. 이게 아자미 린도우라는 남자였다. 그는 가을의 대행자 이와이즈키 나데시코의 종자였다.

가을의 대행자의 경비는 다른 곳과 조금 달라서, 경비 인원을 한정하는 대신 감시와 GPS에 예산을 할애했고, 『페어리』는 그들의 호위 대상을 가리키는 코드 네임이었다. 린도우의 동료 중 한 명인 나가츠키는 근처에 있던 공기청정기를 기동시키며 말했다.

"『페어리』, 최근 산책을 못 시켜주니까 말이지. 그렇게나 어린 아이인데 제대로 일광욕도 못 시켜줘……. 불쌍해. 발전소 폭파 사건, 여름 별궁 습격이 없었다면…… 지금쯤 꽃놀이 정도는 데려가 줬을지도 모르는데 말이야……."

린도우는 고개를 끄덕여 동의했다. 나가츠키가 언급한 것은 얼마 전에 이요에서 일어난 대규모 정전 사건이었다. 이요 지역에 있는 야가라는 곳에서 봄의 대행자 일행이 여름 별궁에 체재하는 중에 역적이 습격했다는 것은 사계청을 통해 가을의 관계자에게 보고가 들어와 있었다.

"정전의 원인인 폭발도 역적의 짓이라면 사계 회의를 향한 메시지일 가능성이 있어. 『너희를 늘 보고 있다』고……. 봄에는 따끔한 일침이 되지 않았을까. 나가츠키, 너도 들었어?"

"아아~ 그거 말이지? 봄의 대행자님과 종자가 많은 관중 앞에서 의식을 거행하자는 계획을 거부하고 도망쳤다는 거."

"……그래, 어이가 없어서 말이 안 나와."

"그러니까 말이야~."

『봄의 종자는 바보야.』

『사계청의 봄 부문은 바보야.』

두 사람이 동시에 타인을 헐뜯었다는 점은 똑같았지만, 헐뜯는 상대는 달랐다.

린도우와 나가츠키는 서로 진심이냐는 얼굴로 바라보았다.

"……."

"……."

먼저 싸움을 시작한 사람은 린도우였다.

"이봐, 어떻게 생각해도 봄의 종자가 바보잖아? 대행자의 고삐를 못 쥐고 있어."

린도우는 근처에 있던 사무용 의자에 거칠게 앉았다. 그리고 그대로 빙 돌아 나가츠키와 마주하고, 팔짱을 끼고 말했다.

"대행자는 관리되어야 해. 사람이 아니라 중요 문화재야. 묵묵히 따르게 해야 했어."

"대행자는 사람이 아니라고?"

"그래."

"대행자는 중요 문화재라고?"

"그래."

"오호라, 토 나오게 상냥한 태도로 『페어리』를 대하는 린도우가 그런 소리를 하는 거야?"

히죽히죽 웃으며 말해서, 린도우는 인상을 찌푸렸다.

"……나데시코는…… 고집부릴 때도 있지만, 허용 범위야. 그리고 심신의 영향이 바로 몸에 나타나. 신통력의 정밀도도 몸 상태나 기분에 따라 크게 바뀌어. 완벽한 상태로 기능시키기 위해서도 신경 쓰는 건 당연하잖아. 책도 습기나 햇빛으로부터 지켜. 그거랑 똑같아. 관리하기 위해 케어하는 건 종자가 할 일이야. 나는 대행자를 손바닥 위에서 잘 굴리고 있어."

"아이고……."

나가츠키는 경쾌하게 혀를 찼다.

"바로 그거야. 실제로 대행자들의 감정은 신통력에 영향을 준다는 연구 자료가 있어. 즉, 대행자의 뜻에 어긋나는 일을…… 많은 관객 앞에서 춤추고 노래하는 아이돌 같은 일을 요구하는 건 케어하는 측에서 볼 때 최악의 발상이야. 심지어 상대는 10년 만에 돌아온 유괴 피해자라고?"

아픈 구석을 찔린 린도우는 반론하지 못하고 눈썹만 치켜세웠다. 나가츠키는 사무용 의자에 앉으며 리드미컬하게 포니테일을 흔들고 노래하듯 말했다.

"그분들은 말이지, 뭘 하든 정말로 기분에 달렸어."

이 분야에 관해서는 말이 많아질 수밖에 없는지 나가츠키의 이야기에는 열이 담겨 있었다.

"이렇게 말하면 나쁘게 들릴지도 모르지만, 그만큼 감정에 좌우된다는 거야. 갓 선택된 대행자도, 늙은 대행자도 숙련도와 상관없이 기분이 고양되면 엄청난 일을 할 수 있어. 옛 대행자 중에서 겨울의 대행자가 마을을 지키기 위해 얼음성을 만들어 농성하고, 심지어 얼음 거병으로 역적을 퇴치한 일도 100년 전에 있었어. 무시무시하지."

린도우는 처음 듣는 사례였는지 놀란 모습을 보였다.

"겨울은 사계절 중에서도 전투에 특화된 존재라서 그런 일화가 꽤 있어. 다른 계절도 과거로 거슬러 올라가 보면 전설급 일화가 제법 있고. 현 봄의 대행자님이 좋은 예야. 아직 사계 신고식도 끝내지 못한 상태에서 거대한 벚나무를 만들어 자신의 종자와 겨울 주종을 지킨 것은 바로『지키고 싶다』라는 감정에서 비롯된 것 아니겠어?"

설복당하고 있는 이 상황이 불만스러운지 린도우는 약간 언짢은 기색으로 대답했다.

"……뭐, 근성은 있네."

"바보야, 근성으로 될 일이 아니야. 카요 히나기쿠 님……이었나? 그분은 아마 역대 대행자 중에서도 보기 드문 힘을 가졌어. 심지어 그 일을 겨우 여섯 살 때 해냈어. 우리 페어리와 비슷한 나이에 말이야. 이건 대단해."

린도우는 그 발언에는 울컥했다.

"……나데시코를 비교 대상으로 쓰지 마."

그는 자신이 섬기는 자가 무시당하는 건 자신이 비방당하는 것과 같다고 생각했다.

하지만 나가츠키는 개의치 않고 웃으며 말했다.

"아니, 비교해서 깎아내리는 게 아니라 여섯 살에 그만한 힘이 있었다는 거야. 대행자의 능력은 쓰는 만큼 늘어서 나이를 먹을수록 강해지니까 지금은 얼마나 강하겠어? 힘이 있으면 그만큼 폭주할 가능성도 커. 그러니까 종자도 단호히 거부한 거겠지."

마침내 맨 처음 토론 주제의 답으로 귀결된 것 같았다.

린도우는 낯빛을 바꾸지 않았지만 속으로는『그렇군』하고 이해했다. 나가츠키가 뭘 주장하는지 알았다. 린도우는 봄의 종자가 대행자의 비위를 맞추느라 경호를 경시하여 의식을 치렀다고 추리했지만, 나가츠키는 의식을 성공시키기 위해 감정을 좌우하는 불필요한 요소를 배제하여 완전한 상태로 10년 만의 현현에 도전했다고 추리한 것이다. 하지만 어느 쪽이 맞는지는 본인과 만나서 물어보지 않는 한 알 수 없다.

"봄의 대행자 히나기쿠 님 말인데…… 공식 기록에는 유괴당한 곳에서 어떻게 나왔는지 안 적혀 있지만, 너니까 말해 주는 거야."

나가츠키는 서로의 무릎이 닿을 만큼 린도우에게 다가가 소곤거렸다.

"역적의 비밀 기지를 완전히 파괴하고 나왔대. 대단하지 않아?"

린도우는 그 말을 듣고 놀라서 움직임을 멈췄다.

"……."

"놀랐네, 놀랐어. 그치? 대단하지? 나도 깜짝 놀랐어."

"……."

"어~이, 무슨 생각해?"

잠시 후, 린도우는 도저히 이해할 수 없다는 모습으로 중얼거렸다.

"그만한 일을 할 수 있으면 좀 더 빨리 나올 수 있었던 거 아니야?"

"……."

나가츠키는 입을 쩍 벌리고 어이없어했다. 어이없어하면서, 빨간 펌프스로 린도우의 의자를 걷어찼다. 린도우는 마치 귀양 보내진 것처럼 벽까지 밀려갔다.

"야!"

"너, 흉악 범죄사건의 피해자한테도 『저항할 수 있었을 거 아니야』라고 말하는 타입이지?"

린도우도 역시 이 말에는 반론했다.

"그럴 리가 없잖아!"

"하~ 얘기할 마음이 싹 사라졌어~."

"야, 나가츠키."

"으악, 가까이 오지 마세요~ 타인에 대한 배려심이 죽어버린 개자식~."

"아니, 그치만, 그렇잖아? 보통 사람이라면 몰라도 대행자는 사계의 힘이 있어. 그걸 써서 언제든 나올 수 있었을 거라고 생각 안 해?"

"……너는 책이라도 좀 읽어서 감수성을 기르는 게 좋겠어. 그리고 빌려줄 테니까 특정 환경에서의 인간 심리를 배우렴. 그 아이는 여섯 살에 납치당했어. 예를 들어 『얌전히 있지 않으면 또 겨울의 마을을 습격하겠다』라는 식으로 말했다면 따를 수밖에 없었을 거야."

"……."

조금 더 반론하고 싶었지만, 린도우는 입을 다물었다.

—그렇다고 해도 생각이 안일했어. 우리는 그런 실수 안 해.

그렇게 생각했지만, 말하지 않는 편이 낫다는 것 정도는 알고 있었다.

"자, 얘기는 그만하고 일하자. 얼른 확인하고, 흠이 있으면 저쪽에 전해야 해. ……이건 절대로 중지할 수 없는 의식이니까."

"그래, 볼게."

그렇게 말한 린도우는 경비부의 컴퓨터 책상 앞에 앉아 제시받은 문서 파일을 보았다.

파일에는 사계 회의의 개요가 적혀 있었다.

예로부터 행해진 기도라는 것.

사계의 대행자들이 1년에 한 번 모여서 사계에 기도를 올린다는 것.

이것 없이 계절은 계승되지 않고, 이것을 방기하면 그 나라에서 사계의 은혜가 끊긴다는 전설이 있다는 것도.

—거짓말 같은 소리야.

린도우는 읽으며 그렇게 생각했다.

—봄의 대행자가 없는 동안에도 사계 회의는 이루어졌어. 그럼 올해는 가을이 없어도 괜찮은 거 아닌가?

신화시대 때부터 전해져 내려오는 행사를 속으로 트집 잡았다.

실제로 10년간 카요 히나기쿠는 사계 회의에 참석하지 못했지만, 대행자의 이능은 사라지지 않았다. 그러나 생물의 생태계가 바뀌고 있다는 보고는 늘고 있었다.

봄이 없는 동안, 사계의 순환은 불안정하여 해마다 작물이 메말랐다.

붕괴의 조짐이 보이기는 했다. 이것이 봄의 부재, 사계 회의에 결석한 탓이라면 올해 어떻게 될지 볼만했다. 린도우는 쭉 읽고 나서 확인했다고 체크했다.

"다 봤어."

다른 일을 하던 나가츠키에게 말했다. 아까는 린도우에게 불쾌감을 보였었는데, 벌써 평소 모습으로 돌아와 있었다.

"OK, OK. 그럼 이걸로 끝. 돌아가도 돼."

"그래. ……그나저나, 예년에 비해 경비가 엄중하네……."

"봄과 여름이 습격받았으니까. 우리도 이 정도는 필요해."

"딱히 상관없지만…… 이렇게까지 할 필요가 있어? 정말 일이 벌어지더라도 우리가 있는데……."

"방심은 금물이야. 가을은 역적의 습격이 적은 계절이지만…… 우리가 습격받지 않을 거라는 보장은 없어. 자, 돌아가. 페어리는 네가 없으면 금세 칭얼거리니까."

린도우는 조금만 더 어린아이가 아니라 어른과 얘기하고 싶었지만, 어쩔 수 없이 일어났다. 그러면서 힐끗 모니터를 봤는데, 나데시코는 썬룸에서 얌전히 그림을 그리고 있는 것 같았다.

린도우는 또 어린애나 돌봐야 하냐고 조금 넌더리를 내며 지하에서 1층으로 가는 계단을 올라가며 하품을 했다.

—이다음에는 가정 교사와 학습 시간인가.

지금은 봄. 눈 밑에 묻혀있던 것들이 온화한 날씨에 감싸여 얼굴을 내미는 계절이다. 가을의 대행자가 바빠지는 것은 여름의 대행자가 여름 현현을 끝내고 나서부터다.

자신들의 담당이 아닌 계절이 흘러가는 동안에는 하루하루가 단조로워지기 쉬웠다.

—공부시킨 다음에는 저녁을 먹고, 목욕시키고, 그러고 나서.

시시하다고도 할 수 있지만, 더없이 사랑스러운 일상이기도 했다.

일상이 시시한 것은 평화롭다는 증거다. 이런 것은 모든 것이 일변한 다음에 통감한다.

—내 자유 시간은 얼마나 만들 수 있으려나.

아자미 린도우는 그렇게 성실한 종자는 아니었다. 다른 종자와 비교하면 대행자에 대한 집착도 적었다. 종자의 직무를 일로 받아들이고 있는 인간이었다.

—귀찮네. 아아, 귀찮아.

하지만 일상이 무너지면 좋겠다고 바라는 자는 아니었다.

"어라……?"

계단을 다 오른 린도우가 1층 복도의 창문을 통해 뭔가가 날아오는 것을 보고 소리를 냈을 때, 모든 것이 일변했다.

린도우가 날아온 물체의 형태를 확인할 새도 없이, 그것은 가을 별궁을 직격했다. 야마토에서는 유도비상체, 넓게는 미사일이라고 부르는 그것이, 평화로운 오후 시간을 파괴했다.

가을 별궁이 폭파되면서 린도우의 몸은 충격파를 맞고 날아가 벽에 부딪쳤고, 그대로 지하에 떨어졌다.

그는 운이 좋았다고 할 수 있었다.

그가 나락 밑바닥에 떨어진 것처럼 쓰러지고 나서, 방화 셔터가 작동하며 지하 입구는 닫혔다. 1층에는 대행자들이 『역적』이라고 부르는 집단이 대거 들어와 감시 중시의 경호 체재를 거침없이 찢어발겼고, 조우한 자는 무장한 역적들의 폭행을 받았다. 셔터는 그대로 지나쳐 갔기에 린도우의 목숨이 위험해지는 일은 없었다.

그러니 그는 운이 좋았다. 무엇보다 행운이었던 것은 기절해서 아무것도 보지 못했다는 점이다.

미사일 착탄 직후, 충격을 버티지 못한 썬룸의 방탄유리가 비오듯 쏟아져서 가을의 대행자 이와이즈키 나데시코는 놀라서 아무것도 하지 못하고 그저 쏟아지는 유리를 맞았다. 그 자리에 있던 돌보미와 경호원은 운 나쁘게 부서진 벽에 깔려 바로 의식을 잃었다.

역적이 나데시코를 발견했을 때, 아이는 피투성이 시체처럼 보였다.

작은 인형이 빨갛게 물들어서 죽어있는, 그런 모습이었다.

마치 군대처럼 무장한 역적들이 그녀의 생사를 확인하기 위해 다가갔고, 그중 한 명, 몸집이 큰 남자가 맥박을 확인하기 위해 손을 잡았다.

그러자 손을 잡은 역적은 전기 충격을 받은 것처럼 떨기 시작했다.

모두가 나데시코의 몸이 은은하게 빛나는 것을 보았다. 그녀는 이미 의식을 잃었지만, 대행자의 힘이 자동으로 발현되고 있었다.

가을의 대행자의 능력은 『생명 부패』. 세계를 겨울옷으로 갈아입히기 위해 나무들과 대지를 부식시키는 힘이다. 하지만, 지금 나데시코가 하고있는 일은 조금 달랐다.

"아, 아아, 아, 아, 아아, 아아아아아!"

나데시코의 손이 남자의 손을 맞잡고 놓지 않았다. 남자는 계속 비명을 질렀다.

그녀는 맞닿은 역적의 몸에서 생명력을 흡수하여 자신의 생명력으로 순환시키고 있었다.

이것이 바로 가을의 대행자가 갖춘 특별한 힘이었다. 나데시코에게 의식은 없었다. 하지만 나데시코의 몸은 지금 대량으로 혈액을 잃어 죽음을 의식하고 있었다. 본능적으로 몸이 능력을 활성화시키고 있었다.

살고 싶다는 생각이 전신을 휘돌아 역적의 생명력을 흡수했다. 나데시코의 몸은 현대 의료의 상식을 뒤집고 급속도로 자가 치유를 시작하여 순식간에 상처가 아물어 갔다.

툭, 툭.

유리 조각이『불필요한 물질』로 인식되어 상처에서 빠져나왔다.

그 신기한 광경을, 나쁘게 말하자면 무시무시한 신적인 힘을 보고 무장한 역적들도 벌벌 떨었다. 나데시코가 만족한 것처럼 손을 놓자, 생명 부패의 손아귀에 떨어진 남자는 서서히 의식을 잃고 쓰러졌다. 구호가 필요할 것 같았지만, 그러더라도 살 수 있을지는 의문이었다.

남자는 완전히 미라 같은 몰골이 되어 혀를 축 빼물고 있었고, 온몸의 구멍에서 피가 나고 있었다. 마치 나데시코의 아픔을 대신 떠맡은 것처럼.

"……회수하죠."

무장한 역적 한 명이 말했다. 여성의 목소리였다.

"고젠[#3], 하지만…… 우리는 죽일 작정으로……."

역적 중에서도 가장 키가 큰 이가 한 발짝 앞으로 나와 발언했다.

"맞아. 확보할 생각은 없었어. 하지만…… 이것 좀 봐……."

고젠이라고 불린 여성이 나데시코 앞에 무릎 꿇었다.

"이렇게나 작다니…… 마치…… 그 아이 같아……. 안 그래? 미카미."

그 말에, 미카미라고 불린 역적은 미묘한 반응을 보였다.

#3 고젠 신분이 높은 여성을 이르는 일본어 경칭.

"또 기르던 개에게 손을 물리려고 그럽니까, 고젠. 한 번이면 충분합니다. 사계의 대행자는 우리가 조종할 수 있는 존재가 아닙니다."

"하지만 모르는 거잖아? 그리고 치유 능력이 있어. 잘 키우면 사람들을 치유할 수 있는 아이가 될 거야. 그러면 살 수 있는 생명이 늘어나. 활동하다 보면 우리가 하는 일이 옳다는 걸 이해하는 사람도 분명 늘어날 거야……! 잘못된 건 사계청이라는 걸 말이야……!"

"고젠, 하지만……!"

"데려가겠어요."

미카미의 말을 무시하고, 역적의 수장인 듯한 여성은 나데시코에게 손을 뻗었다. 나데시코는 이제 만족했는지 자신을 안아드는 여자의 몸에 생명 부패의 신비를 부리지 않았다. 축 늘어진 작은 몸은 품속에서 얕게 호흡을 되풀이했다.

"철수하죠."

가을 별궁을 습격한 역적은 왔을 때와 같이 바람처럼 떠났다.

긴급 탈출용 문도 시스템 오작동으로 잠겨서, 남겨진 생존자와 운좋게 지하에 갇힌 자들이 구출된 것은 그로부터 약 하루가 지난 뒤였다.

곳곳에 설치되어 있던 스프링클러가 작동한 덕분에 불이 나지 않은 것이 불행 중 다행이었다.

하지만 가을 별궁은 원형을 찾아볼 수 없었다. 린도우가 내심 짜증스럽게 여겼던 아이가 뛰어놀던 가을 별궁은 반파되었다.

그 작은 등을 쫓았던 복도는 습격받은 피해자의 혈흔으로 더럽혀져 있었다.

그 작은 손을 잡고 재웠던 침실은 잔해에 묻혀 있었다.

그 작은 눈이 눈부시게 바라보았던 썬룸에는 그녀가 있었던 곳에만 피가 고여 있었다. 마치 탄 자국처럼 애처롭게 남아 있었다.

"……아자미…… 페어리가…… 나데시코가……."

함께 구출된 나가츠키가 피 웅덩이를 보고서 참지 못하고 울음을 터뜨렸다.

린도우는 충격보다도 믿을 수 없다는 마음이 더 컸다.

이런 일이 일어날 리 없다는 생각밖에 안 들었다.

"거짓말이야……."

아자미 린도우가 가을의 종자로 일한 지 고작 1년. 대행자도 종자도 둘 다 신참이었다. 나이 차이 나는 그가 종자로 뽑힌 것은, 그가 가을 마을 출신이고 무예가 가장 뛰어났기 때문이다.

"……왜, 감시 카메라도, 그리고……."

선조가 대행자의 종자였기에 대대로 그 역할을 물려받는 일이 많은 가을의 마을의 명문 가문 출신이었다.

"이런 건, 아무런, 조짐도."

첫 1년은 훌륭하게 호위관 역할을 다했다.

뒤에서 불평하더라도, 이와이즈키 나데시코를 나름대로 소중히 여겼다. 그녀를 속이듯 다른 태도로 대한 것도 그 마음이 나타난 것이었다. 원래 그는 아이를 좋아하지 않는다.

"……이런 건……."

하지만 연기했다. 나데시코를 위해 좋은 종자를 연기했다. 그 보람이 있어서 나데시코는 언제나 『린도우, 린도우』 하고 그를 따랐다. 아마 그런 일상으로 쭉 계속될 거라고 생각했다. 위험한 일이 생겨도 자신이라면 대처할 수 있을 거라고 생각했다. 그럴 자신도 있었다. 하지만 실제로는 어떠한가.

"나데시코……."

싸울 기회조차 빼앗기고, 그가 기절한 사이에 전부 끝났다.

"나데시코."

있는 것은 작은 몸이 흘린 피의 흔적뿐.

"나데, 시코."

이제 그곳에는, 아무것도 없다.

『……린도우, 가는 거야?』

『죄송합니다, 나데시코. 금방 돌아오겠습니다.』

『1초도 날 잊으면 안 돼.』

이제 그곳에는 아무것도 없다.

그 무엇도 없다. 속죄해야 할 존재도, 치유할 것도, 아무것도 없다.

눈앞의 경치를 보는 자신이 그저 무력하게 느껴졌다.

—아무것도 못했다.
—아무것도 못했다.
—아무것도 못했다.

그런데, 눈도, 코도, 입도, 심장조차 정상적으로 움직이며 바깥세상을 인식하고, 세상 또한 이런 비극이 일어나도 올바르게 움직이고 있었다.
—이런 건 이상하잖아.
어째서 세상은 호흡하고 있을까.
지금, 이렇게나 끔찍한 일이 일어났는데.

"나데시코."

린도우가 불러도, 그의 요정(나데시코)은 대답하지 않았다.

제 5 장
로우세이와 히나기쿠

그날은 특별한 날이었습니다.

다섯 살에 봄의 대행자가 된 히나기쿠 님이 겨울의 마을에서 첫 『봄 현현』을 하는 날이었습니다.

히나기쿠 님은 이날을 맞이하기 위해 수행해오셨습니다.

아직 여섯 살인데 봄의 대행자답게 행동하는 모습을 보고 겨울의 마을 사람들도 존경심을 품었던 것 같습니다.

히나기쿠 님은 이제까지 저와 함께 있을 때만 아이다운 모습을 보이셨지만, 사계 신고식을 위해 겨울의 마을에 체재한 이후로 달라지셨습니다.

똑같이 대행자직을 맡으신 ■■■■ 님, 그리고 종자인 ■■ 님과 함께 지내는 시간은 히나기쿠 님에게 특별한 시간이 되었던 것 같습니다.

그게 문제였어요. 그것이, 그분이 자신을 희생하는 원인이 됐습니다.

사건 당시, 히나기쿠 님은 아끼는 기모노를 입고 계셨습니다. 홍색 바탕에 큼직한 국화가 그려진 옷이었습니다. 겨울의 마을은 눈이 내려 새하얬기에 무척 돋보였습니다.

일대가 은빛 세계인 겨울의 마을이 언제 피로 새빨갛게 물들었는지 정확히는 생각나지 않습니다.

이른 오후였던 것 같습니다.

커다란 파열음이 나더니 비명이 들렸습니다. 네, 나중에 알게 되었지만 그건 총성이었습니다. 이어서 타앙, 타앙, 파열음이 들렸고, 그다음에는 괴한들이 노도와 같은 기세로 저희가 있던 방에 난입했습니다. ■■ 님과 저는 ■■ 님과 히나기쿠 님을 지키기 위해 공방을 이어가며 겨울의 마을에서 도망쳤습니다. 도중에 ■■ 님은 배에 총을 맞았고, 저도 맞았습니다. ■■ 님은 히나기쿠 님을 지키기 위해 힘을 다하셨지만 저희는 절체절명이었습니다. 추격자는 바로 지척까지 와 있었습니다.

그 이후로는, 네, 그 이후로는 봄입니다.

히나기쿠 님은 저희를 지키기 위해 전부 봄으로 만드셨습니다.

레이메이 10년 사정 청취「히메다카 사쿠라」

겨울 별궁은 부드러운 봄의 징조에 휩싸여 있었다.

북쪽 대지 에니시, 에니시의 중심 도시인 사츠미야에서 차로 약 세 시간쯤 걸리는 거리에 시라누이라는 곳이 있다. 여름이 되면 라벤더 꽃밭이 만개하는 꽃의 도시다. 그 땅에 지어진 로그하우스풍 저택이 겨울의 대행자의 별궁이었다.

시라누이의 산속에 숨겨진 것처럼 존재하는 겨울 별궁은 나무들 속에 있기에 빛나는 외관이었다. 외국 건축물을 참고한 것 같은 저택은 통상 흔히 볼 수 있는 로그하우스보다 세 배는 더 컸다. 역대 겨울의 대행자가 사랑한 이 겨울 별궁에, 당세 겨울의 대행자도 체재 중이었다.

"……."

평상시에도 칠흑색 기모노를 입는 칸츠바키 로우세이는 자신의 종자인 칸게츠 이테쵸가 휴대전화를 들고 이야기 중인 모습을 주목하고 있었다. 고풍스러운 난로 앞에 놓인 기다란 패브릭 의자에 앉아 가만히 이야기 내용을 듣고 있었다.

"……그렇군. 보고해줘서 고마워."

전화 상대에게 대답하는 종자 이테쵸의 목소리는 어딘가 딱딱했다.

현재 에니시를 에워싼 계절은 겨울에서 봄으로 바뀌어가고 있었다.

즉, 겨울의 대행자가 터로 삼은 토지에 봄의 대행자가 찾아온 것이다.

에니시 땅은 넓어서 각지를 이동해야 한다. 지역 뉴스는 오랜만에 찾아온 봄을 기뻐하며 봄의 대행자의 움직임을 벚꽃 전선으로 비유해 쫓는 것들뿐이었다.

로우세이는 각오를 다지고서 이 타이밍에 봄의 주종에게 회담을 제안해 사죄할 생각이었다. 어쩌면 거절당할지도 모른다. 그렇더라도 히나기쿠가 이 땅에서 하는 봄의 현현을 지켜볼 작정이었다.

"그런가…… 우셨구나…… 괴롭네……."

하지만 상황은 로우세이의 작은 바람조차 용납되지 않는 사태가 되어 있었다.

여름 별궁 습격에 이어서 가을 별궁의 대규모 파괴 및 가을의 대행자 유괴. 잇따른 역적의 공격으로 사계청과 대행자 관계자는 긴급 사태에 빠져 있었다.

경비원은 평소보다 많아졌고, 이동은 최소한으로 제한되었다. 겨울과 봄의 교류가 가능한 상황이 아니었다. 히나기쿠도 봄 현현이 끝나면 즉시 봄의 마을이 있는 테이슈로 돌아가게 되었다.

"계속해서 부탁할게. 히나기쿠 님과 사쿠라를 제일 우선시해줘. 그래, 사계청보다도 두 사람의 의지를 우선해서 움직여줘. 너희가 경호해주고 있어서 다행이야……."

이테쵸가 휴대전화를 한 손에 들고 이야기 중인 상대는 봄의 주종에게 붙인 겨울의 마을 정예 경호원이었다.

여름 별궁 습격 때 봄 측에 존재를 들키기는 했지만, 사계청의 봄 직원이 붙잡기도 해서 동행으로 전환하여 호위하고 있었다.

그들에게 듣고 있는 것은 물론 봄의 주종에 관한 내용이었다.

"……그럼 며칠 내로 끝나겠네. 뭔가 필요한 게 있으면 거리끼지 말고 경비로 갖다 써. 그 아이들한테 필요한 것도……."

이테쵸의 목소리에는 패기가 없었다. 이 사태를 깊이 슬퍼하고 있다는 게 전해졌다.

—어쨌든 무사히 끝내기를 기도할 수밖에 없어.

히나기쿠의 정신 상태가 위태로워지면 봄 현현도 제대로 되지 않겠지만, 벚꽃 전선이 아닌 히나기쿠의 봄 전선은 연일 북상하고 있었다.

원래 같았으면 에니시처럼 광대한 섬을 도는 데는 중간중간 쉬면서 몇 주일이 걸리지만, 쉬지 않고 밤낮으로 이동하며 봄 현현을 반복하고 있는 것 같았다.

지지 않겠다는 목소리가 들리는 듯했다.

—그런데, 나는 이런 곳에서 뭐 하고 있는 거지.

로우세이가 여름 별궁 습격을 들었을 때, 히나기쿠는 이미 테이슈로 이동한 뒤였다.

로우세이와 이테쵸는 직접 봄의 주종을 경호하겠다고 제안했지만, 겨울의 마을 사람들과 사계청 겨울 직원, 국가 치안 기구도 역적의 동향을 파악할 수 없는 현시점에 움직이지 말라며 필사적으로 제지했다.

로우세이가 움직이면 관련된 직원들도 움직여야 하기 때문이다.

각 기관이 허둥지둥 경비를 강화 중인 지금, 한층 손이 많이 가는 자들이 막무가내로 움직이지 말라는 게 본심일 것이다. 어쩔 수 없다. 어른의 사정이라기보다는 긴급 사태 발생 시 요인을 경호하기 위한 당연한 조치라고 할 수 있었다.

히나기쿠의 안전이 위협받고, 자신은 대기를 명받아서 아무것도 할 수 없다. 그것만으로도 로우세이는 자괴감이 들었는데, 이번에는 가을의 대행자가 유괴당했다.

습격에 더해 10년 전의 유괴 사건을 방불케 하는 비극을 듣고 봄의 대행자 카요 히나기쿠가 동요하지 않았을 리가 없다. 분명 두려워하며 봄을 현현하고 있을 터다.

—조금이라도 도와줄 수 없을까.

요 며칠 동안 줄곧 히나기쿠와 사쿠라를 생각했다.

지금쯤 얼마나 불안해하며 봄을 부르고 있을지 걱정되어 미칠 것 같았다.

—내가 정말로 뭐든 할 수 있는 신이었다면 좋았을 텐데.

로우세이가 할 수 있는 일이라고는 겨울 별궁에 가만히 있는 것뿐이었다.

사태가 진정되면 당장 봄에게 가자고 타일러서 어쩔 수 없이 겨울 별궁에 틀어박혀 있었다. 무력감에 시달리며.

"여정은 어떻게 됐어?"

로우세이는 전화를 끊은 이테쵸에게 물었다.

"급히 변경해서…… 이례적인 속도로 하고 있는 것 같아."

이테쵸는 미간에 잡힌 주름을 펴며 대답했다. 평소에는 스마트한 행동이 몸에 배어 있는데, 지금은 그럴 기력도 없는지 로우세이 옆에 다리를 벌리고 털썩 앉았다.

"사츠미야에서 이동을 개시하여 지금은 하코지마의 항구라는 것 같아. 현현 의식을 포함해서 이동에만 여덟 시간이 걸리는 모양이야. 에니시는 넓으니까. 하코지마에서 현현을 마치면 또 오늘 중으로 이동한대. 잠은 제대로 자고 있을까……. 젊다고는 하지만 여자 아이잖아. 건강을 해치지는 않을지…….”

에니시는 야마토 열도의 섬들 중에서도 광대한 면적을 자랑한다.

테이슈라면 교통 시설을 이용하여 주요 도시를 한 시간 정도에 이동할 수 있지만, 에니시는 농촌에서 주요 도시로 가려면 차로 세 시간은 걸리는 게 보통이었다. 이곳 시라누이에서 똑같은 에니시 지역인 하코지마라는 곳까지 이동하려면 다섯 시간은 걸린다. 무슨 일이 생겨도 당장 달려갈 수 없는 것이 현실이었다.

“아마 국가 치안 기구가 요청했겠지. 봄 현현을 얼른 끝내고 관리하기 쉬운 곳에 있으라고 말이야.”

“그렇겠지…….”

말하진 않았지만 이테쵸의 얼굴에는『걱정된다』라고 쓰여 있었다. 로우세이도 그 마음을 아프도록 이해했다.

—이 녀석도 상당히 지쳤나 보네.

전에 없이 정신적 피로를 내비치고 있는 이테쵸를 보니 반대로 로우세이는 정신을 차릴 수 있었다. 하지만 그건 그것대로 힘들었다.

이테쵸도 로우세이와 마찬가지로 봄의 귀환을 기뻐하며 새로운 여행이 성공하길 기도했었다. 가능하다면 용서를 구하고, 긴 악몽에 종지부를 찍고 싶었을 것이다.

그 가능성이 점점 무너지는 상황은 운명의 장난이 너무 심하다고 말할 수밖에 없었다.

한동안 침묵하고 있으니 난로가 있는 거실에 사계청에서 파견된 겨울 직원, 이시하라가 왔다.

"로우세이 님, 이테쵸 님, 점심은 드셨나요?"

두 사람은 말없이 고개를 저었다.

"……마음은 이해하지만 드셔야 합니다. 건강 관리도 저의 일이니까요. 배달이라도 시킬까요?"

"그러는 이시하라는 먹었어?"

"안 먹었습니다……."

경계 태세를 갖추고 호위 중인 이시하라도 마음고생이 몸에 나타나고 있는 것 같았다. 그럼 소화가 잘되는 우동이라도 시키자며 최종적으로 이테쵸가 휴대전화로 배달점을 조사하기 시작했다.

로우세이는 수면제를 복용하고 자는 게 일상이었지만, 이날 밤은 마음고생 탓인지 침대에 눕자 바로 잠들어버렸다.

봄의 밤에, 로우세이는 꿈을 꿨다.

그 꿈은, 과거 풍경을 떠올리는 것 같은 꿈이었다.

겨울의 마을이었고, 웬일로 하늘이 맑았다.

흐린 하늘에서 내리는 육화(눈)가 익숙한 설국의 백성에게 쾌청한 날씨는 오랜만이었다.

눈은 내리지 않았지만 대신 몸에 쩌적 금이 갈 듯한 매서운 추위가 겨울의 마을에 내려앉아 있었다. 꿈속의 로우세이가 그런 하늘을 멍하니 바라보고 있으니 종자 이테쵸가 재촉하듯 아침을 먹였고, 곧 도착한다는 봄의 대행자를 맞이하기 위해 밖에 내보내졌다. 겨울의 마을 사람들은 이 추운 날씨에 한참 전부터 마을의 문 앞에서 대기하고 있었다.

이테쵸에게 손을 잡혀 나아갔다. 다들 일단 로우세이에게 경의를 보이기는 했지만, 결국 어린애라고 생각하는지 잡담은 멈추지 않았다.

『이렇게 말하면 좀 그렇지만, 전임자가 죽은 시기가 좋았어.』

『수행 기간이 1년 있었지. 현현을 끝내고 죽어줘서 다행이야.』

『맞아, 봄이 부재하는 일 없이 순환시킬 수 있어.』

『하지만…… 그 소문이 사실일까.』

『글쎄. 어쨌든 전임자보다 오래 살아주면 좋겠어.』

하얀 숨이 담배 연기처럼 곳곳에서 흩날렸다.

—또, 우리를 도구처럼.

로우세이는 넌더리를 내며 혀를 찼다. 이테쵸가 그 모습을 보고 격려하듯 손을 꽉 잡아줬다.

—죽은 대행자를 애도하는 마음은 없는 건가.

선대 봄의 대행자는 야마토 전역에 봄을 가져오고 나서 자신의 마지막 역할을 끝낸 것처럼 죽었다. 차기 대행자는 관례대로 약 1년간 수행을 끝내고 이제부터 겨울의 마을에서 한 달 정도 로우세이와 함께 지낸다. 사계의 순환에 공백이 없는 상태이기에 『현현을 끝내고 죽어줘서 다행이다』라는 의견이 나왔다. 사계의 순환이 하나라도 빠지면 야마토 국민의 생활, 더 나아가 다양한 사업에 지장이 생기기 때문이다. 로우세이도 그런 말이 왜 나오는지는 알았지만, 이해하고 싶지는 않았다.

—자식이 아직 어리다고 들었어. 분명 마음에 걸렸을 텐데.

선대 봄의 대행자와 로우세이는 그렇게 친하지는 않았지만, 동포의 죽음을 애도하는 마음은 여기 있는 어른들보다 컸다.

—유키야나기 님, 가엾게도.

죽은 사람은 30대 중반의 여성으로, 처연한 미인이라는 말이 잘 어울리는 사람이었다.

부고를 들었을 때, 그렇게나 아련했기에 목숨도 그러했던 걸까 생각했을 정도다. 그리고 곧장 들린 것이 차기 봄의 대행자가 취임했다는 소식이었다. 로우세이는 지금부터 그 새로운 봄의 현인신과 만난다. 계절의 시조인 겨울과 함께 지냄으로써 신화를 구현하는 행사, 『사계 신고식』을 치른다.

하지만 그렇게 격식을 차린 행사는 아니었다. 사계의 대행자끼리 교류하는 행사이기도 해서, 일단 맞이하면 그 뒤로는 그저 한 달간 일상생활에 낯선 타인이 있을 뿐이다.

—이번 대행자는 나이가 비슷하다고 들었는데.

로우세이는 자신을 지키듯 에워싼 겨울의 마을 사람들을 보았다. 중년 남성이 많았다. 그것도 다들 험상궂고 관록이 있는 남자들이었다. 이 당시 열아홉 살이었던 이테쵸는 젊은 축에 들었다.

『이테쵸.』

로우세이가 작은 목소리로 불렀다. 이테쵸는 즉각 허리를 굽혀 귀를 가까이 가져와줬다.

『……봄의, 대행자는 몇 살이야?』

『로우세이…… 제대로 얘기 안 들었어? 여섯 살이셔.』

『어린애네.』

『너도 어린애야.』

그 말을 듣고 울컥했다. 다섯 살 때부터 겨울의 대행자로 활약하여 현재 열 살인 로우세이에게, 여섯 살인 사계의 대행자는 자신의 과거에 해당했다. 기분은 이미 어른이었다.

『또래 아이와 지내는 건 처음 아니야? 친해지면 좋겠네.』

이테쵸는 미소 지으며 그렇게 말했지만, 로우세이는 똑같이 웃어 줄 수 없었다.

『여자애잖아.』

『맞아.』

『……친해질 수 있으려나…….』

겨울의 마을은 남자가 대를 잇는 집안이 많았고, 여성 자체가 적었다. 로우세이는 연상의 남자들에게 둘러싸인 생활에 완전히 적응했기에, 이제 와서 그 생활에 이물질이 끼어든다는 것에 거부감이 있었다.

『잘 들어, 로우세이. 봄의 대행자님도 오고 싶어서 오는 게 아니야. 「친해질 수 있으려나」가 아니라 친해지는 거야. 친절하게 대해줘.』

『왜 내가……. 그럼 안 오면 되잖아.』

『……신성한 행사인데 거부권이 있을 리 없잖아. 심지어 저쪽은 자신이 자란 곳이 아닌 다른 곳에 훽 내던져지는 거야. 너는 시조인 겨울이니까 사계 신고식을 경험하지 않지만 상대방 입장이 되어 봐. 모르는 집에서 한 달간 사는 건 부담스럽겠지?』

『……그러게. 상상하니까 죽을 만큼 싫어.』

타이르듯 말해서 조금 짜증이 났지만, 이테쵸의 비유는 알기 쉬웠다. 로우세이는 순순히 동의했다.

『그리고 어쩌면 평생의 친구가 될지도 몰라.』

이어서 이테쵸의 입에서 나온 말은 로우세이를 조금 혼란스럽게 했다.

『그게 뭐야, 친구라니. 나는 태어나 지금까지 친구 없어.』

지금까지 없었던 게 생겨도 곤란하다는 것이 로우세이의 솔직한 마음이었다. 친구가 없다는 자각은 더는 로우세이를 상처 입히지 않았지만, 이테쵸를 조금 상처 입혔다.

『……나는 친구 아니야?』

『그치만…… 너는 보호자고, 종자고…… 형, 같은 존재잖아…….』

『……그렇지. 따지자면 그래. 그렇기에……. 대행자인…… 너와 똑같은 입장에서 고통과 슬픔을 나눌 수 있는 건 이 나라에서 너를 포함해 네 명밖에 없어.』

『없어도 돼. 지금까지도 없었으니까.』

『……알았어. 억지로 친해지라고는 안 해. 하지만 싫은 얼굴은 하지 마. 상대방한테 실례야.』

『원래 이렇게 생겼어. 내가 태어났을 때부터 봐서 알잖아?』

이테쵸는 무슨 말을 해도 얄밉게 대꾸하는 로우세이에게 벌을 주고 싶어졌는지 코를 꼬집었다. 로우세이는 즉각 이테쵸의 정강이를 주먹으로 때렸다. 늘 그렇듯 겨울 주종이 육체 언어로 대화를 나누는 사이에 문밖에 차가 멈추는 소리가 들렸다. 문의 빗장이 벗겨졌다.

『봄의 대행자, 카요 히나기쿠 님. 그리고 종자 히메다카 사쿠라

님께서 오셨습니다.』

도착했다는 말이 거창하게 나오고 마침내 문이 열렸다. 신기하게도 봄의 대행자는 어느 대의 사람이나 몸에서 향기로운 꽃 내음이 났다. 문이 활짝 열린 순간부터 봄의 향기가 진동했다. 처음 본 순간, 호오 하고 숨이 흘러나왔다.

—이것이, 새로운 봄.

오감을 자극하는 신성, 이라고 하면 좋을까. 다른 대행자를 아는 로우세이도 멈칫할 만한 분위기에 압도되었다. 그 신비한 오라를 두르고 있는 것은 여섯 살 소녀일 테지만, 아이는 두 명 있었다. 흑요석과 호박, 머리색이 각각 달랐다.

둘 다 아름답고 가련했으나, 호박색 머리를 가진 아이가 봄의 화신이라는 것은 직감으로 알 수 있었다. 저쪽도 로우세이가 겨울의 대행자라는 것은 설명을 듣지 않고도 이해한 것 같았다. 어째선지 꿈속 그녀의 얼굴은 새까맣게 칠해져서 보이지 않았다.

하지만 시선을 받고 어떤 심정이었는지는 기억했다.

『겨울의 대행자님. 만나 뵙게 되어 기쁩니다…….』

로우세이는 마음을 빼앗긴다는 것을 이때 처음으로 체험했다. 그녀는 요정처럼 사랑스러웠지만, 이유는 그것뿐만이 아니었던 것 같다.

—나의 봄이야.

어째선지 그렇게 생각했다. 왜인지는 모른다. 이전 봄의 대행자에게는 이런 생각을 하지 않았다. 눈 위에 선 그 사람의 머리끝부터 발끝까지, 자신의 봄이라고 생각했다. 피가 그렇게 느꼈다는 것이 올바른 표현일지도 모른다. 분명 누구한테 이야기하든 그건 첫눈에 반한 거라고 하겠지만, 로우세이는 좀 더 다른 것이라고 느꼈다.

—기다렸어.

운명을 느꼈다. 태어났을 때부터 이 아이가 자신 앞에 나타나기를 기다렸던 것 같다.

『봄의 마을에서 왔습니다. 대행자 히나기쿠, 앞으로 한 달간 이곳에서 신세 지겠습니다. 많이 부족하지만 종자 사쿠라와 함께 아무쪼록 잘 부탁드립니다.』

마치 시집온 것처럼 말했다.

로우세이는 히나기쿠를 응시한 채 움직이지 않았다. 불쌍하게도 낯선 땅에 온 두 소녀는 뭔가 실수했나 싶어서 불안하게 서로의 얼굴을 보고 있었다.

『로우세이, 인사해. 로우세이.』

이테쵸가 몇 번 이름을 부르고 나서야 로우세이도 답하는 인사를 했다.

그때, 카요 히나기쿠는 미소 지어 줬을 텐데 역시 얼굴은 보이지 않았다.

어느새 꿈속의 그녀는 벚꽃 꽃잎이 되어 사라져 버렸다.

장면이 갑자기 바뀌었다. 겨울의 마을의 도장 안이었다. 히나기쿠의 얼굴은 보이지 않았다.

로우세이는 얼음검을 만들고 있었다. 예로부터 겨울의 대행자는 역적과의 싸움에 대비해 얼음 무기를 만드는 것이 초보적인 신통력 훈련으로 통용되었다. 그 연습을 견학 중이었을 것이다.

사쿠라와 이테쵸는 죽도를 들고서 검을 연습하려고 했다.

『칸게츠류 검술을 봄 쪽 사람한테 가르쳐줘도 되려나…….』

『역시 다른 마을 사람을 제자로 삼는 건 규칙 위반일까요?』

『아니, 그런 규칙은 없어. 열심히 공부하는 제자는 환영이지만…… 봄의 마을 사람들의 역린을 건드리진 않을지……. 꽤 과격한 검술이라 여자아이한테 가르쳐줘도 되나 싶은 것도 있고…….』

이테쵸는 망설였지만 사쿠라의 눈동자에는 전혀 그늘이 없었다.

『히나기쿠 님을 지키기 위해 배우는 건데 봄의 마을 사람들이 화내는 건 이상해요. 그리고 여자라서 검술을 배울 수 없는 건 시대착오적이에요. 하지만 이테쵸 님의 입장이 난처해지면 안 되니까…… 몰래 배우면 안 될까요? 어깨너머로 보고 배운 거라고 할게요. 폐는 끼치지 않겠어요.』

『……아니, 그건…… 역시 제대로 제자로 삼고 싶어. 하지만 봄에게 가르쳐줘도 되나…….』

『이테쵸 님, 이야기가 다시 처음으로 돌아갔어요.』

새로 맺어진 사제 관계는 아무래도 스승이 제자한테 밀리는 것 같았다.

간절하게 연습하자고 조르는 사쿠라는 이테쵸와 상성이 좋은 제자였다. 이테쵸는 남을 챙겨 주길 좋아했다. 한편 히나기쿠는 그런 두 사람의 연습 모습을 얌전히 지켜보고 있었다. 로우세이는 심심해 보이는 그녀에게 무심코 시선을 줬다. 마침 히나기쿠도 로우세이 쪽을 보면서 두 사람의 시선이 딱 마주쳤다. 로우세이는 괜히 의식하여 즉각 고개를 돌렸다.

『로우세이, 히나기쿠 님도 상대해줘.』

그걸 또 봤는지 이테쵸가 죽도를 휘두르며 말했다. 이쪽은 호스트고 저쪽은 게스트니 당연하다면 당연했다.

하지만 여자아이와 무슨 이야기를 하면 좋을지 모르는 로우세이는 노골적으로 떨떠름한 표정을 짓고 말았다. 어쩔 수 없이 도장 바닥에 다소곳이 앉아 있는 히나기쿠에게 다가가 말했다.

『……안 추워?』

에니시에 사는 로우세이에게는 평소와 다름없는 기온이지만 바깥은 영하였다. 히나기쿠는 추워 보였다.

히나기쿠는 걱정 끼치면 안 된다고 생각했는지 고개를 가로저었다. 로우세이는 머리를 긁적이고서 도장 바닥에 벗어뒀던 자신의 하오리를 주워 건넸다.

『자.』

『어…….』

히나기쿠가 한 번에 받지 않았기에 로우세이는 오기가 생겨서 하오리를 쥔 손을 내밀었다.

『여자한테 빌려주는 거니까 먼지 정도는 털어!』

뒤에서 이테쵸가 지적했고, 로우세이는 곧장 『시끄러워!』 하고 대답했다.

『자, 얼른 입어. 이테쵸가 시끄럽게 구니까.』

『앗, 네. 죄송해요.』

히나기쿠는 하오리를 받아 허둥지둥 입었다. 그녀에게 조금 큰 하오리는 몸을 폭 감쌌다.

『너, 작네.』

『네? 죄송해요.』

『왜 사과해? 그보다 너는 봄의 대행자니까 따뜻하게 만들면 되는 거 아니야?』

『연습할 때 말고는 그러면 안 된다고 배웠는데…….』

『그럼 연습하면 되잖아.』

『……그, 그러네요. 하지만 부분적으로 이곳만 봄으로 만드는 건 어렵고…… 아직 현현하는 날이 아닌데 힘을 쓰는 건…….』

『흐응. 봄은 세세한 작업을 못 하는구나.』

『……죄송해요.』

사과하지 말래도 그러네, 하고 로우세이는 생각했지만, 그렇게 말해도 히나기쿠는 사과할 것 같았다.

『성실하게 견학하지 않아도 돼. 재미없지? 다른 데 갈래?』

『사쿠라가 노력하는 모습을 보고 싶어요. 방해가 안 된다면…….』

『……딱히 방해되진 않지만.』

거기서 대화가 끝났다. 로우세이는 이로써 의무는 다했다는 것처럼 발길을 돌렸으나, 뭔가 하고 싶은 말이 있는 것 같은 이테쵸와 사쿠라의 시선 공격을 받았다.

『이테쵸 님, 역시 저건 종자로서 그냥 넘어갈 수 없는데요. ……아무리 로우세이 님이라고 해도.』

『기다려, 사쿠라. 로우세이에게 조금만 더 시간을 줘. 또래 여자아이와 얘기하는 건 거의 처음이라 그래. 한심하지만…… 용서해줘.』

—무례한 녀석들이네.

하지만 종자들은 바로 친해졌는데 주인들이 이 모양인 건 좋지 않았다.

그 정도는 어린 로우세이도 알고 있었다. 이테쵸가『친절하게 대해라』,『사이좋게 지내라』하고 시끄럽게 굴었기 때문이다. 로우세이는 어쩔 수 없이 다시 히나기쿠 쪽으로 몸을 돌렸다.

히나기쿠는 흠칫 떨었다. 무서워하고 있었다. 서서 내려다보며 이야기하는 것도 실례일지 모른다. 로우세이는 그렇게 생각하고 옆에 앉았다. 하지만 이야깃거리는 바로 떠오르지 않았다. 기온 이야기는 이미 해버렸다. 원래부터 로우세이는 말재주가 좋지도 않았다.

『…….』

고육지책으로 이테쵸 욕이라도 할까 생각했을 때.

『로우세이 님.』

히나기쿠 쪽에서 먼저 말을 꺼냈다. 기모노 소매를 꼭 잡으며 머뭇거리는 모습을 보였다. 그러다 용기를 낸 것처럼 말을 이었다.

『저기…… 겨울의 대행자님의 능력은 뭐든 만들 수 있나요?』

히나기쿠는 긴장한 나머지 이상하게 튀는 소리를 냈다. 얼굴도 빨갰다.

로우세이는 처음에 질문을 이해하지 못했다가 곧 얼음검 창조를 가리키는 것임을 알았다. 처음 봐서 신기했을 것이다. 로우세이는 조금 의기양양해졌다.

『검이랑 활이랑 창이라면 바로 만들 수 있어.』

『꽃이나 별님도 만들 수 있나요……?』

『……뭐?』

로우세이는 의표를 찌르는 질문을 받고 굳었다. 꽃을 만든다는 발상이 그에게는 없었다. 아니, 겨울의 마을에도 없었다. 애초에 이 연습에서 무기가 아닌 걸 만든다는 관점이 없었다.

『만든 적은 없지만…… 만들어줘?』

『아, 아뇨. 죄송해요……. 바보 같은 소리를 했네요. 용서해 주세요.』

히나기쿠는 황급히 머리를 푹 숙였다. 그리고 두 사람 사이에는 다시 침묵이 내려앉고 말았다.

—이러면 내가 차갑게 대한 것 같잖아.

또 이테쵸와 사쿠라가 이쪽을 빤히 보고 있었다. 비난받을지도 모르는 상황이었다.

그리고 할 수 있냐고 물어본 것을 못 한다고 하기는 싫었다. 겨울의 대행자로서의 긍지가 아니라 칸츠바키 로우세이로서의 오기였다. 로우세이는 히나기쿠의 기모노를 가볍게 잡아당기자 히나기쿠가 눈썹을 내리고서 로우세이 쪽을 보았다. 용기를 내 말했는데 실패해서 후회하고 있었다. 로우세이는 짐짓 자신 있게 말했다.

『할 수 있어. 기다려봐.』

그렇게 말했지만 곧장 만들지는 못했다. 시행착오를 거듭하여 로우세이는 어떻게든 꽃 한 송이를 만들어 냈다. 그리고 히나기쿠에게 내밀었다. 소녀에게 꽃을 건네는 행위는 굉장히 쑥스럽고 낯간지러웠지만 자랑스러웠다. 볼품없는 그 꽃을 히나기쿠는 조심조심

잡았다.

『일단 모과꽃이야. 저택의 정원에 있어. 매년 피어. 다른 건…… 잘 모르니까 이걸로 봐줘.』

로우세이가 그렇게 말하자 히나기쿠는 감동한 모습으로 말했다.

『차가워요……. 예뻐…….』

굉장히 기뻤는지 히나기쿠는 검술 연습 중인 사쿠라한테도 보여주러 갔다. 그리고 장난감을 받고 기뻐하는 아이처럼 다시 돌아오더니 자신도 뭔가 봄의 이능을 사용하기 시작했다.

『봄도 세세한 작업…… 조금은 할 수 있어요.』

기모노 소매에 숨겨뒀던 주머니에서 꽃씨를 꺼내 쥐었다. 그러자 마치 그녀의 손에서 꽃이 피어나듯 꽃 한 송이가 싹을 틔웠다.

『이거, 데이지(히나기쿠)예요.』

히나기쿠는 조금 쑥스러워하며 말했다.

『제 이름이랑 똑같은 꽃이에요. 괜찮으시다면 받아주세요. ……필요 없다면…….』

진짜 생화. 그것도 봄의 대행자가 눈앞에서 개화시킨 꽃을 보고 로우세이는 눈을 반짝였다.

『굉장해, 굉장하다!』

『아, 아뇨. 로우세이 님이 더 대단하세요.』

『아니, 이쪽이 더 대단해. ……그런가, 이런 걸 할 수 있구나. 나는 얼리기만 하니까 이런 건 못 해.』

『…….』

『왜 그래?』

『이전 대행자는…… 봄의…… 대행자는 이런 걸 안 보여줬나요……?』

『어. 회의 때 얘기는 하지만 서로의 이능을 보여주진 않아. 나 말고는 다들 어른이고.』

『그런가요…….』

『그래서 네가 처음이야. 히나기쿠, 고마워.』

로우세이는 이때 처음으로 히나기쿠의 이름을 불렀다. 히나기쿠는 그때 확실히 웃었을 터다.

『네, 로우세이 님.』

하지만, 꿈속에서는 웃기 전에 꽃잎이 되어 사라졌다.

꿈은 차례차례 장면을 바꿔 나갔다.

사계 신고식을 치르는 한 달간 함께 지낸 나날이 떠올랐다가 사라져 갔다.

히나기쿠에게 눈토끼를 만들어줬다. 이테쵸가 지켜보는 가운데 썰매를 타고 놀았다. 사쿠라와 검으로 승부했다. 그런 소소한 나날이었다. 또래 아이라면 당연하게 맛보는 일일지도 모른다. 그러나 로우세이에게는 아주 중요한 경험이었다. 당시 가을의 대행자와 여름의 대행자는 현 대행자와 달리 노인이었기 때문이다.

원래부터 계절 간 교류는 그리 활발하지 않은데 세대까지 다르니 간격은 더욱 컸다. 그에게 히나기쿠는 처음으로 생긴 동년배 신이었다.

『로우세이 님은…… 좀 더 무서운 분일 줄 알았어요.』

어느 날, 히나기쿠가 불쑥 중얼거렸다. 둘이서 행동하고 뒤에서 이테쵸와 사쿠라가 지켜보는 구도가 정형화되었을 때였다. 놀 곳도 없는 혹한의 땅에서, 아이들은 그저 바깥 공기를 마시고 싶어 산책하고 있었다.

마을 주변에 있는 서낭숲을 산책하고, 조금 괜찮게 생긴 나무 막대기를 찾으면 가지고 돌아오는 게 일과였다.

『나 무서워? 눈초리가…… 나쁘다는 말은 듣는데…….』

『아, 아뇨. 그렇게 생각했을 뿐, 다정하셔요. 겨울 분들은 다들 다정하시네요…….』

『안 그래. 싫은 녀석도 있어.』

『하지만 이테쵸 오라버니도 다정하세요…….』

히나기쿠가 뒤를 힐끔 돌아보았다. 사쿠라와 이테쵸가 즉각 잡담을 멈추고 손을 흔들었다. 과보호하는 종자들은 주인들이 뭔가 하면 바로 반응했다. 히나기쿠도 느릿하게 손을 흔들어 줬다. 처음에는 상상도 못 했을 만큼 온화하고 상냥한 시간을 보내고 있었다.

『너희한테만 그러는 거야. 저 녀석, 나한테는 잔소리 되게 심해.』

불량스럽고 입이 험하고 맹랑한 로우세이에게 익숙해진 이테쵸는 히나기쿠와 사쿠라 같은 여자아이들이 신선한지 오빠가 동생을 예뻐하듯 귀여워했다.

—뭐, 이해는 되지만.

로우세이는 곁눈질로 히나기쿠를 보았다. 얼굴은 역시 보이지 않았으나, 보고 있으니 가슴속이 살짝 따뜻해지며 자연스럽게 웃음이 났다.

—나도 꽤 속물일지도.

자신이 이렇게 될 줄은 상상도 못 했지만, 로우세이도 히나기쿠를 사랑스럽게 여기고 있었다.

처음에는 멀었던 거리가 줄어들어 평범하게 옆에서 이야기해 주는 게 기뻤다.

『봄은 엄격해?』

단순히 그런 얘기 중이었기에 한 말이었는데, 히나기쿠는 얼굴을 굳혔다. 로우세이는 그런 히나기쿠를 의아한 표정으로 바라보았다. 히나기쿠에게 이 화제는 어쩌면 금구였을지도 모른다.

『설마…… 말하고 싶지 않은 일을 당하고 있어?』

저도 모르게 히나기쿠의 손을 잡았다.

『……아, 아뇨.』

지켜 주고 싶다는 마음이 뭉게뭉게 솟아났다.

『괴롭힘당하고 있는 거면 말해. 내가 봄의 마을에 한마디 해줄게.』

『정말로 괜찮아요.』

히나기쿠는 잡히지 않은 손으로 기모노 소매를 꽉 쥐고 말했다.

『……그저, 저는…… 첩……의 아이……라서…… 다정하게 대해 주는 사람과 만난 건 사쿠라가 처음이라……. 그래서…… 이곳이…… 굉장히…….』

로우세이는 이때 자신이 속물이 아니었던 것을 나중에 후회하게 된다.

『첩이 뭐야?』

『……모, 모르셔도 돼요.』

히나기쿠는 그렇게 말하고 다시 꽃잎이 되어 사라졌다.

꿈은 다시 흘러갔다. 이번에는 조금 전의 장면에서 그리 멀어지지 않았다. 로우세이는 부엌이 있는 복도에서 안을 들여다보고 있었다. 사쿠라와 이테쵸가 채소 껍질을 벗기고 있었다.

『……역시나. ……선대님과 얼굴이 닮았다 싶었어.』

두 사람은 뭔가 어두운 이야기를 하고 있었다.

『전대미문이라고 해요. 보통은 이렇게 이어지지 않는대요.』

『피가 짙은 걸까.』

『……모르겠어요. 그러니 히나기쿠 님 앞에서는 봄의 마을이나 선대님 이야기는 꺼내지 않으셨으면 좋겠어요. ……히나기쿠 님이 먼저 말씀하셨다면 마음을 터놓은 증거이니 괜찮지만…….』

『그런가……. 알았어.』

로우세이는 히나기쿠를 위해 냉장고에서 주스를 꺼내고 싶을 뿐이었다.

하지만 그 자리에 못 박힌 것처럼 안에 들어갈 수 없었다.

『……돌아가신 선조님이 히나기쿠 님의 어머니셨을 줄이야…….』

들어갈 수 없었다. 심장이 덜컥 소리를 냈다.

『이름이 다른 건…… 뭔가 사정이 있는 거야? 선대님은 유키야나기 코바이 님이었을 텐데…….』
『히나기쿠 님도 사실은 유키야나기 히나기쿠 님이에요. 대행자가 되시고 나서 성이 바뀌었죠. 카요는 봄의 마을에서도 명문이에요. 이장님도 카요 사람이고 히나기쿠 님의 조모에 해당해요. 현 가주님은 기혼자고 아이도 있으신데…… 코바이 님은 카요의 가주님과…… 그릇된…… 사랑에 빠지셔서…… 히나기쿠 님을 가지셨어요…….』
로우세이는 머릿속이 차게 식는 것을 느꼈다. 쩌적 얼어붙는 소리가 났다.
—그 녀석이.
눈보라 속에 서 있는 것처럼 마음도 얼어붙어 갔다.
—히나기쿠가 중요한 말을 하려고 했는데, 나는 들어주지 못했어.
그때, 로우세이는 마침내 『첩』이 무엇을 가리키는지 알았다.
히나기쿠가 봄의 마을에 관한 질문을 받고 제대로 답하지 못한 이유도. 로우세이나 이테쵸와의 대수롭지 않은 생활을 다정하다고 표현한 의미도. 모든 것을 전부 알았기에.
『히나기쿠 님은 사생아 취급을 받으셨다고…….』
비틀거릴 만큼 현기증이 났다. 여섯 살에 대행자가 되는 히나기쿠는 1년간 수행하고 이 겨울의 마을에 왔다.
즉, 계산하면 다섯 살에 엄마를 잃은 것이 된다.
『……그렇지만 코바이 님은 히나기쿠 님을 낳기 전부터 대행자로 활약하셨기에 쉬쉬하게 되었달까…… 입장이 굉장히 미묘해져서…….』
사생아를 낳은 엄마가 선대 대행자였고. 무슨 운명인지 딸인 히나기쿠에게 대행자의 능력이 양도되었다. 대행자의 세대교체에 핏줄은 관계없다. 그저 그때 가장 적합하다고 판단된 것이 다섯 살의 히나기쿠였을 뿐이다.

『그러네……. 나라를 짊어진 입장상 대놓고 비판하는 자는 없겠지만…….』

『네, 대행자 망신이라든가, 그런 말을 들으신 것 같아요. 카요의 주인마님이 무척 노여워하셔서…… 장절한 괴롭힘이 있었다고 해요…….』

『부친에 대한 비난은 없었던 거야……?』

『있었지만, 이런 일은 어째선지 남자보다 여자가 욕을 먹으니까요…….』

『코바이 님은 괴롭힘으로부터 히나기쿠 님을 지키기 위해 집에는 별로 가지 않으셨다고 들었어요. 그래서…… 임종도 지켜보시지 못했어요……. 유서가 남아 있었는데, 주로 히나기쿠 님을 카요의 가주에게 맡긴다고 부탁하는 내용이었다고 해요. 그래서 유키야나기에서 카요가 되었죠.』

『잠깐만…… 유서가 있었다는 건, 즉…….』

모친도 상상하지 못했을 것이다.

『……네. 자살하셨다고 해요.』

죽으면 해결되리라고 생각했을 것이다. 하지만 그렇게 되지 않았다.

설마 자기 딸이 대행자가 될 줄은 상상도 못했을 것이다.

『돌아가시고 나서 누가 히나기쿠 님을…… 돌보게 됐어……?』

『유키야나기와 카요의 먼 친척인 저희가 돌보게 됐어요……. 그

두 가문에서는 사람을 보낼 수 없었으니까요…….』

『그렇군. 거기서 너와 이어지는 건가.』

『아, 아뇨. 저는 저택 정원의 복숭아를 훔치러 갔다가 히나기쿠님과 알게 된 거라서 만남은 우연이었어요. 나중에 이어져 있다는 걸 알았죠.』

『…….』

『……혼내지 말아 주세요.』

『안 혼내.』

이테쵸와 사쿠라는 그 후 다른 화제로 넘어갔지만 로우세이는 그럴 수 없었다.

―그래서, 지금 히나기쿠는?

남겨진 딸은 여전히 지내기 불편한 상태로 살고 있다. 만약 봄의 대행자로 뽑히지 않았다면 남몰래 어딘가에서 인생을 새로 시작할 수 있었을지도 모른다. 엄마의 험담이나 소문을 듣지 않아도 되는 곳에서 평범한 아가씨로 살았을 것이다.

하지만 신은 잔혹했고, 운명은 남겨진 소녀에게 친절하지 않았다.

―모친과 똑같잖아.

입장이 있어서 숭배는 받는다. 그건 로우세이가 겨울의 마을 어른들에게 도구 취급을 받는 것과 마찬가지로 표면적인 숭배이리라. 그녀는 로우세이의 질문에 머뭇거렸다. 사람의 입은 막을 수 없다. 인간은 금방 착해지지 않는다. 봄의 마을에 추문을 뿌린 여자의 딸, 그러나 똑같이 대행자의 이능을 받은 기이한 존재로서 고립되고 소외당한 상태일 것은 외부의 존재인 로우세이도 헤아릴 수 있었다.

—어째서.

로우세이는 누군가에게 그렇게 묻고 싶었다.

누구도 대답해주지 않을 것은 알지만 묻고 싶었다. 불합리한 일을 목도하면 사람은 생각하고 만다.

—신이시여, 어째서.

답은 없었기에 로우세이는 빈 잔을 하나 든 채로 발길을 돌렸다.

그러자 그곳에 히나기쿠가 있었다.

『히나기쿠.』

바닥에 눈물방울이 뚝 떨어진 것이 보였다. 로우세이가 손을 뻗었다. 히나기쿠는 한 걸음 물러났다. 하지만 로우세이는 다시 한 걸음 나아가 팔을 잡았다. 한시라도 빨리 그녀를 어딘가로 데려가 주고 싶었다.

어디든 좋다. 그녀가 실컷 울 수 있는, 단둘만 있을 수 있는 곳으로.

그런 곳이 이 세상에 있는지 모르겠지만, 가고 싶었다.

도피행을 떠나듯 그대로 달렸지만 어느새 히나기쿠는 꽃잎이 되어 사라졌다.

장면은 흩날리는 꽃잎에 표백되듯 바뀌어 갔다.

아무래도 꿈은 클라이맥스에 들어선 것 같았다. 이번 경치는 실내가 아니라 밖이었다.

로우세이는 겨울의 마을을 에워싼 서낭숲에서 필사적으로 달리고 있었다. 로우세이의 악몽은 늘 반드시 이 장면을 거쳐 끝을 맞이한다. 끔찍한 10년 전의 참극이다.

로우세이는 숨을 헐떡이며 은빛 세계를 달렸다. 뒤돌아보니 이테쵸가 히나기쿠를 안고서 달리고 있었다. 사쿠라가 뒤따르고 있었다. 그보다 더 뒤쪽, 나무들 사이로 추적자들의 모습이 보였다. 떨리는 손으로 얼음벽을 만들어 앞을 막았지만 몇 번 그러다 보니 의식이 몽롱해졌다. 숨이 찼다.

헉, 헉, 헉.

헉, 헉, 헉.

헉, 헉, 헉.

헉, 헉, 헉.

『로우세이!』

목에서 피가 나는 게 아닐까 싶을 만큼 숨쉬기가 힘들었다. 숨이 차서 다리도 꼬였다. 제대로 뛸 수 없었다. 그만 뛰고 싶다고 수없이 생각했다.

『로우세이! 힘내! 뛰어!』

이테쵸가 호통치듯 말했다.

『로우세이 님……!』

히나기쿠가 울 것 같은 얼굴로 이름을 불렀다. 로우세이도 울고 싶었다. 어째서 일이 이렇게 된 거냐고 머릿속으로 누군가에게 외치고 있었다.

『돌아, 돌아, 앞질러가! 겨울의 대행자는 소년이다! 소년을 죽여!』

그 말을 듣고 로우세이는 역적들이 노리는 게 자신임을 알았다.

지금 로우세이를 포함한 네 사람은 마을에 불법 침입한 자들로부터 필사적으로 도망치고 있었다.

—겨울을 없애는 게 목적인 근절파인가?

생포하는 게 아니라 죽이라는 걸 보면 대행자의 이능을 노리는 자들은 아닐 것이다. 특정 계절을『해악』으로 간주하고 제거하려 드는 과격파 역적이다.

히나기쿠를 건드리지 않는 것은 정보가 부족하기 때문인가. 어쩌면 봄의 대행자가 작은 소녀라는 것은 역적도 아직 파악하지 못한 상태일지도 모른다. 히나기쿠가 봄의 대행자로서 세상에 나가는 것은 로우세이와 함께 보내는 사계 신고식을 마친 뒤다.

즉, 히나기쿠는 노리고 있지 않을 가능성이 크다. 함께 도망치지 말았어야 했다. 하지만 갑자기 총성을 울리며 저택 내에 나타난 역적으로부터 지키기 위해 데려와 버렸다.

—전부 내 탓이야.

로우세이는 꿈속 풍경을 둘러보았다. 아이들을 지키며 달리는 이테쵸의 몸에서 피가 뚝뚝 떨어지고 있었다. 로우세이는 그것이 눈을 물들이는 모습이 참 기묘하다고 생각했다. 형처럼 따르는 이테쵸가 피를 흘리고 있는 것은 로우세이의 목숨을 노린 역적과 교전한 탓이다. 달리는 네 사람의 걸음이 느려지는 것은 눈 탓이다. 목이 찢어질 듯 아픈 것은 추위 탓이기도 했다. 하지만 이 눈도, 이 추위도, 로우세이가 가져온 것이다. 히나기쿠가 울고 있는 것은 로우세이 암살에 휘말린 탓이다.

『……위험해요!』

이번에는 사쿠라가 로우세이를 감싸고 총에 맞았다. 이것도 로우세이 탓이다.

『히나기쿠 님을……!』

전부 로우세이 탓이다.

『가요! 얼른!』

전부, 그래, 전부, 기묘하게도.

『사쿠라……!』

전부 로우세이 때문에 일어났다. 겨울의 신으로 뽑힌 남자아이라서.

이전 겨울의 대행자도, 전전 겨울의 대행자도 줄곧 이 끝없는 악순환을 이어왔다. 지금보다 문명이 발달하지 않았던 시대에는, 병자는 겨울을 넘기지 못하면 죽었다. 그 탓에 겨울의 대행자는 사계절 중에서도 특히나 미움받았다.

기적을 일으키러 왔다고 여겨지지 않고 재앙 취급을 받았다. 돌을 맞고, 화살을 맞으며 살해당했다고 들었다. 그래서 사계의 대행자 중에서 가장 세대교체가 빠르다. 문자 그대로 사냥당하기 때문이다.

지금도 겨울이 와서 길이 막히면 생활이 어려워지는 한적한 곳에서는 환영받지 못한다. 옛 관습을 따라 괴롭히기도 한다. 인간은 간단히 평화주의자가 되지 않는다. 사상을 바꾸지 않는다. 생각은 계승된다.

—하지만, 그건 내 탓인가?

사실은 겨울 탓이지 『칸츠바키 로우세이』의 탓이 아니다.

—하지만, 지금은 내 탓이야.

그러나 『칸츠바키 로우세이』가 『겨울의 대행자』라서 이 사태가 일어났다.

—내가 없어지면 해결될까.

적어도 역적은 만족하고 철수할지도 모른다. 로우세이는 결단해야 했다.

그건 열 살 소년이 내려야 할 결단이 아니었지만, 그는 그래야 할 입장이었다.

얄궂게도 신이 사랑을 위해 인간에게 일을 맡긴 뒤로 계절을 현현하는 인간은 사랑 때문에 헤맬 뿐이다.

—내가 할 수 있는 일은 뭐지?

자신에게 물었다. 마음속에 있는 또 다른 자신은 분명하게 대답했다.

—역적의 주의를 끌거나. 혹은 만족시키는 것.

그러려면 뭘 해야 하냐고 로우세이는 다시 물었다. 답은 다시 금방 나왔다.

—죽자.

이제 그것 말고는 방법이 떠오르지 않았다.

감정을 배제한 이 결론은 바깥 공기와 마찬가지로 서늘했다.

—다른 사람은 살려달라고 한 다음에 죽으면 세 사람은 그냥 보내줄지도 몰라.

믿을 수 있는 사람인 이테쵸는 중상. 남은 세 명은 어린아이다. 누군가가 잡히는 건 시간문제였다. 그게 자신이면 괜찮다. 운명이라고 받아들이자. 하지만 자신이 아니라 다른 사람이 잡힌다면.

—히나기쿠와 사쿠라.

길동무로 삼을 수는 없다.

목숨을 걸겠다고 맹세해 준 이테쵸 말고는 무덤으로 데려갈 수 없다.

—내가 죽을 수밖에 없어.

가능성이 있다면 걸어야 한다. 역적도 오래 있을 생각은 없을 것이다.

—죽을 수밖에 없어.

그렇다면 빨리 결단하고 확실하게 실행해야 한다.

로우세이는 이테쵸를 보았다. 사쿠라를 보고, 그러고 나서 히나기쿠를 보았다. 꿈속의 히나기쿠는 역시 얼굴이 보이지 않았다. 다만 울고 있는 것은 알 수 있었다.

뚝뚝 눈물을 흘리며 두려워하고 있었다. 공포와 추위에 떨고 있었다.

—히나기쿠.

로우세이의 마음속에서 말로 표현할 수 없는 수호의 감정이 넘쳐흘렀다.

이 아이는 항상 뭔가에 휘말린다. 심지어 본인이 어떻게 할 수 없는 일들뿐이다.

—무슨 일이 있어도 히나기쿠만큼은.

그렇게 늘 불안하게 흔들리고 있다.

—지키고 싶어.

이제 이 감정은 단순한 동정심이라고 할 수 없었다.

처음에는 동정심이었던 것 같다. 그녀의 출생과 처지가 가여웠다. 보호 본능을 자극했다. 하지만 단지 그 이유로 지금 목숨을 내놓지는 못한다.

—히나기쿠.

겨울 동안 함께 놀았다. 첫 친구가 되었다.

—히나기쿠.

신만이 아는 고민을 나눌 수 있었다. 그녀의 괴로움이 자신의 괴로움이 되었다.

그녀가 웃으면 무뚝뚝한 자신도 웃을 수 있었다. 즐거웠다. 이 겨울이 아마 로우세이의 짧은 인생에서 가장 멋진 시간이었다.

—히나기쿠, 히나기쿠.

만약 로우세이가 살면서 딱 한 번만 누군가를 구할 수 있다면.

—히나기쿠, 너를 지키고 싶어.

이 소녀를 택하고 싶다.

—너를 지키고 싶어.

로우세이는 이때, 사랑을 하고 있었다.

겨울의 대행자라서가 아니라. 칸츠바키 로우세이로서 카요 히나기쿠를 사랑했다.

『이테쵸! 사쿠라를 지켜!』

꿈속의 로우세이는 당시 그랬듯이 최대한 큰 얼음벽을 만들었다.

등 뒤로 다가와 있었던 역적들이 술렁거리는 소리가 났다. 얼음벽을 만드는 로우세이, 그 뒤에 사쿠라, 이테쵸, 히나기쿠 순으로 거리가 있었다. 모두를 지키려면 높고 단단한 얼음벽이어야 했다. 술자의 높은 기술이 필요했다.

그 순간, 히나기쿠가 이테쵸의 품에서 튀어나와 사쿠라 곁으로 뛰었다.

한발 늦은 이테쵸는 총상의 격통을 견디며 이를 악물고 달려왔다.

『히나기쿠 님! 제가 사쿠라를 업겠습니다. 죄송하지만…… 뛰실 수 있겠습니까?』

『네!』

둘이서 연계하는 모습을 보고, 로우세이는 긴장한 가운데 조금 안도했다.

—잘하고 있어. 이건 시간 벌기야.

얼음벽은 지금도 총격을 받고 있었다. 깨지는 건 시간문제였다.

—집중해. 경도를 유지해.

로우세이의 손이 떨렸다. 하지만 손끝에서는 신통력에 의한 푸른 빛이 뿜어져 나와 냉기가 감도는 형태를 만들어 나갔다. 수없이 했던 일이다. 이것만큼은 공포로 혼란스러워도 할 수 있었다.

—순식간에 끝날만한걸 만들어.

지금까지 많은 검을 만들었다. 그건 싸우기 위한 검이라서 칼날이 길었다.

지금 그런 검은 필요 없다. 작고, 양손으로 들 수 있고, 심장을 단숨에 꿰뚫을 수 있는, 그런 길이면 된다. 너무 짧아도 안 된다. 심장에 닿지 않는다. 원하는 것은 잡기 쉽고 세게 휘두를 수 있는 검.

—확실하게 자신을 죽일 수 있는 검을 만들어야 해.

『로우세이, 뭐해! 가자! 어린애가 얼음검으로 싸워도 못 이겨!』

이테쵸가 로우세이를 보고 외쳤다. 그는 로우세이가 근접전으로 싸우려 한다고 생각했다.

지금은 그러기보다 도망쳐야 한다고 타이르려 했지만, 로우세이의 표정을 보고 뭔가 다르다는 것을 느꼈다.

로우세이가 어색하게 웃고 있었기 때문이다. 제대로 웃지도 못하는 게 꼴사납다고 로우세이 본인도 생각했다. 하지만 그대로 형편없이 웃으며 말했다.

『이테쵸, 주인의 명령이야. 그대로 달려.』

주인으로서 종자에게 명령했다.

『……로우세이?』

이테쵸는 망연자실한 목소리를 냈다.

『무슨 뜻인지 알지?』

로우세이는 못을 박듯 말했다.

『잠깐만!』

이테쵸는 무슨 뜻인지 알았지만 이해하고 싶지 않았다. 취사선택이었다.

열아홉 살 청년 혼자 아이 셋을 지키는 건 불가능하다.

『너라면 여자 두 명 정도는 지키면서 뛸 수 있지?』

버릴 거면 자기 진영에서 희생한다.

희생할 거면 대체할 수 있는 자를 고른다. 그러면 세계는 이어진다.

『로우세이, 기다려……!』

그리고 그 대상은 그가 손수 키운 열 살 소년이어야 한다.

주인 자신이 그걸 이해하고 있었다.

『마지막으로 눈보라를 일으킬 거야. 해보겠어. 핏자국은 완전히 숨길 수 없을지도 몰라. 하지만 부탁해. 어떻게든 도망쳐줘. 너희를 살려달라고 해볼게. 이제 이 방법밖에 없어.』

『바보 같은 소리 마! 잔말 말고 이 틈에 도망치는 거야!』

그때 로우세이는 떨고 있었고, 겁먹은 아이의 얼굴이었지만, 행동은 군주다웠다.

『두 번 말하게 하지 마, 이테쵸. 명령이야. 히나기쿠와 사쿠라를 데리고 도망쳐. 나는 안 도망쳐. 여기서 죽을 거야. 그러면 저 녀석들은 만족할 거야.』

로우세이가 그렇게 고하자 이테쵸와 함께 히나기쿠가 외쳤다.

『로우세이!!』

『안 돼……!』

히나기쿠의 그 외침은 마치 비명 같았다. 세상을 찢는 듯한 목소리였다.

『안 돼요. 절대 안 돼!』

그때, 꿈속에서 줄곧 보이지 않았던 히나기쿠의 표정이 마침내 보였다.

—히나기쿠.

안개가 걷힌 것처럼 드러난 그녀의 얼굴은 그야말로 봄의 화신이었다.

사랑스럽고, 아련하고, 그리고.

『로우세이 님.』

들에 피는 꽃 같은 강인함이 있었다. 히나기쿠의 보기 드문 황수정 눈동자가 형형히 빛났다.

『포기하지 마세요! 그런 거 안 돼요. 도망쳐서 사는 거예요!』

히나기쿠는 마치 망가진 기계 같은 음성으로 다시 말했다.

그리고 다쳐서 쓰러져 있는 사쿠라를 만졌다. 그저 살며시 만졌다.

『사쿠라, 괜찮아. 분명 살 수 있어…….』

이테쵸도 사쿠라도 어안이 벙벙해져 있었다.

이 봄의 대행자가 무슨 근거로 그렇게 말하는지 알 수 없었다.

『히나기쿠, 너…….』

그 순간, 총알이 귀를 스쳤다. 얼음벽이 뚫린 것이다. 거울이 깨지는 것처럼 뒤쪽에서 얼음 파편이 로우세이에게 쏟아졌다. 다시 한번 의식을 집중하여 얼음벽을 다시 만들어야 한다.

—조금쯤 기다릴 수 없는 거냐!

아직 세 사람이 도망치지 않았다. 설득도 못했다. 빨리 죽어야 하는데 히나기쿠가 딴사람이 된 것처럼 말한다. 마치 강박관념에 사로잡힌 사람같이.

『이테쵸 오라버니, 사쿠라를 부탁드려요!』

그 자리에 있으면 될 텐데, 히나기쿠는 로우세이 쪽으로 달려왔다.

로우세이는 소리 지르고 싶은 것을 꾹 참고 다시 얼음벽을 만들어냈다. 눈앞에 있는 소녀를 총탄으로부터 지켜야 했다. 남은 시간은 얼마 없었다. 높고 넓게, 자신들을 에워싸듯 U자로 만들었다. 역적이 그걸 깨닫고 돌아서 들어오면 끝이다.

히나기쿠는 로우세이에게 달려왔고, 제때 멈추지 못하여 가슴에 부딪쳤다. 로우세이는 한 손으로 안아서 받아줬다.

곧 있으면 죽을 건데 여자아이를 끌어안다니, 뭔가 이상하다고 머리 한편으로 생각했다.

얼음벽을 뚫으려고 하는 총탄을 버티는 로우세이의 품속에서 히나기쿠는 필사적으로 말했다.

『아무도 죽으면 안 돼요……! 로우세이 님도, 이테쵸 오라버니도, 사쿠라도, 겨울의 마을 사람들도, 아무도 죽으면 안 돼요. 그런 건 절대로 안 돼요……!』

히나기쿠 쪽이 당장이라도 죽을 것 같은 얼굴이었다.

『히나기쿠, 됐어……! 너는 상관없는 일이야…….』

『상관있어요!』

『상관없어!』

『있어요! 로우세이 님은 저의…… 저의 소중한 사람이에요……!』

『……!』

『저랑 또 같이 놀아주실 거죠? 저번에 그렇게 말씀……!』

『미안…… 어려워졌어……. 다음 겨울의 대행자와 친하게 지내줘.』

내치듯이 말했지만 그래도 히나기쿠는 포기하지 않았다.

『간단히 그런 말씀 하지 마세요……. 저는 로우세이 님하고만…… 로우세이 님이 아니면……. 그리고…… 죽은 후에 어떻게 될지, 로우세이 님은 모르시잖아요?』

『뭐……?』

―무슨 소리를.

『……저는, 알아요…….』

무슨 소리를 하는 거냐고 로우세이는 생각했다.

히나기쿠는 보름달 같은 눈에서 눈물을 뚝뚝 흘리며 호소했다.

지금 죽으려 하는 사람에게 죽은 후를 아냐고 불가사의한 질문을 했다.

『로우세이 님…… 제 어머니는 로우세이 님처럼 죽어서 어떻게든 하려고 했어요…….』

—아아, 그만해.

『용서받을 수 없는 일을 저질러서 모두에게 미움받았어요.』

—듣고 싶지 않아.

『너는 필요 없다는 말을 몇 번이나, 몇 번이나 들었어요. 저도 포함해서요.』

—나는 이미 정했어. 아무 말도 하지 마.

『그래서 어머니는 해결하려고 했어요. 자신이 방해된다면 사라지면 된다고. 그러면 딸의 생활도 조금은 좋아질 거라고. 그러길 바라며…….』

—흔들려고 하지 마.

『하지만 막상 뚜껑을 열어보니 마을은 여전히 저를 싫어해요……! 상처 입히는 누군가가 있어서 하라는 대로 따라도, 그래서 구원받는 건 죽은 사람의 마음뿐이에요……!』

—나는 결심했어. 각오했어.

『상처 입힌 그 사람들은 로우세이 님이 죽은 다음에 웃을 거예요! 꼴좋다고……! 하란다고 진짜로 했다고! 바보라고, 멍청하다고! 저는 알아요……!』

—그러니까 부탁이야. 말하지 마.

『……저는…… 알아요……. 그런 사람을 많이 봤어요……!』

지금도 남겨져서 고통받고 있는 히나기쿠가 토로했기에 그 말은 로우세이의 가슴을 꿰뚫었다.

지금 로우세이는 똑같은 고통을 또 히나기쿠에게 주려 하고 있었다.

『……하지만! 역적으로부터 너희를 지키려면 이 방법밖에 없어!』

『다른 방법도 있어요!』

『없어! 언젠가 모두 잡힐 거야!』

『있어요! 도망쳐요……! 싸울 수 없다면, 꼴사납더라도…… 도망치는 길을 택하는 거예요! 왜냐하면…… 로우세이 님…….』

—나는 죽기로 했어.

『로우세이 님…….』

—결심했어. 내 마음을 꺾지 마.

『지금 죽고 싶은 건 아니잖아요?!』

히나기쿠의 황수정색 눈동자가, 목소리가, 그 존재 모두가 로우세이의 결심을 흔들었다.

이 절체절명의 순간에 그 말을 했다. 무구한 말은 날카로운 검 같았다.

—어째서 지금.

그런 건 위선이라든가, 죽을 날을 언제로 고르든 내 마음이라든가, 하고 싶은 말은 많았다.

—그런 말을 하는 거야.

『……그럼 어쩌라는 건데…….』

결심이 꺾여서 화가 났다. 눈물도 히나기쿠 못지않게 흘러넘쳤다.

숨 쉬기가 힘들었다. 눈물을 참을 수 없었다.

—아아, 그래.

지키고자 하는 여자아이에게 들은 말이 정곡을 찔러서 눈물이 났다.

『어쩌라는 거냐고!!』

짜증을 부리듯 고함치고 말았다.

—죽기 싫어. 지금 힘들 뿐이지, 죽고 싶은 건 아니야.

『나도 죽기 싫어! 하지만 너희가 죽는 건 더 싫어!』

—편해질 수 있다면 좀 더 살고 싶어.

『견딜 수 없다고! 다 같이 죽는 것보다 나만 죽는 게 낫잖아!』

—하지만 다른 방법이 생각나지 않아.

그리고 무엇보다 너를 구하고 싶다고, 로우세이는 생각했다.

그때, 등지고 있었던 얼음벽에서 쩍 소리가 났다.

이제 전부 한계였다. 얼음벽이 깨지면 모두 벌집이 된다.

—히나기쿠!

로우세이는 겁먹은 표정을 하면서도 히나기쿠를 더 끌어안으려고 했다.

지키고 싶다는 일념으로. 하지만 히나기쿠는 그 손을 뿌리쳤다.

로우세이의 보호를 거절했다. 로우세이의 팔을 풀고, 대신 거칠게 잡았다. 온몸의 힘을 담아 로우세이와 자신의 위치를 뒤바꿨다. 그리고 곧장 양손으로 밀쳤다.

로우세이는 휘청거리며 부드러운 눈 위에 넘어지고 말았다. 무너지는 얼음벽이라는 최후의 보호막을 등진 사람은 히나기쿠가 됐다. 화가 났는지, 아니면 착란 상태에 빠졌는지. 뭘 하고 싶은 건지 알 수 없었다.

로우세이는 망연자실하게 히나기쿠를 바라보았다.

『로우세이 님. 그럼 다 같이 도망쳐요……. 이건 패배가 아니에요. 다 같이…… 도망치고, 도망치고, 도망쳐서.』

얼음이 깨지는 가운데, 히나기쿠는 기모노 소매에서 주머니를 꺼냈다. 씨앗을 잡고, 찌를 듯한 눈으로 로우세이를 보았다.

『참고 견디며, 싸울 때를 기다리는 거예요.』

이때의 히나기쿠는, 정말 신이었던 걸지도 모른다.

도저히 여섯 살 아이로는 보이지 않았다.

【참고 견디며 싸울 때를 기다린다】. 이 상황에서 그런 말을 하고, 역적을 제압했으니까.

이 아이는 로우세이에게 다시 싸울 수 있을 때까지 기다리라고 말하고 있었다.

바로 그때, 히나기쿠의 발밑에서 갑자기 나무들이 생겨나 거대한 그림자를 만들었다.

거기에 선 히나기쿠의 모습은 평범한 소녀가 아니라 그야말로 소녀신이었다.

그림자는 바로 로우세이와 사쿠라와 이테쵸를 삼켰다. 봄의 대행자의 마음을 받아 초현실적인 힘을 얻은 식물들은 그 자리에 있던 자들의 뺨과 몸을 가르듯 급성장했다.

마치 달려드는 것 같은 기세였다. 만약 식물을 뜻대로 사역할 수 있다면.

『히나, 기쿠…….』

이렇게 모든 것을 삼키는 괴물이 되는 걸까.

영창도 무용도 없이. 감정의 발로만으로 그것들은 전부 이루어졌다.

굴레가 벗겨졌다고 말할 수밖에 없었다.

급속도로 성장하여 땅에서 자라난 나무들은 뱀처럼 꿈틀거리며 세 사람을 감옥에 가두듯 에워쌌다. 나무들의 가지가, 잎이, 순식간에 바깥세상과의 틈을 메꿨다. 이윽고 가지에 꽃봉오리가 맺혔고, 꽃봉오리는 꽃을 피웠다. 신의 힘으로 현현한 벚나무들은 히나기쿠가 지키고 싶은 것만을 가둔 벚나무 요새 같았다.

로우세이는 무슨 일이 일어나고 있는지 당장은 이해하지 못했다.

—왜 나는 갇혀있는 거지.

로우세이는 뒤를 보았다. 의식이 몽롱한 사쿠라가 피를 흘리며 울부짖고 있었다.

이테쵸는 사태를 파악하고 저항하듯 가까이 있는 가지를 부러뜨렸지만 금방 재생됐다.

세 사람의 시야에는 아름다운 벚꽃만이 보였다. 아무리 중화기를 사용하고 있다 해도 이 꽃나무들로 만들어진 요새를 뚫기는 어려울 것이다.

그 대신 어떠한가. 안에서는 이제 무서운 것이 보이지 않았다. 예쁘디예쁜 벚꽃뿐이다.

봄의 대행자 카요 히나기쿠가『지키고 싶다』는 일념으로 만든 봄의 요새. 그곳에 히나기쿠의 모습만이 없었다. 만들어낸 술자는 요새 밖에 있었고, 목소리만이 들려왔다.

『부탁이에요……. 사쿠라를 죽이지 말아요. 로우세이 님을 죽이지 말아요…….』

괴로워하는 목소리였다.

『이테쵸 오라버니를 더는 쏘지 말아요.』

이런 엄청난 일을 순식간에 해냈다.

신통력 사용으로 몸에 얼마나 부담이 갔을지 짐작도 되지 않는다. 분명 숨도 헐떡이고 있을 터다.

—기다려, 히나기쿠.

로우세이는 말없이 쥐고 있던 얼음 단도를 치켜들었다.

휘두르자 뺨을 타고 흐르던 눈물이 반동으로 튀었다.

『……크……윽.』

들려오는 목소리에 초조함을 느끼며 계속해서 단도를 휘둘러 나무를 깎았다. 몇 번이고, 몇 번이고, 몇 번이고.

그럴 때마다 눈물이 튀었다.

—기다려, 기다려줘.

하지만 깎인 곳에서 또 새로운 가지가 생겨나고 꽃이 필 뿐이었다. 지금 로우세이는 꽃의 고성에 갇혀 완벽하게 보호받고 있었다. 넘치는 신통력으로 움직이고 있는 이 요새도 술자가 쓰러지면 허무하게 무너지겠지만, 히나기쿠는 그걸 허락하지 않을 것이다.

—싫어, 싫어, 기다려줘.

히나기쿠는 서툰 말로 역적을 구슬리듯 필사적으로 이야기하고 있었다.

이 정도 소동이면 곧 국가 치안 기구가 올 거다.

당신들은 도망쳐야 한다. 겨울의 마을 습격에 성공한 데 만족하는 것이 낫다.

지금이라면 자신이 철수를 성공시키기 위한 인질이 되겠다.

저항하지 않고 이 몸을 내주겠다. 겨울의 대행자는 죽여도 다시 생겨난다. 그걸 알고 있을 터다.

오늘은 이 정도면 충분하지 않은가. 이건 분명 역사에 남을 사건이 될 것이다.

여기서 타협하는 편이 낫다. 여기서 잡히면 의미가 없다. 그러면 이 습격은 실패다.

지금이라면 자신을 납치하고 모두가 확실하게 도망칠 수 있다.

그러니까 더는 누구도 상처 입히지 말라고. 그렇게 호소하고 있었다.

『히나기쿠 님, 안 돼요! 싫어, 싫어, 싫어어어어어어어어어어!』

사쿠라가 나무 감옥 안에서 외쳤다. 외치는 소리가 들렸는지, 히나기쿠는 격려하듯 대답했다.

『사쿠라, 분명 살 수 있어. 괜찮아. 내가 지켜줄게.』

바로 옆에 그녀가 있는데 모습은 보이지 않았다.

『싫어요, 싫어요. 제가 인질이 될게요! 제가!』

모습은 보이지 않았다. 거기 있는데.

『미안해……. 사쿠라는 안 돼. 사쿠라, 내가 사라지면 열심히 도와달라고 외쳐. ……분명 살아남은 겨울의 마을 사람들이 찾으러 올 테니까…….』

『안 돼애애애! 히나기쿠 님, 히나기쿠 님!』

이제 손이 닿지 않는다. 목소리는 들리는데.

『네가 갈 필요는 없어! 안돼! 히나기쿠 님, 우리는 괜찮으니까 도망쳐……!』

로우세이의 시야가 눈물로 번졌다.

꽃잎이 떨어지는 속도보다 빠르게 눈물방울이 떨어졌다. 들고있던 얼음 단도가 손에서 떨어져 눈 결정이 되어 사라졌다. 손에도 발에도 힘이 들어가지 않았다. 급속도로 생산되는 슬픔과 절망이 모든 것을 빼앗아 갔다.

—왜.

세상을 향한 의문이 그때 머릿속에 떠올랐다.

—어째서.

운명에게 물었다. 이제 몇 번째인지 알 수 없는 물음이었다.

왜 이런 일이 일어나고 있는지 알 수 없었다.

자신이란 존재가 어째서 이렇게까지 남을 불행하게 하는지 알 수 없었다.

아니, 알더라도 이해하고 싶지 않았다.

『이테쵸 오라버니…… 저…… 이제 지쳐서…… 이게 최대한이에요…….』

이 세상에 태어나 숨 쉬고, 걷고.

『사쿠라를 잘 부탁드려요. 부탁이에요.』

사명을 받고, 그걸 위해 살아왔다.

『꼭, 꼭, 살아남아 주세요.』

어릴 때 모든 것이 정해졌으나 거절하지 않고 받아들여야 했다.

최대한 해왔다. 그런데 이렇게나 슬픈 운명이 인생을 덮친다.

—어째서.

되풀이되는 의문은 무의미한 감상일 뿐이다. 그런 건 지금 이 자리에서 일어나고 있는 사태를 해결해주지 않는다. 하지만 이때 열 살이었던 로우세이는 정신없이 벌어지는 온갖 일에 어쩔 도리가 없어서 그저 눈물을 흘릴 수밖에 없었다.

『히나기쿠…….』

벚꽃이 방해됐다. 나무들도 방해됐다.

『히나, 기쿠, 나는…….』

그녀가 만들어 내는 꽃을 좋아했을 텐데, 지금은 전부 얼려버리고 싶었다.

『싫어, 제발.』

로우세이는 자신을 지키려고 하는 벚나무들에 매달려 울었다.

『히나기쿠, 가지 마. 싫어……. 나, 너를 좋아해.』

매달려서 울었다.

—어째서.

답이 없는 물음이 머릿속에서 무의미하게 맴돌았다.

로우세이는 심장도 안구도 지금 당장 기능을 정지했으면 좋겠다고 생각했다. 성가셨다. 이딴 건 걸리적거린다.

『좋아해…….』

지금은 눈물보다도 더 도움이 되는 게 필요했다.

『……겨울의 신이 봄의 신을 좋아하게 된 것처럼 너를 좋아해.』

뭔가, 전부 바꿀 만한 기적이 필요했다.

『그러니까 가지 마. 나는 그런 거 기쁘지 않아. 안 기뻐.』

뭔가 없을까. 이 사태를 해결할 뭔가가.

—신이시여.

로우세이는 마음속으로 위대한 무언가의 이름을 불러 보았다.

—신이시여.

하지만 아무 일도 일어나지 않았다.

—신이시여.

현인신인 로우세이의 기도는 어떤 신에게 닿는 걸까.

—누군가.

겨울의 신일까. 하지만 그의 은총이 지금 이 사태를 초래했다.

—누군가.

로우세이에게 구원은 없다.

—누군가, 제발. 부탁이야.

겨울의 대행자가 기도를 올릴 누군가는 존재하지 않았다.

『로우세이 님…….』

첫사랑인 아이가 이름을 부르자 목에서 끅끅 소리가 났다. 삼킨 눈물이 짰다.

『기다려줘. 응? 듣고 있지? 제발…… 내가 좋아한다고 지금…… 말하고 있잖아…….』

『……무척 기뻐요……. 로우세이 님…….』

히나기쿠는 정말 기뻐하는 목소리로 그렇게 말했다.

『제발 기다려줘…….』

그게 로우세이의 마음을 푹 찔러서 이대로 죽어버리고 싶다는 생각마저 들었다.

『로우세이 님.』

『기다려줘. 가지 마.』

『……로우세이 님. 올겨울, 즐거웠죠. 같이 놀아주셔서 고마워요.』

어째서 일이 이렇게 되었을까.

『히나기쿠, 들어봐. 나는 아까 죽으려고 했어. 내가 죽으면 해결될 거였어.』

뭘 잘못했던 걸까.

『얼음꽃을 주셔서 고마워요.』

『기다려. 지금 죽을 테니까.』

누가 잘못했던 걸까.

『무척 친절하게 대해 주셔서 고마워요, 로우세이 님.』

『지금 내가 죽을 테니까. 당장 죽을 테니까. 그러면 너는 사라지지 않아도 돼.』

태어난 것 자체일지도 모른다.

『분명 저도 살 수 있을 거예요. 그러니까.』

—아아, 이럴 바에야.

『또 저랑 같이 놀아 주시겠어요?』

—나 같은 건 태어나지 말았어야 했어.

『기다려줘. 내가 교섭할게…….』

누구에게도 빌 수 없는 로우세이는 빌었다.

『내가, 내가, 내가 죽는 걸 보여줄 테니까……. 지금 보여줄 거라고 전해줘.』

봄의 소녀신에게 빌었다.

『부탁이야. 미안해, 히나기쿠…… 내가 멍청하게 굴었어.』

기도할 다른 상대를 몰랐다. 지금 이때에는 그녀밖에 없었다.

『더 빨리 결단했다면……. 제발, 싫어, 무슨 짓을 당할지 몰라. 네가 무슨 짓을 당할지 모른다고!』

벌을 주듯이 지키는 것도, 아끼듯이 멀어지는 것도 그녀니까.

『그런 건 싫어, 싫어…… 싫단 말이야, 히나기쿠…… 내가 너를…….』

이 벚나무들 너머에 있는 첫사랑 아이에게 할 수 있는 말은 한정되어 있었다.

그러니 조금이라도 많이 전하고 싶었다.

『좋아한다고 하잖아……. 좋아해.』

기도하듯이, 좋아한다고. 가지 말라고.

『로우세이 님…….』

히나기쿠의 목소리는 도중에 멈췄다. 역적 남자가 말을 걸어왔다.

떠날 계획을 세웠을 것이다. 역적은 교섭에 응했다.

멀리서 사이렌이 울리고 있었다. 국가 치안 기구가 출동한 것이다. 이제 끝났다. 그녀가 끌려가 버린다. 눈을 밟는 소리가 멀어졌다.

『로우세이 님, 로우세이 님! 반드시 대답을 드릴게요!』

끌려가면서 외치는 히나기쿠의 목소리가 귀에 들러붙었다.

『그러니까 로우세이 님…….』

꿈은 늘 현실과 똑같이 끝난다.

반복되는 악몽에 변화는 없다.

마치 벌처럼, 몇 번이고 몇 번이고 로우세이는 이 꿈을 꾼다.

『죽지 말고 살아 주시겠어요?』

마음을 찢는 듯한 상냥함으로 그를 지킨 여자아이의 꿈을 꾼다.

꾸고 난 후에는 늘 무력한 자신이 남아 있다.

"……읏!"

흔드는 손길에 꿈에서 깨어난 로우세이는 현실을 확인했다.

손을 들어 얼굴을 만졌다. 이제 열 살짜리 아이의 작은 손이 아니었다. 어른의 골격이다.

하지만 눈물이 넘쳐흐르고 있는 것은 아이 때와 똑같았다.

"로우세이, 무슨 일이야. 또 무서운 꿈을 꿨어?"

침대 옆에는 역시나 변함없이 이테쵸가 있었다. 그가 악몽에서 깨워준 모양이다. 로우세이가 악몽에 시달리는 모습을 감시 카메라로 보고 깨우러 왔을 것이다.

10년간 그는 줄곧 그러고 있었다.

아이들을 지키지 못한 죄를 짊어지고서 속죄하듯 인생을 소모하며 살고 있었다. 10년 전에는 열아홉 살이었다. 스물아홉 살이 된 그는 지금도 로우세이를 지켜주고 있었다. 마치, 저주처럼.

그 다정함이 때로는 짜증스럽고, 때로는 로우세이를 상처 입히기도 했다.

"……이테쵸."

그리고 로우세이는 이제 스무 살이다. 나이를 먹으니 알 수 있었다. 열아홉 살이었던 이테쵸가 얼마나 무거운 짐을 지고서 살아왔는지를. 밤중에 딱 하나 켜진 침대 옆 램프 불빛을 받은 이테쵸는 그야말로 빛 같았다. 로우세이의 캄캄한 인생을 줄곧 상냥하게 밝혀줬다.

"괜찮아, 로우세이. 봄은 지금 돌아와있어."

그가 있기에 솟아나는 용기가 있었다.

—이제 이런 나날은 그만두자.

로우세이는 이때 비로소 그렇게 생각할 수 있었다.

이제 모든 것이 한계에 달한 것일지도 모른다.

지금 상황도, 과거도, 미래도. 눈물에 젖은 얼굴도, 떨리는 손도. 먹어야 하는 약도. 누군가에게 휘어잡히는 나날도. 전부 싫다고 생각했다. 이 인생이 싫다.

—엿이나 먹으라지.

현재는 최악이고, 운명은 잔혹하다.

미래는 절망적이고, 과거는 폐기하고 싶다.

겨울의 신으로 사는 지금, 이 삶에 좋은 일은 없다.

누구의 탓인지 잘못을 찾듯 범인을 따지는 것도 지긋지긋하다.

몇 번째인지 알 수 없는 죽고 싶다는 생각이 속에서부터 육체를 물어뜯어 머리끝부터 발끝까지 지배하고 있었다. 죽는 게 나을지도 모른다. 언제나 죽고 싶다는 생각을 한다. 하지만.

—지금 죽는 건 안 되잖아.

『죽고 싶다』는 마음에 지고 싶지 않았다.

어차피 언젠가는 죽는다. 그게 언제일지는 모른다.

죽음만큼은 정말로 평등하다. 역적에게 살해당할지도 모른다. 병으로 죽을지도 모른다. 스스로 죽을 확률이 지금으로써는 제일 크다.

—그래도 지금은 아니야. 해야 할 일을 하지 못했어.

지금 로우세이는 살아 있다.

—봄이 돌아왔어. 움직여야지.

이 목숨은 다른 사람에게 받은 목숨이다. 좋은 일에 써야 한다. 부끄럽지 않게 살고 싶다.

그리고 그 자랑스러운 모습을 보여주고 싶은 사람은 돌아왔다.

—일어서.

그의 첫사랑 상대는 말했다. 참고 견디며 싸울 때를 기다리라고.

—충분히 참고 견뎠어. 지금이 바로 싸울 때야.

로우세이를 살려줬다. 지기 위해서가 아니다. 이기기 위해 살려줬다.

그렇다면 지금이야말로 운명에 도전하여 복수하고 싶다.

자신들을 괴롭히는 모든 것을 향해 소리 높여 호소하고 싶다. 중지를 세우고, 확실하게.

『잘도 그런 짓을 했구나. 이번에는 우리 차례야』라고.

"이테쵸. 내가 바보 같은 짓을 하고 싶다고 하면 넌 따라와 줄 거야?"

대체 뭘 하려고 그런 요구를 하는지 설명도 부족하고 상당히 불친절한 말이었다. 하지만 로우세이의 종자는 그 말에 의아해하지도 않고, 고민하지도 않고 아무렇지도 않게 고개를 끄덕였다.

"네가 원한다면 어디든지."

이테쵸도 이때를 기다렸던 걸지도 모른다.

주인이 일어서는 이 순간을.

그럼 뭐부터 시작할 거냐고 당연하게 되물었기에, 로우세이는 역시 이 남자를 자신의 무덤까지 데려가고 싶다고 생각했다.

이튿날, 로우세이는 봄의 대행자 호위관인 히메다타 사쿠라에게 연락했다.

겨울의 마을 쪽 경호원을 통해 5년 만에 휴대전화 너머로 그녀와 대화했다.

"사쿠라, 들려?"

이미 몇 년은 목소리를 듣지 못했다. 하지만 예전에는 함께 지냈고, 헤어졌다.

헤어진 후로도 줄곧 마음속에 담아뒀던 아이의 놀란 숨소리가 들렸다.

『로우세이…….』

배신자라며 욕먹은 기억이 아직 선명하다. 마지막으로 얼굴을 봤을 때는 겨울의 이장이 대규모 수사를 중지하겠다고 결정했을 때였다. 믿었는데, 어떻게 이러냐고 울며 비난하는 그녀의 얼굴은 이테쵸뿐만 아니라 로우세이의 눈에도 새겨져 있었다. 계속 항의할 테니까 기다려 달라고 부탁한 다음 날, 사쿠라는 사라졌다.

『왜 전화했어…….』

전화를 받아 준 것만으로도 기적이라고 할 수 있었다.

“정식 절차도 밟지 않고 갑자기 연락해서 미안해. 원래는 사죄 자리를 마련하여 직접 얘기하고 싶었어. 하지만 그럴 수 없는 상황이 됐기에 이 방법을 쓰게 됐어.”

긴장하여 전화를 쥔 손에 힘이 들어갔다.

“……히나기쿠도, 거기 있지?”

줄곧 그녀들의 목소리를 듣고 싶다고 생각했었다.

『…….』

“이런 방식으로 얘기하는 걸 네가 용납하지 않는다는 건 알아. 나랑 말하기 싫으면 듣기만 해도 돼. 잠시만 귀를 기울여줘.”

사과하고 싶었다. 도와주지 못해서, 미안하다고.

“유괴 사건은 너희도 당연히 들었지? ……이런 일이 벌어져서 유감이야. 가을의 대행자와는 사계 신고식으로 한 달간 함께 생활했었어. 응석받이인…… 정말로 아직 어린 아이야. 외로움을 많이 타서 늘 종자의 이름을 부르는 여자아이였어.”

버릴 생각은 없었다. 수사 규모가 축소되어도 개인적으로는 포기하지 않고 조사했었다.

“……히나기쿠가, 이 사건으로 마음 아파하고 있다는 얘기는 들었어.”

이 넓은 세계에서 소녀 한 명을 찾는 것은 너무나도 터무니없는 이야기다.

사쿠라가 낙담하여 설득을 듣지 않고 겨울의 마을을 떠난 것도 이해가 갔다.

"……나도 가엾다고 생각하지만…… 솔직히 처음에는 뭔가 하자는 생각은 안 들었어. 히나기쿠가 납치당했을 때, 선대 가을과 여름은 아무것도 안 했으니까."

하지만 허락된다면.

『……당연해. 나도 그럴 이유는 없어.』

허락된다면.

"그래. 그리고 너희도 얌전히 있으라는 말을 들었지? 우리는 장기말이니 말이야. 관리되어야 할 장기말은 멋대로 뭔가를 해선 안 돼. 이번 비극은 매우 유감스럽지만, 불행했다고 여기고 끝낼 수밖에 없어. ……그게 가장 편해."

『…….』

"하지만."

허락된다면.

"나는…… 그때 도와주길 원했었어."

지금 여기서 일어서고 싶다.

"전 세계가 도와주길 원했었어. 히나기쿠를 도와줬으면 했어."

마음이 수없이 꺾였어도 일어서고 싶다.

지고 싶지 않다. 지금 절대로 가만있어선 안 된다는 걸 아니까.

"나 때문에 납치당했어. 내가 좋아하는 아이야. 나는 어찌 되든 좋으니까. 제발 도와달라고…… 속으로 생각했었어. 분명 가을은 지금 그런 상태일 거야. 가을을 버리는 건 과거의 나를 버리는 것과 같아. 그렇게 생각하지 않아?"

『…….』

“……당장은 그렇게 생각할 수 없겠지만…….”

『……너.』

“응?”

『너, 아직도 좋아해? 히나기쿠 님을.』

로우세이는 지금 그 부분을 물어보는 거냐고 생각했지만, 숨기지 않고 대답했다.

“좋아해.”

즉각 말했다.

전화 너머로 조금 긴 침묵이 흘렀다. 끈기 있게 기다리니 사쿠라가 다시 입을 열었다.

『히나기쿠 님은 유괴당하고 달라지셨어. 네가 원하는 히나기쿠 님은 이제 세상에 존재하지 않아. 그래도 좋아한다고 말할 수 있어?』

시험하는 듯한 말이었다.

“말할 수 있어.”

하지만 그 물음에도 로우세이는 바로 대답했다.

“내가 좋아하는 건 카요 히나기쿠라는 인생을 사는 여자야. 외모라든가 다른 무엇이 달라져도 상관없어. 좋아해.”

『전혀 달라. 말하는 방식도, 분위기도 달라.』

“상관없어.”

『정말로 다르다고. 분명 놀랄 거야.』

“그래? 문제없어.”

『만난 적도 없으면서……. 너는 몰라…… 이게 어떤 건지…….』

“……그렇게 여기더라도 별수 없지. 하지만 좋아하는 마음이 줄곧 변하지 않은 것도 사실이야.”

『……가을을 도우려고?』

납득한 건지 포기한 건지는 불명이었으나, 사쿠라는 이어서 물었다.

“그러고 싶어. 나는…… 10년 전에 도와주지 않았다고 말했지만, 그런 건 가을의 대행자랑은…… 나데시코랑은 상관없어. 현 여름의 대행자도 그렇겠지. 10년 전에 취임도 안 했었던 녀석들을 소속한 무언가에 대입하는 건…… 역적이 하는 짓과 똑같아. 나는 겨울의 대행자지만, 그 전에 칸츠바키 로우세이야. 인간 로우세이로서 일곱 살의 이와이즈키 나데시코를 구하고 싶어. 너는…… 너랑 히나기쿠는…… 그걸 어떻게 생각해? 너 개인의 생각이든, 대행자 호위관으로서의 생각이든, 어느 쪽이든 좋아. 의견을 듣고 싶어.”

『……나에게 개인의 측면은 없어. 이 몸은 히나기쿠 님에게 바쳤어. 의견은…… 하나뿐이야.』

그렇게 운을 떼고 나서 사쿠라는 또 한동안 침묵했다.

로우세이에게 말할지 말지 망설이고 있는 것 같았다.

그 침묵 속에서 로우세이는 희미한 소녀의 목소리를 들었다.

—히나기쿠?

10년간 듣지 못했던 소녀의 목소리가 전화 너머에서 뭔가 말하고 있었다.

—목소리, 목소리를 듣고 싶어.

사쿠라는 아이를 재우듯 아주 달콤하고 상냥한 목소리로 대답하고 이동한 것 같았다.

“히나기쿠가 뭔가 말했어?”

긴장해서 딱딱해진 목소리로 로우세이가 묻자 사쿠라는 『이미 자리를 이동했어』라고 대답했다.

피곤해서 자고 있었던 모양이다. 이야기하는 소리를 듣고 깼기에 방 밖으로 나왔다고 했다. 로우세이는 초조함에 사로잡혀 재촉하듯 물었다.

“나랑 얘기 중이라는 걸 말했어?”

『아니. 말할 리가 없잖아. 너한테서 전화가 왔다고 하면 심란해하실 거야.』

“…….”

『아까 물어본 거 말인데…… 가을의 일은 모르는 척하고 싶지만 그럴 수도 없다……라는 게 내 의견이야. ……히나기쿠 님은 지금 매우 불안정한 상태야. 전부 역적이 벌인 일련의 공격 탓이야. 가을의 대행자도 관련 있어. 몹시 피곤하실 텐데 잠도 제대로 못 주무시고 아까처럼 금방 깨셔. 몸 상태도 안 좋아. ……그리고…….』

사쿠라는 마지막에 말을 흐렸다.

『울면서 말씀하셔. 나데시코 님이 가엾다고.』

로우세이는 목소리에 비음이 많이 섞여 있음을 그제야 겨우 알아차렸다.

어쩌면 처음부터 그랬을지도 모른다. 지친 목소리라고 생각은 했지만, 이건 울고 난 목소리였다.

—사쿠라.

편히 잘 수 없는 상황 속에서 마침내 돌아온 주인을 지키는 이 아이는 얼마나 불안할까. 의지할 수 있는 어른은 주위에 없다.

그래도 사쿠라는 자신에 관해 말하지 않는다. 히나기쿠만을 말한다. 히나기쿠를 찾는 동안 어떻게 지냈는지, 얼마나 고생했는지, 그리고 지금도 얼마나 불안한지 말하지 않는다. 사실 울고 싶은 사람은 자신일 텐데, 그러지 않았다.

『말씀하셔. 분명 지금도 울고 있을 거라고. 괜찮다고 말해주고 싶다고. 관계없는 히나기쿠 님이 말씀하시며 우셔.』

긍지 높은 아가씨였다. 친구를 위해서라면, 자신의 봄을 위해서라면 감정을 죽이고 뭐든 한다.

그런 아이가, 무너지려 하고 있었다.

『……오늘도 울다 지쳐서 잠드셨어. 이런 모습을 보고 있을 수 없어. 너무하잖아……. 겨우 다시 일어나셨다고 생각했는데…… 이래서는 10년 전과 똑같아. 입장이 다를 뿐, 똑같은 걸 보고 있어. 나는 저분을 고통스럽게 하는 모든 것을 제거해야 해. 저분을 울리는 자가 있다면 단죄하고, 저분을 상처 입히는 자가 있다면 물리쳐야 해. 내 주인을 울리는 건 사계의 신을 모독하는 것과 같아. 섬기는 자로서도…… 그분의 친구로서도 간과할 수 없어. 그러니까…… 어떻게든 하고 싶어. 날짜가 지날수록 수색은 어려워져.』

"……전적으로 동의해."

『너희는, 움직이려고?』

"그래, 움직일 거야. 우리 겨울은…… 아니, 나와 이테쵸는 가을의 수색을 돕기로 했어. 사계청과 마을이 뭐라고 하겠지만, 독단으로라도 결행할 거야."

『그러니 우리도 움직이라고?』

“아니. 너희의 동향은 물었지만 행동을 요구하는 건 아니야. 그저 우리는 그럴 거라고 말해두고 싶었어. 너희는 안전한 곳에 있었으면 해. 우리가 움직일 테니까…… 그러니까 조금이라도 안심했으면 좋겠어.”

『멍청한 놈. 겨울 혼자 움직여서 뭘 할 수 있는데?』

“…….”

『로우세이. 너는 항상 요령이 없어. 그리고 대체로 선수를 뺏기지. 이테쵸를 거느리고 있다는 게 믿기지 않을 만큼 느려 터졌어.』

꽤 심한 비아냥을 들었지만 로우세이는 대꾸할 말이 없었다.

『게다가 성격도 꼬였고, 어둡고, 늘 장례식에 온 것 같은 얼굴이고, 내 주인을 연모하는 걸 도저히 허락하고 싶지 않아.』

“야, 그렇게까지 말할 건 없잖아…….”

『게다가 나를 상처 입은 아이 취급하는 게 짜증 나.』

사쿠라의 음성이 아까와는 조금 달라졌다.

『……이 내가.』

퉁명스럽고 쉰 목소리지만.

『히나기쿠 님의 종자인 내가, 굴욕당한 채 가만있을 리가 없잖아.』

그 말 한마디 한마디에서 힘이 느껴졌다.

『전부 느려. 우리 봄은 이미 움직일 계획을 세웠어. 여름의 대행자 하자쿠라 루리 님에게도 말씀드려서 승낙받았어. 봄과 여름은 연계해서 가을을 구할 거야.』

로우세이는 예상치 못한 이름이 나와서 깜짝 놀랐다. 하자쿠라 루리, 사계 회의로 매년 한 번은 반드시 만나기에 로우세이와도 아는 사이이긴 했다. 하지만 교류는 거의 없었다.

"여름이라면…… 항상 싸워대는 그 시끄러운 하자쿠라 자매를 설득했다고?"

『……그 인식은 좀 그렇지만, 맞아.』

"뭔가 거래를…… 아니, 협정을 맺은 건가?"

『그런 건 없어. 굳이 표현하자면…… 친구 협정이야.』

사쿠라는 흐흥 하고 코웃음 쳤다. 로우세이는 더욱 혼란스러워했다.

"너희는 요전번에 처음 만났잖아!"

언성을 높였다. 이 말에는 약간의 질투가 포함되어 있었다.

로우세이에게 친구는 여전히 히나기쿠와 사쿠라뿐이기 때문이다.

『여자끼리 친해지면 결속은 단단해. 히나기쿠 님의 성품 덕이기도 하지. 그런 점에서 너는 글러먹었어. 루리 님도 겨울의 대행자는 어둡고 우중충하다고 평하셨어.』

"……내가 모르는 곳에서 험담하지 마."

『험담이 아니라 사실이야. 그렇게 혼자 우중충하게 있으니까 요령이 없다고 하는 거야. 나는 네가 망설이는 사이에 이미 움직이고 있었어.』

"……."

로우세이는 그럼 처음부터 그렇게 말했으면 좋지 않았냐고 생각하며 묵묵히 이야기를 들었다.

『그리고…….』

하지만 듣고 있으니 조금 고양감이 들었다.

이 아이가 현재 상황을 포기하지 않았다는 사실이 이렇게나 든든했다.

『가을을 구하는 이 싸움은…… 10년 전의 굴욕을 청산할 좋은 기회일지도 몰라. 나는 그때 아홉 살이었어. 하지만 지금은 열아홉 살이야. 그때보다 더 싸울 수 있어. 역적과 싸울 수 있는 실력을 갖췄어. 히나기쿠 님도, 초췌해지시기는 했지만 싸울 의지를 가지고 계셔.』

벚나무에 갇혔던 그날 함께 울었던 아이가 지금은 적을 공격하고자 했다. 그것이 로우세이에게 용기를 줬다.

『그렇다면 지금이야말로 복수할 때.』

봄의 호위관 히메다카 사쿠라는 운명으로부터 결코 도망치지 않는다.

『우리 봄은 에니시에서 현현을 끝낸 후 은밀히 테이슈로 갈 거야.』

그 고집스럽다고도 할 수 있는 올곧음은 순수하게 강했다.

『로우세이…… 새삼스럽지만 나는 너희가 싫어. 너희 때문에 히나기쿠 님이 납치당했어. 대규모 수사가 도중에 중단됐을 때, 겨울의 마을의 결정을 뒤집어 주지 않은 것도 원망하고 있어. 하지만 길거리에 나앉게 된 나를 보호해준 것과 싸우는 법을 가르쳐 준 것. 강한 호위관으로 만들어준 것은 지금도 고마워하고 있어. ……그건 내 재산이 됐고, 히나기쿠 님을 지키는 밑거름이 됐어. 그러니까…… 줄 생각은 없었지만 만회할 기회를 주겠어. 이건 10년 전의 오명을 씻을 기회야. 수색은 인해전술이야. 도움은 아무리 많아도 부족해. 그러니 구태여 내 입으로 말하겠어.』

로우세이는 지금 이때, 이 순간.

『겨울의 대행자님. 우리는 충분히 참고 견뎠습니다. 지금이야말로 싸울 때이지 않습니까?』

잿빛으로 물든 10년 중에 지금처럼 색을 되찾은 순간은 없었다고 느꼈다.

『함께 이 싸움에 임하죠.』

인생의 길이 확실하게 정해진 것 같았다. 어두워서 보이지 않았던 시야가 밝아졌다.

『춘하추동의 공동 전선을 짜고 함께 납치당한 가을을 구하는 겁니다.』

그것도 전부 10년 전의 비극을 참고 견뎌 다 같이 살아남았기 때문이다.

10년. 문자로 적으면 짧지만, 그걸 맛보는 측은 영원처럼 느껴지는 세월이다. 그 막막한 시간을 다 같이 견뎠다.

히나기쿠가 몸을 던져서 만들어 준 그 시간 동안 각자 저마다 성장했다.

이제 그 무렵처럼 그저 상처 입기만 하는 약자가 아니다.

"로우세이."

갑자기 옆에서 이름을 불러서 로우세이는 전화를 든 채 이테쵸를 보았다.

이테쵸는 로우세이를 보며 고개를 깊이 끄덕였다. 눈동자가 싸우라고 말하고 있었다. 이 신중한 남자가 열에 들뜬 것처럼 싸우라는 시선을 보내와서, 로우세이는 몸을 떨었다.

아플 때도 건강할 때도 보좌해 준 종자.

그의 존재에 감사하며 로우세이는 고개를 끄덕이고 대답했다.

"……봄의 호위관 히메다카 사쿠라 공. 원한을 뛰어넘고 협정을 제안해줘서 고맙소. 그대가 말한 대로 우리는 충분히 견뎠소. 함께 깃발을 듭시다. 우리 겨울은 봄의 요청에 전력으로 응할 것이오. ……사쿠라, 히나기쿠와 함께 기다려줘."

이리하여, 겨울의 주종은 테이슈 테이토를 향하게 된다.

그해, 야마토에서 일어난 사계를 뒤흔드는 난은 사계청을 경유하여 다양한 곳으로 전해졌다.

가을의 대행자 이와이즈키 나데시코의 실종은, 그야말로 봄의 대행자 카요 히나기쿠 사건의 재래라고 할 수 있었다.

대행자가 붕어하면 새로운 대행자가 탄생하는 것이 사계의 대행자의 시스템이다.

새로운 대행자에게 하사되는 증표는 계절에 따라 다르다.

봄이라면 벚꽃을.

여름이라면 백합꽃을.

가을이라면 국화꽃을.

겨울이라면 모란꽃을.

신의 멍이라고 불리는 성흔이 몸에 떠올라서, 대행자로 선택된 자는 도망칠 수 없다.

그것이 첫 번째 알림이다. 이어서 신으로 임명된 자를 부르는 소리가 난다. 사계의 목소리라고 불리는 소리는 대상자를 저주하듯 그자의 이름을 부르다 이윽고 그자의 의지와 관계없이 자연스럽게 현현의 힘을 발현시킨다. 하지만 나데시코가 실종된 후, 그중 어떤 현상도 세상에 나타나지 않은 채 사흘이 지났다. 즉, 생존이 확정된 상태로 행방이 묘연해졌다. 국가 치안 기구와 사계청이 총출동하여 수색이 개시되었지만, 흔적은 찾을 수 없었다.

테이슈의 중심지『테이토』. 야마토의 사계를 관리하는 독립 기관 사계청은 테이토의 오피스 거리에 지어져 있었다. 이곳에서 연일 수사 회의가 열렸다. 사건 발생 현장에 있었던 경비 담당자 나가츠키와 린도우도 수사본부가 설치된 사계청에 와서 수사를 진행했다. 사건이 발생하고 딱 1주일이 되는 날, 아무런 진전도 보이지 않던 상황은 어떤 이의 방문으로 바뀌었다. 피로와 불안, 초조함에 사로잡혀 있던 수사본부를 찾아온 것은 에니시에서 봄 현현을 마친 후 마을로 귀환하지 않고 달려온 봄 주종이었다.

그때, 그녀들은 처음으로 복수하고 재생해야 할 운명과 대면했다.

"저는 히메다카 사쿠라. 신분은 사계의 대행자 호위관입니다. 그리고 여기 계신 분이 카요 히나기쿠 님. 이 나라의 봄의 대행자십니다."

모두에게 버려졌던 소녀들은, 그러나 누구보다도 강하고.

"카요, 히나기쿠, 라고, 합니다."

늠름한 모습으로 이름을 고했다.

■작가 후기

안녕하세요. 어느 계절에 이 글을 읽고 계실까요.

봄은 벚꽃, 여름은 해바라기, 가을은 단풍, 겨울은 국화.

근처에 계절이 느껴지는 것은 있나요? 꽃은 피어 있을까요?

당신이 어디 있든 곁에 오는 것이 계절입니다. 그런 작품을 전달하고 싶다고 바라며 이 글을 쓰고 있습니다. 당신이 받으실 때는 제가 지금 보는 계절도 달라져 있겠죠.

그렇게 생각하면 조금 신기합니다. 책이란 것은, 제가 당신에게 보내는 마음은, 밤하늘에 뜨는 별처럼 한참 전에 빛났던 잔광입니다.

각설하고, 본작은 앞으로 사라져 갈 사계절을 많이 그렸습니다.

어렸을 때보다도 사계절은 점점 모호해지고 있습니다. 분명 제가 열 살 때 본 봄과 열다섯 살 때 본 겨울은 두 번 다시 돌아오지 않을 겁니다. 그런 것을 이야기로라도 남겨두고 싶다는 마음이 있었습니다.

하지만 주제는 이야기를 자아낼 때 항상 내거는 것과 똑같습니다.

『그럼에도 살아가는』 분들을 응원합니다.

다 읽은 후, 당신의 세계가 조금은 상냥해졌으면 좋겠다고 바라며 자수를 놓듯 이야기를 자아냈습니다. 당신에게 뭔가 멋진 것을 전하고 싶었습니다.

하지만 처음에는 잘되지 않았습니다. 히나기쿠라는 아이를 어떻게 세상으로 내보낼지, 사계의 대행자라는 세계관을 어떻게 전할지, 3년 정도 시행착오를 겪었습니다.

이걸로 정말 당신에게 전해질까. 당신은 이 글을 읽고 슬퍼하지 않을까. 너무 많이 읽어서 끝내는 뭐가 뭔지 알 수 없게 될 만큼 고민했습니다. 멋진 것을 전하고 싶지만 저는 멋진 사람이 아닙니다.

볼품없는 인간인데 뜻은 큽니다. 그리고 결국 버리지 못하고 발버둥치며 매일 글을 쓰고 맙니다. 당신이 어디에 있고 무엇을 하는지도 모르는데 언젠가 읽어줄 당신을 생각하며 글을 짓고 맙니다. 짧은 인생 중에 앞으로 얼마나 이야기를 자아낼 수 있을까요.

그런 이야기 중 하나가 이것으로 괜찮은지. 그런 생각을 줄곧 하다가.

하지만 알 수 없어서 눈물지으면서도 완성했습니다.

지금은 조금 안도하고 있습니다. 어떤 형태로든 당신에게 전달되어 정말로 다행입니다.

서점, 출판사, 담당자님, 다양한 과정으로 함께 배달원이 되어 준 분들께 감사드립니다.

이야기를 멋진 일러스트로 꾸며 주신 스오우 님. 거절당할 각오로 의뢰했음에도 불구하고 받아들여주셨을 때의 기쁨은 필설로 다하기 어렵습니다. 감사합니다.

그리고 지금 읽고 계신 당신에게. 고맙습니다. 당신에게 전하고 싶으니 저는 더 힘낼 겁니다.

하권에서 또 만나요.

춘하추동 대행자
봄의 춤 上

초판 1쇄 발행 2023년 4월 20일

지은이_ Kana Akatsuki
일러스트_ Suoh
옮긴이_ 송재희

발행인_ 신현호
편집장_ 김승신
편집진행_ 권세라 · 최혁수 · 김경민 · 최정민
편집디자인_ 양우연
관리 · 영업_ 김민원

펴낸곳_ (주)디앤씨미디어
등록_ 2002년 4월 25일 제20-260호
주소_ 서울시 구로구 디지털로 26길 111 JnK디지털타워 503호
전화_ 02-333-2513(대표)
팩시밀리_ 02-333-2514
이메일_ lnovellove@naver.com
L노벨 공식 카페_ http://cafe.naver.com/lnovel11

ISBN 979-11-278-6812-3 04830
ISBN 979-11-278-6811-6 (세트)

값 11,000원